TCHIAL

Déracinée

par

Yves Béland

Table des matières

Prologue

Une jeune fille courut vers le sommet d'une montagne et, sans arrêter sa course, s'élança en un grand saut vers la vallée. La joie de se sentir libre, légère, sans entrave, se frayant un passage dans l'air chaud de la vallée la fit sourire. Elle aimait cette sensation de tomber, de flotter, de s'arracher à la pesanteur de la terre. Bien avant de toucher le sol, elle courba le dos et s'envola vers le ciel parsemé d'étoiles entrecoupées de la plus grosse lune d'Inaya, Mayu. Elle se laissa porter par le vent puis redescendit en trombe vers le seul arbre de la plaine, se laissa porter par le vent puis redescendit en douceur pour se poser sur une branche. Elle s'y assied, posant une main sur la branche au-dessus de la tête, conservant son équilibre. Elle reporta son regard vers le tronc de l'arbre. Une forme humaine s'y trouvait, immobile, les bras longeant une des branches basses de l'arbre.

— Faël ! Je ne sais pas pourquoi tu joues à faire l'arbre, dit-elle

— Je ne joue pas, je contemple, répondit-il avec un brin d'humour dans la voix.

— Et pourquoi tu ne t'envolerais pas ? Si tu savais comment on se sent, tu ne voudrais plus jamais prendre racine !

— Tchial, si tu prenais racine, tu ne voudrais plus jamais t'envoler car tu manquerais de jouir de la tranquillité et savourer toute la connaissance qu'un arbre tire de la terre. Tu devrais montrer plus de gratitude envers tes ancêtres !

— Oh Faël, tu es trop sage ! dit-elle en se laissant glisser sur le sol.

Il partit à rire. Un grand rire d'enfant. Il s'éloigna quelque peu de l'arbre. Tchial s'assit sur la pelouse et le regarda. Le jeune garçon, presqu'un enfant lui souriait.

— Allez, viens t'assoir.

Faël prit place à son côté. Il porta le regard vers le ciel.

— J'adore regarder ce ciel et ses multiples couleurs dorées, dit Tchial.

— C'est Inavinha qui se couche. Sa lumière s'estompe mais avant de disparaître, il baigne de tous ses feux notre destinée. Et à l'autre bout, tu vois, Kyio se lève. Elle va remplacer Inavinha et éclairer nos ombres. Les deux se complètent en un cycle.

Elle pointa son doigt vers le ciel où une lune plus imposante occupait une grande partie du ciel.

— Mais Mayu est là qui veille sur nous, continuellement...

— Tu en connais de plus en plus...

— J'ai un bon professeur ! répondit-elle.

Puis ils partirent à rire. Soudain, un éclair bleuté traversa le firmament, brisant l'uniformité du soleil couchant et de ses deux lunes, se fragmenta en fines particules puis laissa entrevoir ce que les Weenos, les habitants d'Inaya, n'avaient jamais vu arriver sur leur planète. Non loin, debout sur le flanc de la montagne, un homme serra légèrement la mâchoire face à l'éclair. Tchial courut vers lui, suivie de Faël.

— Qu'est-ce que c'est ? demanda-t-elle lorsqu'à portée de voix.

Elle reporta son regard vers l'homme, puis vers le ciel.

— Qu'est-ce que c'est ? répéta-t-elle.

Faël le regarda, attendant une réponse rassurante.

— Aedan ? Toi qui as vécu sur d'autres univers… dit-elle en fixant le regard rouge vin de l'homme.

— C'est l'un des mondes parallèles, Tchial, dit-il à son attention.

— Mondes parallèles ?

— Cela va selon le cycle.

Il reporta son regard vers l'horizon.

— Lorsque tu vois Mayu dans le ciel, qu'Inavinha jette ses rayons dorés et que Kyio se lève au même moment exactement dans la direction opposée, nous sommes dans ce couloir qui permet à des mondes de coexister.

— Mais jamais je n'ai vu de fracture, répliqua-t-elle.

— Et tu as raison. Autant que le plus ancien Weeno puisse se souvenir, il n'y eut de choc plus grand sur Inaya, dit-il songeusement.

Tchial resta perplexe. La longue fracture persistait à leur regard. Elle reporta les yeux vers Aedan.

— Rien de bon pour nous je crois... ajouta-t-il. Si une porte se crée, c'en est fini des mondes. Chem, allons le voir, il saura nous dire, annonça-t-il en tournant le dos à cette image annonciatrice de malheur.

Tchial ne pouvait détacher les yeux du ciel. La fragmentation zigzaguée demeurait, suspendue dans le temps, laissant flotter une image étrange à l'intérieur. Des êtres comme eux, d'apparence humanoïde, mais au regard curieux, avide et étrangement agressif semblaient chercher quelque chose. Un frisson la parcourut. Elle courut rattraper Aedan et Faël tout en se retournant plusieurs fois vers le ciel. La fracture céleste demeurait inchangée.

Chapitre 1

Treize août 1989. Suisse. Périphérie nord-ouest de Genève. Centre d'expérience en accélération de particules subatomiques utilisant le plus puissant accélérateur au monde. Deux jours après son inauguration, une équipe de physiciens suivait le professeur Lucus, célèbre astrophysicien devenu une référence dans le monde des particules subatomiques. Ils venaient d'effectuer leur première expérience, secrète, afin de tester la puissance de l'accélérateur et produire du Dubnium. Le professeur Lucus arriva dans le tube, ce grand tunnel permettant les expériences sur les neutrons. Ils arrivèrent à l'entonnoir, là où les particules se condensent et permutent. Un amoncellement de fines particules grisâtres s'y trouvait. Lucus souleva le petit récipient.

— Du Dubnium.

Gabriel, physicien invité lors de la présentation de l'accélérateur pour la production d'éléments transactinides, s'intéressait de près à ces matériaux aux propriétés inconnues. Selon le professeur Lucus, les propriétés du Dubnium entre autres permettraient des transports d'objets via le changement du champ magnétique en désagrégeant et ré-agrégeant l'interaction des particules. Il jeta un coup d'œil vers ce dernier. Il avait le sourire aux lèvres.

— Il est incroyable de penser que ce fut possible, dit Gabriel.

— Plus de dix années de recherche et d'essais. Il ne nous reste plus qu'à le tester.

Il prit le contenant avec une paire de pinces.

— Le Dubnium est un radioélément à activité notable. Mieux vaut prendre certaines précautions.

Une soucoupe équipée d'un gyroscope fut amenée au centre du laboratoire.

— Le gyroscope permet de maintenir la soucoupe en équilibre tout en créant un mouvement oscillatoire à l'intérieur. Ces oscillations créent un champ magnétique qui est facilement perçu par toute créature vivante.

Lucus transféra les fines particules radioactives à l'intérieur d'un récipient métallique. Il l'inséra et le brancha à l'intérieur de la soucoupe. Il s'en écarta et la mit sous tension. La soucoupe s'éleva d'à peine un mètre au-dessus du sol et s'immobilisa.

— En étant immobile, un champ électromagnétique se crée autour de la soucoupe. Maintenant, en soumettant le Dubnium à une forte accélération magnétique, les particules changeront de polarité et...

Il pressa sur une touche de l'ordinateur et la soucoupe disparut du champ de vision. Tous furent surpris.

— Si je ne vois plus la soucoupe, elle est cependant toujours présente.

Il prit un bâton et frappa de plein fouet l'endroit de la soucoupe. Un grand bruit se fit entendre et la soucoupe apparut lorsqu'elle fut débalancée sous le choc puis disparut de nouveau une fois stabilisée.

— Le déplacement doit se faire en douceur tout en suivant les courants magnétiques créés par le Dubnium.

Gabriel sourit.

— Des applications à plusieurs niveaux ! dit-il en acquiesçant plusieurs fois. Mais ce Dubnium n'est pas apparu comme ça ? dit-il en claquant des doigts.

— L'accélération des particules permet la création du Dubnium. C'est la façon la plus facile d'y arriver.

— Je pars toujours du principe que rien ne se perd, rien ne se crée ! Alors il me semble qu'on pourrait vérifier comment s'est produit le Dubnium ! Que s'est-il passé exactement lors de l'accélération ?

— Je comprends et effectivement, lors d'expériences de ce genre, plusieurs phénomènes étranges se produisent. Pour cette raison, nous avons installé des capteurs, réplica Lucus.

— Des capteurs ? Qui peuvent suivre le déplacement de neutrons avoisinant la vitesse de la lumière ?

— Oui. Ce sont de nouveaux appareils conçus par une firme américaine avant-gardiste.

Gabriel ouvrit les bras, invitant Lucus à poursuivre.

— Partons de la théorie que si ce neutron devait s'échapper de l'accélérateur et revenir à son point de départ en passant par un monde inter dimensionnel pour créer cet échantillon de Dubnium, il serait intéressant d'en savoir davantage !

— C'est un peu présomptueux de penser cela... répondit Gabriel, mais je suis ouvert à toute hypothèse.

— Nous avons enregistré et suivi le déplacement des neutrons. Tout est consigné dans notre banque de données, continua Lucus. Cette banque de données est constituée d'informations codées sur des plaquettes de silice amorphe, un matériau hautement privilégié pour ses capacités nanotechnologiques.

Lucus introduisit les physiciens dans une salle de projection. Il recomposa les différentes séquences et des images étranges parsemées de couleurs informes s'offrirent à leur regard. Gabriel resta surpris de voir défiler ces images prisent en une fraction de seconde, et ce malgré les nombreuses interférences statiques qui apparaissaient sur l'écran. Il reprit contrôle sur lui-même en reportant son regard vers Lucus.

— Messieurs, je sais que vous êtes impatients et incrédules, mais je crois sincèrement que nous avons franchi les frontières de notre monde.

— Franchir les frontières de notre monde... mais qu'est-ce que cela veut dire au juste ? murmura Gabriel.

Lucus réajusta les paramètres de l'ordinateur et en quelques secondes, les images devinrent d'une qualité impeccable, encore une fois malgré les nombreux parasites. Gabriel n'en pouvait plus d'attendre.

— Et pourquoi tous ces parasites sur l'écran ? ronchonna-t-il.

— Ces interférences sont dues à la vitesse que le neutron atteint dans le tube, expliqua un autre scientifique. Les capteurs reproduisent le neutron projeté dans un univers d'étoiles et de fuites colorées en franchissant des millions de kilomètres par seconde.

Soudain, parmi le défilement d'images, l'une d'elle trancha par son apparence. Lucus arrêta la projection en ce point précis, représentant un dix-millième de seconde de la course du neutron.

— Là ! Qu'est-ce que c'est ? lança Gabriel.

Lucus s'approcha de l'écran. Il n'en croyait pas ses yeux. *Nous l'avons réellement fait !*

— Franchir les frontières de notre monde... répéta lentement Lucus. Nous avons découvert un moyen non seulement de traverser le temps, mais probablement aussi l'espace et voir... balbutia Lucus.

Des taches blanches, des couleurs floues entremêlées de formes imprécises balayées par des lignes d'interférence, Lucus ne put croire à ce qui se déroulait sur l'écran. Il y distinguait assez clairement un paysage.

— Il semblerait que nous y voyons un sol ainsi qu'un ciel, l'espace semble composé d'un soleil et de lunes, au moins deux. Si nous agrandissons l'image, nous y apercevons des êtres. À première vue, ces formes ont une apparence humanoïde.

— Impossible... murmura Gabriel.

Face à cette éventualité, il se mit à percevoir le potentiel de la réussite d'expériences similaires. Plusieurs scientifiques se levèrent, surpris par le contenu de l'image. Gabriel s'approcha de l'écran.

— Comment le neutron... comment savoir le chemin qu'a pris ce neutron pour se rendre là ?

— Il s'est peut-être introduit par une faille, proposa un autre scientifique.

Si Gabriel avait une connaissance scientifique limitée, mais il avait une nature arriviste pour ce qui était du potentiel des découvertes et de possibles applications futures.

— Il faudrait refaire l'expérience avec un meilleur contrôle afin d'y voir plus clair, déclara-t-il. Et accumuler encore plus de cette matière aux propriétés étonnantes.

— Le Dubnium... Je crois qu'il serait bon d'ajuster les paramètres de contrôles et le tir pour en tirer une plus grande quantité, mais créer ce neutron et mobiliser l'accélérateur demande des mois de préparation, presqu'une année. J'avoue que cela vaut la peine d'être sérieusement considéré, poursuivre l'expérience pourrait nous permettre de faire avancer la science à grands pas ! ajouta Lucus.

— Pourrait ? Il semblerait qu'il existe un "mais ou une condition" ? souligna Gabriel.

— Je crains que jusqu'à ce temps, nous ne pourrons nous connecter davantage sur cette dimension, ou cette fréquence.

— Et pourquoi pas ?

— Bien parce nos univers, même s'ils coexistent, se replient continuellement les uns sur les autres. Ces replis cosmiques sont à l'image exponentielle de l'univers en mouvement. Le Big Bang continue sa dilatation et les dimensions parallèles continuent leur expansion. Il se peut fort bien que ce que nous ayons vu d'un monde ne soit qu'une parcelle d'un immense iceberg cosmique. Où sera ce monde parallèle demain ?

— Alors si cette théorie des replis cosmiques est véridique, et il semblerait maintenant que nous en ayons un début de preuve, il faudrait justement répéter cette expérience et dans les plus brefs délais ! lança Gabriel. On pourrait entrer en communication ou, même mieux, s'y déplacer !

Il regarda Lucus.

— N'est-ce pas votre théorie de l'utilisation du Dubnium ? "Les propriétés de ce matériau permettraient des transports d'objets via le changement du champ magnétique en désagrégeant et ré-agrégeant l'interaction des particules." De là à rendre une visite de courtoisie à ce monde, il n'y aurait qu'un pas à faire !

Les autres scientifiques acquiescèrent silencieusement. Ils se rangeaient à la décision du professeur Lucus, mais l'idée de la théorie s'enfonçait davantage dans une application pratique. Il n'y avait effectivement qu'un pas à poser pour aller de l'avant et faire faire un bond à l'humanité.

— Vous avez raison Gabriel. Si un neutron peut s'y déplacer et en revenir, nous pourrions faire de même... franchir la quatrième dimension et percer la sphère intemporelle.

***

Inaya. Centre universel de recherche intemporelle. Unité d'application des passages cosmiques. Aedan, Tchial et Faël se retrouvèrent dans l'amphithéâtre rempli par les plus hautes sommités d'Inaya, d'étudiants ainsi qu'une population intéressée d'en savoir davantage sur le phénomène céleste. Debout, en avant-scène, Chem était la référence et la sommité concernant tous les phénomènes scientifiques survenant sur la planète. Derrière lui, des images tridimensionnelles étaient présentées, les mêmes que Tchial avait observées. Les mêmes qui se trouvaient encore dans le ciel d'Inaya.

— Les fractures intemporelles sont nécessaires pour une expansion juste de nos univers. Ces mondes si lointains frôlent et interpénètrent, à chaque cycle, le nôtre. Nous n'entrons pas en collision car les vibrations dimensionnelles des systèmes se chevauchent, nous sommes perméables. Cette interpénétration des univers permet l'échange synergique pour maintenir la cohésion du cosmos ainsi que son expansion. Les fractures permettent un échange entre nos mondes sans avoir à parcourir des distances infranchissables et sans subir les mutations impliquées. Nous entrons facilement en communication avec nos voisins le temps nécessaire et en retirons un avantage réciproque.

Chem fit une pause afin de permettre à tous et chacun de saisir son exposé.

— Cependant, même si les fractures sont nécessaires, celle-ci n'est pas souhaitable. Pourquoi ? Parce que tout simplement nos mondes ne sont pas régis par les mêmes lois. Ce qui se trouve dans notre ciel en est la preuve la plus irréfutable. Nous sommes présentement dans un couloir de transition cosmique avec un monde qui nous ressemble, c'est vrai, mais ce monde ne comprend que trois dimensions. Ils sont à apprivoiser et subir tout à la fois leur quatrième dimension, celle du temps. Et si cette fracture reste présente dans nos cieux, c'est qu'ils y ont pénétré de force. Ils ont créé une faille.

Plusieurs membres de l'assemblée réagirent à cette affirmation.

— Je ne pense pas qu'ils en resteront à cette simple observation. Ils ont trouvé un moyen de traverser le temps, créer cette faille et découvrir un monde parallèle, le nôtre.

— Quelles en sont les conséquences ? demanda Aedan, du fond de la salle.

Tous se retournèrent vers celui qui avait parlé. Chem le regarda, et sourit.

— Aedan nous demande quelles en sont les conséquences. Aedan, celui qui a justement fait ce saut quantique dans ces univers parallèles et a vécu dans des mondes aux dimensions réduites. Pour répondre à la question concernant ce monde appelé Terre, j'ai fait plusieurs études de comportements sur ces populations. C'est sans aucun doute qu'ils tenteront de créer une porte. Une fois cette porte ouverte, je ne vois pas d'un bon œil ce qui se passera. L'équilibre de notre monde est en jeu.

— Comment les empêcher d'accéder à notre monde alors ? demanda un étudiant.

— C'est une bonne question. Comme ils sont dépendant du temps, ils chercheront à profiter de cette fenêtre d'accès pour y créer un lien. Une fois ce lien créé, ils pourront rejoindre Inaya à tout moment. Une façon de les en empêcher serait de ne pas leur permettre de créer ce lien, et encore moins une porte.

Il fit quelques pas tandis que les gens attendaient la suite.

— La question suivante est "comment y parvenir ?"

Aedan s'avança.

— Il ne peut y avoir que deux façons. La première, s'incarner sur cette planète. La deuxième, bâtir un passage.

— Exactement et pour que nous réussissions notre mission, nous avons 50 années terrestres. Cela équivaut au temps où nos deux mondes sont perméables dans ce couloir de transition. Pour ma part, je construirai ce passage à partir d'Inaya. Cependant, il faudra un Weeno sur Terre pour permettre à ce passage de s'ouvrir.

Un murmure s'écoula dans l'assemblée.

— Pour le futur de notre monde, je suis volontaire pour l'incarnation, annonça Aedan. J'ouvrirai ce passage. Le passage coïncidera en temps voulu.

Tous se retournèrent encore une fois vers lui.

— Bien... Nous avons besoin d'une équipe solide en plus du soutien de tous. Lorsque le moment sera venu, nous devrons agir rapidement. Nous ne pouvons perdre cette opportunité. Nous convoquerons plusieurs d'entre vous pour cette mission.

L'un des membres de l'assemblée se leva. Il s'appelait Ilyes.

— Chem, il est impensable de courir un tel risque. Inaya a besoin de vous. Si jamais les événements tournaient mal, la perte d'un Weeno tel que vous serait immense et irremplaçable.

Tchial s'approcha d'Aedan.

— Que veut-il dire ?

— Qu'un Weeno ne pourrait pas revenir ici, sur Inaya, et serait condamné à errer dans ce monde aux dimensions réduites pour plusieurs cycles jusqu'à ce qu'un autre couloir de transition soit offert.

Tchial reporta son regard vers la scène.

— Pourquoi... je ne comprends pas... que pourrait-il se passer pour l'empêcher de revenir ?

— C'est là toute la question ! Sur la Terre, on peut s'attendre à tout. Une perte de contrôle est un phénomène fréquent sur cette planète et principalement dû au fait qu'ils ne vivent que dans trois dimensions.

— Tu y es déjà allé ?

— Oui.

— C'est aussi terrible que ce que l'on dit ?

Aedan acquiesça. Chem répondit à la question d'un des grands responsables des destinées d'Inaya.

— J'en connais les conséquences Ilyes. Si je décide d'y aller, c'est que je connais les principes régisseurs de nos deux mondes. Je construirai un passage que seul un Weeno saura utiliser. Il servira de pont. Une fois nos deux mondes éloignés, le couloir intemporel se fermera pour s'ouvrir sur un autre. Je vais m'assurer que les Terriens ne puissent ouvrir une porte vers notre monde ou n'importe quel autre par la suite.

— Chem, reprit Ilyes, l'un des grands responsables des destinées d'Inaya, vous n'avez que peu de temps terrestres pour y parvenir. Une fois nos mondes éloignés, il vous sera impossible de revenir.

— Je sais. Il s'agit exactement de 50 années terrestres. Les conséquences d'une porte ouverte sur leur monde sont plus importantes que le fait que je ne puisse revenir à temps.

Tous les gens hochèrent la tête. Ce fut la désapprobation générale.

***

Suisse. Périphérie nord-ouest de Genève. AGEL, Applied Genetic Expertise Laboratories, les laboratoires d'expertise en génétique appliquée, étaient étroitement liés au Centre d'expérience en accélération de particules subatomiques. Dans ces laboratoires, deux scientifiques de renommée internationale avaient été recrutés pour démarrer et élaborer une unité spéciale, la GMH, Genetically Modified Human, Humain Génétiquement Modifié. Ils avaient décidé de baptiser leur projet ANGEL, complétant la dénomination de leur unité utilisant la neurologie autant que la génétique, Applied Neuro-Genetic Expertise Laboratories. Cela faisait maintenant deux ans que Nada Girija et Adil Rashmi travaillaient à ce qui avait été interdit par la population scientifique depuis que la brebis Dolly avait été créée en laboratoire. Cela n'avait fait que compliquer les avancées biologiques car tous désiraient que la recherche se poursuive. Nada et Adil étaient de ceux-là. Leurs travaux avaient été publiés à travers le monde et étaient devenus la référence mondiale en génétique appliquée.

— Je crois que nous la tenons maintenant, murmura Adil.

Nada suivait l'évolution microscopique sur le moniteur.

— Tous ces gènes isolés peuvent être maintenant modifiés, conclut-elle. Il faut les maintenir dans cette solution aqueuse avant de rebâtir l'ADN. C'est un travail titanesque, chuchota-t-elle à son tour.

— Nada, nous avons presque terminé le code. Ce qu'il nous reste à faire n'est que de simples mathématiques. Trois ou quatre semaines, cela va dépendre de notre zèle ! dit-il en souriant, sachant qu'elle était aussi passionnée qu'il l'était. Maximum trois si on s'y met tout de suite.

Nada réfléchit. Elle ne savait pas si elle voulait s'impliquer autant dans la recherche. Son but était de trouver une façon de bâtir un code, et non de créer un être vivant. Adil la relança.

— On vient de trouver le moyen génétique parfait pour créer l'être idéal.

— Je sais mais... On va avoir besoin d'aide sinon on ne pourra jamais terminer et les gènes risquent de muter. Je n'ose même pas penser à ce qu'il en résulterait.

— L'enfant ira rejoindre les autres unités.

— Celle des "fournitures" ?

— Il y aura toujours des gens qui voudront remplacer leurs organes défectueux. Ils sont la raison d'être de ce laboratoire. L'argent vient de là.

— Je trouve ça horrible... Si le monde savait d'où viennent les "dons" d'organes, ils préféreraient mourir.

— Personne ne veut mourir Nada, personne. Tous sont prêts à payer un prix... peu importe le prix.

Nada se tut. Elle ne voulait pas en savoir davantage. Juste une fois, au début de son embauche, elle s'était trompée de corridor et avait abouti dans la section des "dons'" d'organes. Tous ces corps informes, sans bras et jambes, presque pas de tête, baignant dans des cocons remplis de ce liquide étant la seule solution aqueuse pour le développement de cellules saines. Ces corps ne servaient qu'à développer les organes principaux que la population de plus en plus vieillissante réclamait pour remplacer les leurs arrivés au bout du chemin.

Elle prit une bouffée d'air puis se concentra sur l'aboutissement de leur œuvre. Adil avait compris ce à quoi elle pensait. Il se pencha vers elle.

— Nous réussirons Nada. Nous ne sommes pas comme les autres.

— Qu'est-ce que tu suggères ? demanda-t-elle, chuchotant toujours.

— On commence maintenant et on arrêtera lorsque nous aurons terminé, trois semaines de travail acharné mais cela en vaut la peine.

— Sommes-nous prêts ? demanda-t-elle brusquement, haussant le ton.

— Nada... Pas si fort ! Tu sais qu'on nous écoute...

Nada leva les yeux vers une caméra situé à l'angle du laboratoire, bien active.

— Que veux-tu d'autres ? reprit Adil. Nous avons tous les tests et les programmes, le matériel est là et plusieurs échantillons d'ovules et spermatozoïdes. Il ne manque que le support physique.

— Tu ne veux pas le développer in vitro ?

— Non, je ne pense pas qu'un corps soit viable dans ces conditions.

— Mais là-bas...

— Oublie ce que tu as vu dans la section des dons d'organes, ce ne sont que des macchabés maintenus en vie artificiellement. Ici nous parlons de créer un être parfait. Et la perfection ne peut s'achever sans un support compatible.

— Je ne vois pas qui voudrait servir de cobaye... Imagine si le fœtus ne se développe pas bien et toutes les autres complications qui s'ensuivraient ! Quelle femme voudrait porter un tel enfant ?

— Moi je sais qui.

Nada releva la tête, curieuse.

— Toi, ajouta Adil.

***

Inaya. Centre universel de recherche intemporelle.

— Avons-nous besoin d'une élite pour s'incarner sur ce monde ? demanda Aedan.

— C'est une opération délicate à effectuer, déclara Chem, et nous avons peu de temps. La réponse est tout à fait ouverte à l'élite afin de couvrir tous les angles d'incarnation.

— À peine le temps d'une vie terrestre, ajouta l'un des grands responsables des destinées d'Inaya. Les angles d'incarnation risquent de vous disperser.

Pendant quelques secondes, tout semblait avoir été dit. Chem acquiesça vers l'auditoire.

— Qu'Inavinha puisse nous aider dans cette périlleuse mission.

— Que Mayu, la parfaite, la beauté du royaume, soit de votre voyage, répondit l'assemblée d'une seule voix.

— Allons nous préparer, ajouta Chem.

À l'arrière de l'amphithéâtre, Aedan approuva. Lui aussi sera du voyage, d'une autre façon.

***

Suisse. Laboratoires d'expertise en génétique appliquée.

Nada recula d'un pas. *Moi !* se dit-elle. Adil lui donna le temps d'assimiler l'idée avant de poursuivre son raisonnement.

— Fais semblant de travailler, dit-il.

Elle modifia son écran et afficha une image d'un des gènes en train de muter.

— Tu as toutes les compétences scientifiques pour se faire et en tant que mère porteuse, tu ne peux que mieux nourrir psychiquement et intellectuellement un fœtus via tes propres gènes. De plus, tu es une femme en excellente santé donc ce sera un gain énorme pour la croissance de cet enfant.

Nada se rendit compte de plus en plus qu'elle n'avait pas le choix. En fait, ce n'était pas une question de choix mais qui d'autre pourrait assumer ces nombreuses implications et responsabilités. Elle était effectivement la candidate idéale.

— Je ne sais que dire... c'est juste que je ne pensais pas un jour être enceinte. Et là, d'un enfant qui n'est pas le mien.

— Nada... Cet enfant sera le tien comme le mien. Nous en sommes les créateurs. Nous pouvons le créer comme nous voulons qu'il soit... ou qu'elle soit.

— Une fille... mais bien sûr ! dit-elle en souriant à l'idée.

Elle n'avait jamais pensé au sexe mais là, dans ce laboratoire, avec un contrôle total sur toutes les possibilités à leur portée de main, pourquoi justement ne pas en profiter et réellement faire une enfant parfaite avec leurs critères de sélection !

Discrètement, tout en écrivant un rapport, elle se mit à rêver tout haut.

— Je veux une fille, et les yeux bleus, grande...

— Attends Nada, ne t'énerve pas. Prenons le temps de peser le pour et le contre de nos décisions. Tu es une grande scientifique et tu sais comme moi les procédures à suivre.

— C'est vrai. Nous avons des milliers de combinaisons à agencer, on ne pourra jamais tout assembler en si peu de temps !

— Si on peu ! On ne se mettra pas à tout bâtir le début de la séquence, mais modifier certains gènes spécifiques. Prenons nos séquences déjà préparées comme bases de départ.

— Celles qui ont servies au corps d'organes ?

— Oui, celles-là mêmes. Ce sont tous des organes excessivement sains. Tu le sais tout aussi bien que moi. Il y a des dizaines d'années de recherche et des milliers d'expériences derrière ce projet. Insérons ces séquences dans le code génétique. Nous n'aurons que plus de temps pour apporter nos choix personnels.

— Juste. Mais il n'y a qu'un seul problème et je t'avoue que je ne me sens pas du tout à l'aise...

— Qu'est-ce ?

— Si nous créons cet être, et que je porte cet enfant, l'institut voudra s'en emparer et ils y feront subir des tas de tests. Nous savons très bien toi et moi que ce ne sera pas une partie de plaisir. Je ne fais que penser justement à ces milliers d'expériences et autres nombreux tests que les corps d'organes ont subis avant d'être au point et j'en ai des frissons dans le dos. Je ne voudrais pas que "mon" enfant subisse ces traitements.

— Je comprends Nada, mais...

Adil se mordit la lèvre. La question d'éthique prit un nouveau sens maintenant qu'il s'agissait de créer la vie. Il deviendrait également "père", non pas biologique mais spirituel. Il ne voudrait pas non plus que "son" enfant ait à souffrir. Il se leva et marcha tête baissée, une habitude qu'il avait développée pour tromper la vigilance d'un possible observateur.

— Je me prends à ne pas comprendre Dieu tout d'un coup... Comment a-t-il pu créer les hommes et les laisser baigner dans cette violence et les laisser s'entretuer ? Ce n'est pas quelque chose que je permettrais, par pour ma création...

— Alors il n'y a pas beaucoup de solutions.

— Deux solutions. rétorqua Adil.

— Deux ?

— La première, ne rien faire. Mais cela ne sera que de courte durée car ils viendront voir les progrès que nous aurons réalisés et ils voudront pousser l'expérience. De là nous risquons de voir nos recherches relégués au rang de connaissance sans plus que d'autres utiliseront sans remord. Et nous perdons le contrôle. Tôt ou tard, des enfants seront créés de cette façon.

— C'est vrai... Ce n'est qu'une question de temps. Et la deuxième ?

— Ne rien dire, ne rien dévoiler de ce que nous aurons fait, puis lorsque le bon moment sera venu et bien avant qu'ils s'aperçoivent que tu es enceinte, nous disparaissons. Nous saurons bien élever cet enfant et s'en occuper nous-mêmes.

— Oui mais cela est risqué Adil, très risqué. On ne parle que de quelques mois de gestation dans l'utérus. S'il y a complications ou si le résultat n'est pas celui escompté, que ferons-nous de cet enfant ?

— Il n'y aura pas de complications ou malformations si c'est ce que tu as en tête. Autrement, tu as une meilleure idée ? demanda-t-il, arrêtant du même coup sa marche.

— Oui. Afin d'éviter tout soupçon et qu'ils croient que nous avons trouvé les bons codes et la façon de les reproduire à notre gré, agissons comme si nous sommes encore à chercher.

— Mais une fois enceinte de quelques mois, ils le remarqueront facilement.

— Oui et nous n'aurons pas besoin de nous cacher pour ça. Nous pourrons alors profiter de tout le support de l'institut et des hôpitaux pour passer les tests nécessaires afin de s'assurer que notre expérience est parfaite. Et même plus, accoucher de cet enfant ici !

— Je ne te suis pas très bien. Tu parles de devenir une mère célibataire ? Toi ?

— Bien sûr que non !

— Mais alors, qui sera le père de cet enfant ?

— Cela me surprend que tu n'y aies pas pensé ! dit-elle en faisant la moue.

Ce fut au tour d'Adil de faire un pas en arrière tellement la surprise était grande.

— Moi, père ?

***

Sur Inaya, Aedan se dirigea vers sa demeure, située hors du village du centre universel, suivi de près par Tchial et Faël.

— Mais Aedan, je ne comprends pas du tout ce qui se passe ! Pourquoi partir précipitamment ?

— Le temps compte.

— Mais... mais... mais on possède le temps, on peut le contrôler, non ?

— Si ! Mais pas sur ce monde. Pour eux, le temps est leur ennemi.

— Ennemi ? Que veut dire ennemi ?

Aedan arrêta et la regarda.

— Tchial, que de choses tu as encore à apprendre. Tu es si jeune et si belle que c'est pour toi que nous y allons. Pour que cette vallée, ce ciel, nos lunes, Inaya, puissent continuer d'exister.

— Mais...

— Chem doit se mettre au travail afin de faire coïncider la rencontre entre les deux mondes. On parle de temps et de distance. Si on fait une erreur de quelques secondes, on ne va jamais pouvoir construire ce passage.

— Mais...

— Et moi, je dois me préparer à recevoir cette information en temps et lieu. Ce qui ne sera pas si facile vu que j'y vais en m'incarnant. Si je ne trouve pas un endroit sécurisée ou si je ne suis pas à l'autre bout du passage pour l'ouvrir dans exactement le temps prévu par Chem, tous ces "si" feront que le passage ne sera pas créé et on aura les ennuis qui ont débuté. Tu n'as qu'à regarder dans notre ciel. Mais ça, je sais que tu le comprends.

Il jeta un coup d'œil vers Faël puis reprit sa marche. Tchial le regarda partir. Elle se laissa tomber sur le sol, allongée, et laissa son regard vaguer sur les deux lunes d'Inaya. Faël s'assit sur la pelouse, près d'elle.

— Que vas-tu faire ? demanda-t-il.

— Je ne sais pas. J'aimerais les accompagner et les aider. Surement que nous pouvons faire quelque chose... Des ennemis... Tu sais ce que ça veut dire toi ?

— C'est quelqu'un qui veut posséder ce que tu as.

— Mais pourquoi ? Inaya est tellement grand... nous avons tellement de mondes. Même Mayu peut nous accueillir.

Faël regarda Tchial, un peu mal à l'aise.

— Toi tu as quelque chose à me dire !

Faël baissa le regard.

— Oui... je fais partie de l'élite.

— Quoi ? Mais pourquoi toi et pas moi ?

— Tu as entendu ce qu'Aedan a dit. Tu es très jeune et ils ne veulent pas que tu sois incapable de revenir ici. C'est un risque que chacun va courir. Chem a mentionné que le passage qu'il va créer ne peut être utilisé que par un Weeno. Il ne parlait pas que de lui. Nous sommes plusieurs à partir.

— Oui je sais mais... Comment allez-vous quitter Inaya ? demanda-t-elle, mélancoliquement.

— Lorsque nous serons appelés. Chacun de nous va s'incarner dans un corps. C'est un long processus de plusieurs années terrestres avant de pouvoir être fonctionnel. C'est pourquoi 50 années est un court temps. En fait, nous n'aurons que quelques années terrestres pour établir un plan, le mettre en action et revenir.

— Cela me semble tellement abstrait... je ne saisis pas tout... Alors comment saurais-je si vous avez réussi ?

— Le couloir de la transition se fermera d'ici peu. Si nous revenons, c'est que nous aurons réussi.

Tchial laissa son regard vaguer sur les rayons dorés d'Inavinha.

— Vous partez tous ensemble ?

— Non... nous ne pouvons pas. De plus nous serons éloignés les uns des autres. Le principal problème sera de nous rappeler notre monde, notre mission et de prendre contact les uns avec les autres.

— Pourquoi se rappeler ? Se rappeler de quoi ?

Faël s'allongea à son tour sur la pelouse.

— Lorsque nous nous incarnons dans un monde à dimensions réduites, nous perdons la mémoire. Nous oublions d'où nous venons et pourquoi nous sommes dans ce monde.

— Surement que tu peux te rappeler, ça semble si absurde. Pourquoi y aller si tu ne te rappelles pas ce que tu as à accomplir ?

— C'est le principal problème. Tu sais maintenant de quoi parlait l'un des grands responsables des destinées d'Inaya lorsqu'il a mentionné que si des événements tournaient mal, Chem serait irremplaçable. Personne ne pourra occuper l'espace vital qu'il remplit ici, sur Inaya. Sa perte sera immense car il y aura changement de polarité. Notre monde ne sera plus le même.

Tchial conserva le silence. Elle ne voulait pas être la cause d'un changement de son monde.

— C'est si beau ici que je ne voudrais pas partir. Et je ne voudrais pas que tu partes, que quiconque parte... Je vais t'attendre Faël, je te le promets.

Elle appuya sa tête contre celle du garçon et ferma les yeux.

— Faël, tu te souviendras de moi ?

— Comment t'oublier ?

Elle ouvrit les yeux et s'accroupit.

— Regarde-moi, regarde-moi bien, dit-elle soudainement.

Le garçon la fixa.

— N'oublie jamais ce regard. Quand tu penseras à moi, tes souvenirs te reviendront, Tu te rappelleras d'Inaya, de Mayu et des beautés de notre monde et tu sauras quoi faire.

Elle laissa retomber sa tête sur la pelouse.

— Moi je ne t'oublierai jamais.

Faël ne dit mot. Il était davantage tracassé par les angles d'incarnation que la question d'oublier.

***

En Suisse, au Centre d'expérience en accélération de particules subatomiques, Lucus était en entretien privé avec Gabriel.

— Si nous réussissions à transférer des matières solides vers cet autre monde, ce sera notre avenir assuré à coup sûr ! déclara Gabriel.

— Que veux-tu dire par "transférer" ?

— Écoute, je ne suis pas ici par hasard. Nous nous sommes intéressés à tous les travaux ayant utilisé les accélérateurs depuis leur création. Nous savons qu'il existe un moyen de franchir les distances autrement que par l'espace. Pourquoi crois-tu que les budgets concernant la recherche spatiale ont été diminués ? Nous parlons de voyager vers une autre planète de notre système solaire en plusieurs dizaines d'années sinon centaines. À ce rythme, on a le temps de crever avant d'atteindre une autre planète viable... Combien de temps cela prendra-t-il pour seulement visiter une autre galaxie? Non, oublie ça. Nous nous doutions bien qu'il devait y avoir une autre façon plus rapide d'accéder à d'autres mondes et tu l'as justement prouvée.

— Mais comment ?

— Aussitôt que tu as eu l'idée en tête, nous en avons été informé. Nous te suivons depuis ce temps sans savoir que la création de Dubnium serait la solution.

— Je te vois venir... tu veux des applications militaires à ce projet ?

— Ce n'est pas ce que je veux... et pas militaire, du moins pas de prime abord. Il y a d'autres applications beaucoup plus importantes. Des priorités si je peux dire.

— Priorités ? Explique-moi.

— Déchets nucléaires entre autres.

— Ah ! Tu veux transférer nos détritus sur un autre monde ! C'est de notre faute si le monde est rendu comme ça !

— — Justement. Il est encore temps de réparer nos erreurs. Lucus... pense à tes enfants et petits-enfants. Tu veux réellement qu'ils vivent dans ce monde ?

Lucus réfléchissait.

— Il faut que tu puisses te consacrer à ce projet entièrement, poursuivit Gabriel. On parle de budgets de milliards de dollars. Aller de l'avant dans cette expérience ouvre des portes commerciales importantes. Oublie tous les autres projets. Maintenant, on ne parle que de ça.

— Budgets de milliards de dollars ?

— Dans le cas du centre, illimités... si on continue dans le même sens.

Lucus resta bouche bée.

—Laisse-moi m'occuper des détails et je te promets que tu atteindras rapidement une notoriété internationale.

— Budget illimité...

— Oui. Donc la porte est grande ouverte. T'as des idées, c'est le temps d'en profiter. T'as besoin d'aide, demande et tu recevras. Qui veux-tu dans ton équipe et on va convaincre ces gens de venir travailler avec toi. Liberté d'action totale.

Lucus resta incrédule devant l'offre. Gabriel savait parler et convaincre.

— Ceci devient partie intégrante du projet INNAWA.

— Innawa ?

— Inner Access World Alternative

Lucus laissa échapper un soupir, mais un grand sourire aux lèvres se dessina.

***

À quelques kilomètres de là, aux Laboratoires d'expertise en génétique appliquée, Adil poussa un grand soupir.

— Ce ne sera pas la première fois que deux scientifiques tombent an amour et se marient, je le comprends, mais là... je ne suis pas en amour. Oh, Nada... que veux-tu me faire faire ?

— Rien de ce que tu ne veuilles pas. Je ne suis pas en amour non plus mais cette idée de concevoir un être parfait et le voir se développer en mon sein m'a prise par surprise. Et là, tout d'un coup, j'aime cette idée.

— Je suis un très mauvais acteur... tous s'en rendront compte et nous serons arrêtés avant même d'avoir commencé.

— Adil... Tu veux cet enfant ? Veux-tu être père ? Du moins le père spirituel de cet enfant ? Ou désires-tu seulement tenter une expérience puis la laisser de côté pour te consacrer à en essayer une autre et une autre encore pour le reste de ta vie ?

Adil hésita.

— Es-tu seulement un scientifique ou es-tu aussi un être humain ?

— Nada, je sais où tu veux en venir et la question ne se pose même pas. Je veux faire cette expérience et en tant que scientifique, je suis sûr d'un résultat tout à fait unique et sans précédent. Nous sommes en recherche génétique depuis des années, toi et moi et... et bien sûr que voir cet enfant progresser et découvrir jour à après jour ses facultés, ou le voir mettre à jour ses qualités extraordinaires serait une expérience formidable. C'est le summum de la création. C'est l'ultime récompense de toute une vie. Tu crois que je dirais non à cela ?

— Alors nous sommes d'accord, conclut Nada.

— Mon Dieu, dans quoi nous embarquons-nous ?

— Maintenant, c'est "nous" Dieu, dit-elle confiante.

Adil mit sa main sur celle de Nada.

— D'accord. Quand ?

— Tu voulais commencer l'expérience maintenant, je suis prête.

— Je veux dire quand le mariage ?

Nada fut prise au dépourvu.

— En général il y a des préliminaires afin que les gens remarquent qu'il y a un début de romance entre nous.

— Hé merde... Je n'ai jamais été romantique !

Elle leva les yeux vers la caméra, fit une légère moue. Il faudra jouer le jeu même lorsqu'ils seront au travail.

— D'accord d'accord... Nous sommes des scientifiques cartésiens... pas de romance mais tout de même un mariage. Au moins 9 mois avant la naissance de cet enfant afin d'être éthiquement acceptés.

— Qui de nos jours s'occupent de ça ?

Nada soupira.

— Une vie de concubinage alors ?

— Pourquoi pas ?

— Ce n'est pas une mauvaise idée non plus. C'est vrai que nous sauvons les frais et la question de la cérémonie que je détesterais. Ça te sauve aussi de la question d'être obligé de m'embrasser.

— Merci Nada, tu es d'une gentillesse extraordinaire à mon égard ! répondit Adil d'un ton sarcastique.

— Et ça nous évitera de "trop" en faire devant la caméra de surveillance !

Adil acquiesça légèrement.

— C'est vrai, j'étais en train de l'oublier.

— Si on doit jouer ce jeu, il faudra le jouer jusqu'au bout.

— Avant tout, nous devons créer un double du programme pour simuler que nos recherches sont toujours en développement... et... je ne sais pas comment procéder pour la vraie partie...

— Utilisons des codes connus de nous seuls pour la construction des gènes. On saura bien trouver au fur et à mesure... Alors si on s'occupait de choses sérieuses maintenant ? dit-elle en claquant des mains.

Adil sourit. Il se tourna vers l'ordinateur et entra les nouvelles données à peine découvertes une heure auparavant.

— Une fille...murmura-t-il.

Il sourit de nouveau. Il s'imaginait bien avec une fillette dans les bras, la voir grandir, la voir s'émerveiller devant la neige, le sable, la mer, les oiseaux et papillons, chanter, danser, et surtout rire, ce qu'il regrette bien de ne pas pouvoir faire plus souvent.

— Elle sera belle, avec de beaux grands yeux bleus et une peau claire... suggéra Nada.

— Des yeux bleus et une peau claire ? Mais Nada, nous sommes tous deux Indiens. Personne n'a la peau claire en Inde et encore moins les yeux bleus !

— Mais nous ne sommes pas n'importe qui, nous sommes ses créateurs !

— Je comprends, mais une fois née, on verra tout de suite que ce n'est pas normal, deux parents aux yeux foncés et une peau tout aussi foncée avoir un bébé à la peau claire. Va pour les yeux pour un petit bout de temps, mais pas pour la peau. Ils feront des tests et nous serons découverts rapidement. Je ne tiens pas à me la faire enlever...

— Ne me dis pas que tu tiens à cette enfant maintenant ?

Adil venait de se découvrir. Nada partit à rire.

— Ce n'est pas drôle, répliqua-t-il. Et je t'avais prévenue, je suis très mauvais acteur !

— Mais tu seras un excellent père !marmonna-t-elle.

Elle conserva son sourire. Elle venait d'avoir une idée.

— En tant que créateurs, pourquoi ne pas modifier le gène de la coloration de la peau. Au lieu de passer de clair à foncé, on renverse la fonction. Au cours des années, sa peau deviendra claire, ses traits se modifieront, et pourquoi pas aussi changer la couleur de sa chevelure pour devenir blonde !

— Tu sais que tu es géniale toi !

— C'est pour ça que tu "m'aimes" !

Adil resta bouche bée.

Chapitre 2

Six septembre 1989. Suisse. Au centre d'expérience en accélération de particules subatomiques, plus d'une centaine de spécialistes en physique nucléaire, particules élémentaires, cosmologie et hautes énergies étaient activement occupés aux dernières vérifications des appareils, des données traitées suite aux photos et enregistrements de la première expérience, des variations des champs électromagnétiques.

La présence de nombreux soldats surveillant le déroulement des activités résultait de la tournure de récents événements. L'explication se trouvait parmi les premiers sièges du théâtre aménagé aux fins de l'expérience. Gabriel suivait le déroulement avec un regard détaché. Lucus lui jeta un coup d'œil. Gabriel était en grande conversation avec plusieurs hauts responsables militaires et privés. Lucus avait été doublé. Il n'avait pas ces contacts malgré sa haute connaissance en physique de particules. *La seule justification de l'expérience permet justement d'apporter un financement de plusieurs millions de dollars en un temps record, en plus de l'embauche des nombreux spécialistes,* avait dit Gabriel. *Il faut être prêt à toute éventualité de contact,* avait-il ajouté. Le matériel hautement technologique avait été fourni suite à un accord entre les pays émergents favorables à des percées spatio-temporelles. Tout était au point pour relancer l'expérience. Gabriel avait accueilli "ses" invités, ceux qui avaient donné leur accord et le financement au projet et pour qui le succès de l'expérience allait changer la face cachée de la planète. Gabriel quitta son siège et monta sur la petite estrade.

— Mesdames et messieurs, nous sommes sur le point de lancer une expérience historique, annonça-t-il. Nos analyses et projets nous ont amenés à la découverte de nouveaux éléments. Si ce n'était que de cela, nous pourrions nous en réjouir. Mais il y a plus, et ce plus justifie votre présence parmi nous. Vous avez été invités ou plutôt conviés à la plus grande expérience scientifique au monde... et ce monde sera à jamais changé.

Il fit une pause, laissant les secondes devenir un suspense.

— Mais pour ancrer ces mots qui deviendront précurseurs pour les générations à venir, poursuivit-il, j'invite la seule personne qui a su être suffisamment visionnaire pour entrevoir au-delà ce qui est invisible à nos yeux.

Il se tourna vers Lucus.

— Professeur Lucus, je vous en prie.

Lucus, non sans méfiance face à une soudaine "reconnaissance" de son travail, monta sur l'estrade.

— Bonjour et bienvenue au centre d'expérience en accélération de particules subatomiques. Après plusieurs années de recherche intensive sur notre cosmos et ses secrets les mieux cachés, nous avons découvert accidentellement l'existence de mondes parallèles. Vous trouverez l'historique détaillé dans le dossier qui vous a été remis. Mais ceci, comme le mentionnait monsieur Gabriel, ne fut qu'une infime partie de ce qui suivit. Pour aller de l'avant, nous avions besoin de repenser notre façon de voir le cosmos. Nous avions besoin aussi de renfort ! Grâce à l'appui de nos gouvernements et surtout grâce à votre récent et inestimable soutien, à votre volonté d'étendre nos connaissances bien au-delà de notre monde existentiel, aujourd'hui sera ce jour historique. Nous sommes maintenant une centaine de scientifiques à étudier les découvertes effectuées et je peux dire fièrement que nous sommes prêts. Notre centre va entreprendre la seconde expérience du lancement d'un neutron dans la sphère intemporelle. Notre objectif précis est de faire ce pas en avant vers cette dimension, vers ce monde précédemment découvert et permettre à l'homme d'aujourd'hui d'offrir à se s enfants de demain le début d'une ère cosmique. Dans quelques minutes, nous ouvrirons une porte vers un autre monde. Un monde qui évolue parallèlement au nôtre. Sur l'écran principal, vous verrez la transmission directe de ce que nos capteurs recueilleront comme information. Cette information risque probablement de vous choquer ou de vous surprendre, comme nous l'avons été. Mais c'est la réalité... une réalité qui se voudra tangible avec le temps. Je termine sur ces quelques mots pour exprimer toute ma reconnaissance envers votre soutien. C'est avec plaisir que je partage ce voyage, un incroyable voyage dont vous serez les uniques témoins, au sein de notre univers,

***

Sur Inaya, Tchial accompagnait Faël vers le centre universel.

— C'est la première fois, c'est ça ? demanda Tchial.

— Oui, avoua Faël.

— Que sais-tu de... que va-t-il se passer ?

— C'est Aedan qui sait... et aussi Ilyes.

— L'initiateur ?

— Oui. Ilyes est l'initiateur des incarnations. C'est lui qui m'a dit que la première fois est toujours incertaine, mais on réussit toujours à se guider et retrouver son chemin. L'important est de garder la foi...

— Croire ?

— Oui... croire que nous serons guidés. Je ne sais pas quoi penser, je me sens étrange face à cela. Il m'a dit de ne pas avoir peur.

— Peur ? Qu'est-ce que c'est ?

— Je ne sais pas vraiment. Selon ce qu'ils m'ont dit, c'est ce que je ressens présentement. Et depuis, ce sentiment de peur occupe tout mon esprit.

— Tu as peur ? Pourquoi ?

— À cause de l'arrivée.

Tchial le regarda, ne saisissant pas tous les concepts. Sur Inaya, la peur n'existait pas car on savait, on connaissait la nature de l'univers... sauf depuis l'apparition de la fracture.

— Ilyes associe la peur à une exagération de l'inquiétude, ce que nous avons manifesté lorsque la fracture s'est créée. C'est notre ignorance manifestée.

***

A quelques kilomètres du centre d'expérience en accélération de particules subatomiques, aux Laboratoires d'expertise en génétique appliquée, Adil et Nada concluaient plusieurs mois de leur projet génétique.

— Voilà, les derniers gènes ont été insérés dans le code. L'ADN est terminé... annonça Adil en s'adossant sur la chaise, satisfait du travail accompli.

Nada ouvrit le projet sur son ordinateur. La colonne hélicoïdale apparut. Plusieurs paramètres étaient déficients et l'analyse de l'ordinateur démontrait de grandes faiblesses dans l'information génétique. Elle cliqua sur un des gènes déficients, un mot de passe fut demandé. Elle entra les lettres C-H-I-T-I. Aussitôt se dessina l'apparence d'un fœtus pivotant sur ses axes. Sur la droite du moniteur, les différents groupes génétiques s'affichèrent. Elle ajusta un chronomètre virtuel. Adil se pencha vers elle.

— Chiti ?

— Ne me dis pas que tu as perdu ton dialecte ?

— Chiti est "Amour" en hindi... mais encore ?

— Cette enfant est un amour... elle me redonne un espoir.

Adil sourit.

— Je pensais davantage l'appeler Tejal.

— Brillante ! C'est joli aussi Tejal... Chiti... dit-elle, hésitante entre les deux noms.

Adil leva les bras, sachant très bien que Nada préférait Chiti comme nom. Avant qu'il ne puisse dire quoi que ce soit, Nada posa un doigt sur sa bouche.

— Tejal Chiti... brillante amour !

— Dans ce cas je préfère Chiti Tejal. Cela sonne mieux à l'oreille.

— Je ne trouve pas vraiment... sorte de dissonances...

— Bah ! Nom trop long, dissonances, pas de rime... tout le monde l'appellera Chijal de toute façon !

Nada dandina de la tête et sourit.

— J'aime bien aussi... on le saura quand on verra le bout de son nez si ça lui colle ou non !

— Pas besoin d'attendre si longtemps, démarre la croissance, tu l'auras devant les yeux !

Elle retourna son regard vers le moniteur. Le fœtus pivotait toujours sur les trois axes. Elle prit une profonde respiration et commença l'analyse.

— Âge : 0, naissance. Étapes : 6 mois. Suivi des déclencheurs génétiques, activation progressive.

Le temps se mit en marche. La croissance du bébé virtuel s'entama dès la naissance. Au fur de la progression, elle nota la résultante des gènes modifiés selon l'âge programmé.

— Cheveux blonds... yeux bleus... peau foncée... déclenchement de l'activation des gênes présélectionnés dits "normaux". 12 mois... changement de couleur des yeux... bruns foncés... aucune apparence anormale selon la copie du code parental cloné... Développement progressif... mémorisation sensorielle activée... les gènes en latence débutent leur croissance intellectuelle... douze ans... maturité physique... taille... un mètre soixante soixante-dix... poids maximum... soixante-cinq kilos... résultante finale... forme du visage... nez droit, arcades sourcilières arquées... référence artistique "La naissance de Vénus" de Sandro Botticelli, ... doigts allongés, jambes droites... couleur de peau claire, cheveux couleur ambre...

Adil écoutait attentivement tout en acquiesçant aux attributs génétiques. Les spécifications modifiées se reflétaient sur le programme et concordaient parfaitement à celles qu'ils avaient choisies.

— période de puberté, début des déclenchement et corporification étendue des douances présélectionnées... art visuel selon les codes Michel Angelo, Sandro Botticelli, William Bouguereau et Salvador Dali... art vocal basé sur le développement progressif de Zinka Milanov, Maria Callas, et Emma Shapplin... ... douance intellectuelle activée, insertion des données de développement génétique selon Albert Einstein, Marie Curie et Stephen Hawking... douance psychique démarrée selon Edgar Cayce, J.Z. Knight... douance spirituelle suivie du schème selon Deepak Chopra et Lhamo Dondrub... douance métaphysique incluant la compréhension des mécanismes universels activée à développements ouverts... douance physiologique et période pré-pubertaire selon les attributs parental... nous.

Elle releva la tête. Adil souriait.

— Un peu de "nous" finalement !

Elle lui retourna le sourire.

— Je ne nous considère pas rien de moins que des êtres au-dessus de la moyenne. Et "nous" sommes... serons ses parents... murmura-t-elle.

Adil claqua des mains.

— Bien ! Tu es prête ?

— Aujourd'hui ? Maintenant ?

— Il n'y a pas de meilleurs moments. Tu sais ce qui est en train de se passer ? C'est le grand jour au Centre de l'accélérateur. Tous les regards sont tournés vers cet événement et personne ne fera attention à ce que nous ferons... et ce que nous faisons présentement. Cela fait des mois qu'ils se préparent et nous aussi.

Nada esquissa un sourire, avala sa salive. Elle jeta un coup d'œil au moniteur et regarda le visage de cette jeune fille en devenir, le visage... le regard... l'innocence même...Vénus méritait bien son nom, sa vocation. En sanscrit, c'est le charme, le désir. Ailleurs, elle est la déesse de la beauté, de l'amour... Chiti... c'est aussi l'étoile du berger, brillante... Tejal. Oui, ces deux noms lui collaient bien. Tout ce qu'elle avait souhaité s'y trouvait. Elle porta son regard vers la souplesse et aux traits fins du visage. *Je vais porter cette enfant... mais si elle tombait malade ? Non, ça ne peut pas arriver...*

Elle vérifia les conditions à coefficients négatifs. Tous les gènes avaient été nettoyés et le système immunitaire avait été renforcé. Rien n'avait été laissé au hasard. Elle jeta un coup d'œil furtif vers la caméra puis reporta son regard vers Adil.

— Je le suis, dit-elle.

Adil lança le programme. Aussitôt, les cellules se multiplièrent, copiant parfaitement le code génétique de la cellule mère.

***

Tchial reporta son regard vers le ciel, vers Mayu. La fracture se maintenait, laissant des images étranges et troublantes flotter au-dessus de leur planète. Faël poursuivit son discours mais Tchial ne l'écoutait plus. Elle avait senti une étrange sensation en fixant la fracture... comme un écho, comme un appel lointain étouffé, à peine perceptible, à peine reconnu. Elle entendait son nom.

— Tchial... Tchial...

L'appel ne venait pas de la fracture, mais d'ailleurs. Elle se retourna mais ne vit personne sauf Faël. Elle retint sa respiration pour mieux écouter mais rien ne vint.

— Qu'y a-t-il ? demanda Faël.

— Je ne sais pas... J'ai entendu mon nom, comme si quelqu'un de très faible ou demeurant très loin m'appelait.

— Mais qui peut t'appeler ? C'est impossible !

— Je sais... mais depuis que cette fracture existe, je sens de plus en plus d'étranges sensations.

***

Non loin des Laboratoires d'expertise en génétique appliquée, l'accélérateur de particules subatomiques avait été mis sous tension. Gabriel s'approcha de Lucus.

— Aucune erreur n'est permise, dit-il subtilement.

— Et aucune erreur ne sera commise également, répliqua Lucus.

Il scruta le moniteur central. Chaque département avait complété leur cycle de contrôles. Étant d'un calme exemplaire, il préféra cependant faire une dernière vérification de visu avec certaines composantes. Il n'était plus à une minute près de réaliser un exploit scientifique de cette envergure, sachant tout aussi bien les énormes sommes englouties pour cette seule expérience, et le pouvoir grandissant de Gabriel sur le centre.

Les bandes filtrantes avaient été calibrées sur différentes ondes passantes afin d'éviter les bruits parasites qui pourraient s'enregistrer. Sept détecteur, dont quatre de très grandes tailles, étaient installés et opérationnels. Il porta une attention particulière sur l'accélérateur de particules. Chaque physicien était à son poste. Tout semblait opérationnel. Il acquiesça et reporta son attention vers le poste de contrôle.

***

Aux laboratoires d'expertise en génétique appliquée, Nada entra dans une salle longtemps restée déserte. Cette salle, ou plutôt chambre, devait servir originalement à la conception des embryons. Restée totalement inutilisée, elle se transforma en simple chambre pour le repos du personnel, c'est-à-dire Adil et elle-même.

— C'est ici que ça va se passer, se dit-elle en regardant l'état de la chambre.

Simple, sans artifice, murs de couleur sobre, deux étagères, une petite fenêtre permettant à la lumière du jour d'y ajouter un peu de chaleur et deux lits simples qui avaient été mis côte-à-côte depuis qu'ils avaient annoncé leur union libre. Les événements s'étaient précipités. Les derniers mois avaient été mis à profit pour établir leur crédibilité en tant que couple malgré l'étonnement général. Pour certains, ils étaient stupéfaits que ce ne soit déjà fait, pour d'autres, quel avait été l'élément déclencheur d'un soudain amour. Par chance qu'ils avaient décidé de jouer le jeu dès les premiers moments. Le fait de tomber enceinte ne serait qu'une simple résultante naturelle qui serait à peine perçue.

Elle jeta un discret coup d'œil vers le plafond. La caméra était toujours fonctionnelle. Il fallait jouer le jeu, entièrement.

Adil entra dans la pièce. Nada tourna dos à la caméra, ferma les yeux et relâcha un soupir, une tension longtemps maintenue. Adil la serra dans ses bras.

— Tu l'as, murmura-t-elle à son oreille.

Il la regarda, baissa le regard, camouflant ses lèvres en l'embrassant dans le cou.

— Dans ma poche droite, dit-il dans un murmure. Il suffit de la glisser dans le vagin. La membrane pellucide est programmé pour se briser dans six jours, elle devra se trouver dans la cavité utérine si on...

— Je sais, chuchota-t-elle. Des mois de préparations vont se jouer d'ici les prochains jours. Je ferai tout pour favoriser l'embryon de s'implanter. Prends-moi, maintenant.

Adil lui enleva la robe doucement. Combien de fois avaient-ils répété cette scène en dehors de la caméra... Maintenant, c'était le vrai jeu. Elle se colla contre lui et enfouit discrètement la main dans sa poche. La gélule était chaude, douce. *La vie... quelques cellules qui sont en train de fabriquer un être humain... une enfant, la nôtre,* pensa-t-elle.

Adil l'allongea sur le lit. Il retira ses vêtements. Sa femme était là, devant lui. Il s'allongea contre elle. Il lui caressa les seins, prenant les mamelons entre ses doigts, y déposa un baiser avec tendresse. Il remonta vers le cou. Nada ferma les yeux, entrouvrit sa bouche haletante. Elle aimait cette sensation d'être touchée, d'être caressée, de sentir le désir se faire moite et monter en elle. Adil le sut. Il lui prit la main porteuse contenant la gélule et l'amena vers son bas ventre.

— Maintenant...

De ses doigts agiles, elle inséra la gélule discrètement, comme si elle se caressait. Adil faisant dos à la caméra, camouflait les gestes de Nada. Avec une douceur attentionnée, il prit position au-dessus d'elle et la pénétra aussitôt, poussant le petit cocon de vie le plus loin possible à l'intérieur de la cavité vaginale. Elle mit ses mains dans le bas du dos de l'homme et le pressa contre elle, en un fort désir de sentir cette vie se faire un chemin en son intérieur.

Adil entama un rythme de va-et-vient alors que Nada arqua le dos afin de faciliter une plus grande pénétration. Adil ferma les yeux. Il aimait cette sensation chaude, douce, amoureuse, soutenue et impétueuse, flamboyante. Il avait l'impression d'allumer un bucher de joie à chaque poussée de son bassin contre le sien. Nada vivait au rythme de cette danse sensuelle, sentant de nouvelles émotions se faire concupiscentes.

***

Tchial avait les yeux fixés sur la fracture.

— Tu vois quelque chose ? demanda Faël.

— Non... rien que des êtres en mouvements...

— Que peuvent-ils faire ? Je ne veux pas vraiment partir chez eux...

— Alors, c'est cela la peur... ?

Faël baissa la tête.

— Oui, c'est cela.

Tchial le prit dans les bras.

— Je vais penser à toi, tout le temps. Et quand tout sera fini, je serai ici, à t'attendre. Nous retournerons dans la vallée et tu t'amuseras à faire l'arbre et moi l'oiseau. Tu me diras ce que la terre te raconte et je te décrirai ce que l'on voit de là-haut.

Ils partirent à rire puis se remirent en marche.

— Tchial ? demanda Faël.

— Oui ?

— Tu sais ce qui m'inquiète le plus ?

— Tu as peur de tout oublier !

— Non... c'est l'angle de l'incarnation.

— Qu'est-ce que c'est ? demanda-t-elle, surprise qu'il y ait quelque chose de pire que l'oubli.

***

L'accélérateur de particules subatomiques occupait la plus grosse partie d'un moniteur installé pour les invités.

— Départ du compte à rebours. Soixante secondes, annonça une voix.

Sur le moniteur, les secondes se mirent à décroître.

***

Nada voulut ouvrir les yeux pour voir si la caméra était toujours active mais elle n'en fit rien, emportée qu'elle était dans un rêve qu'elle n'aurait jamais imaginé. Elle était non seulement en train de faire l'amour tout en sachant qu'un observateur enregistrait le tout, mais elle était, à sa grande surprise, en amour.

***

— Cinquante secondes...

Lucus regarda les invités, puis son regard croisa celui de Gabriel. La seule crainte de ce dernier était la formation de micro trous noirs lors de l'expérience, créant des vides d'information.

***

Faël hésita.

— L'angle de l'incarnation est ce moment difficile où tu apparais dans l'autre monde.

— Apparais ? Comment apparaît-on ?

— C'est le passage. C'est à ce moment qu'on oublie. Ils appellent ça la naissance.

— La naissance ? Tu oublies tout ?

— Oui... il semble que tu oublies vraiment tout... Inaya... toi.. moi... Mayu... ces moments ensemble... tout ce que tu as vécu avant ce moment de la naissance.

Il regarda l'immense faille.

— Même eux ont oublié... et ils continuent de chercher...

— Faël... rien ne peut être pire que de ne pas se rappeler ce que l'on cherche !

***

Nada posa ses lèvres contre celles de son compagnon, l'embrassa avec passion et volupté. Un long baiser comme jamais elle n'avait donné, comme jamais elle n'aurait un jour penser donner. Des mots, des idées, de vives émotions lui traversèrent l'esprit. *Plus rien ne sera comme avant... C'est impossible de... c'est juste impossible... Pourquoi avoir attendu tout ce temps ? Nous nous sommes créés un jeu et nous sommes les premiers à avoir succombé.*

***

— Quarante secondes...

***

Tchial et Faël arrivèrent en bordure du village.

— Demande à Ilyes comment détourner l'angle de l'incarnation.

— Il ne le sait pas. Toutes les fois qu'il est allé dans les mondes à dimensions réduites, il a dû refaire le passage et vivre les mêmes apprentissages.

— Cela doit demander beaucoup d'énergie.

— Ils appellent ça le temps.

— J'ai de la difficulté à comprendre.

— Le temps de l'apprentissage occupe le tiers de leur existence.

— Cela demande autant d'énergie ? Et que font-ils ensuite ?

— Je ne sais pas... Sur Terre, le processus de vie est très court et ils prennent énormément de temps pour se rappeler. Ils ont créé des systèmes seulement pour se rappeler, pour déclencher les mémoires mais ils n'y arrivent pas. Ilyes raconte que la principale cause est cette dimension réduite. Cela a des répercussions désastreuses parmi les habitants. Souvent ils doivent s'éliminer pour se forcer à se souvenir.

— S'éliminer ? Que veux-tu dire Faël ?

— Mettre fin à l'existence.

***

Nada ouvrit les yeux vers Adil. Leur regard fit davantage que seulement se croiser. Chacun plongeait littéralement dans celui de l'autre. Cela allait au-delà de leur connivence, de leur ardeur commune, de leur envie de se dépasser en tant que scientifiques. Elle aurait voulu demander, savoir, connaître, quémander le côté caché de son compagnon, mais en même temps, elle ne voulait briser cette magie qui s'opérait dans un moment si intime et passionnel.

***

— Trente secondes...

***

Tchial arrêta sa marche. Tout cela la bouleversait.

— Écoute Faël, pour éviter qu'il t'arrive la même chose, il faudrait trouver une façon pour que tu puisses te rappeler. N'y a-t-il pas quelque chose de très important pour toi dans ce monde ?

— Bien sûr ! Les arbres, les fleurs... la terre... et toi !

— Je le savais bien ! Alors voilà, imprègne la terre et les arbres... et moi dans ta mémoire. Ne pense qu'à cela avant que tu te retrouves dans l'autre monde. Souviens-toi de mon regard.

— Tu crois que cela va fonctionner ? demanda-t-il tout en fixant des ses grands yeux Tchial.

Elle hésita.

— Je... Oui. C'est comme ça que... Aedan dit toujours de se concentrer très fort pour imprégner notre mémoire intemporelle. On s'en rappelle alors pour l'éternité, peu importe où nous allons, peu importe où nous nous trouvons.

— Ilyes dit qu'il faut croire pour qu'on puisse se retrouver dans l'autre monde.

— C'est l'empreinte de l'âme qui doit être imprimée dans la chair, une fois fait, tu n'as qu'à la suivre.

Faël resta songeur.

— Et ce n'est qu'en la suivant que tu sauras le chemin du retour, ajouta Tchial.

Elle le regarda, se demandant si Faël, son grand ami, avait la force de réussir cette mission.

***

Adil poursuivait cérémonieusement le sacre amoureux, sans relâche, sans laisser de répit aux corps enlacés. Il était pris et épris maintenant de ce corps implorant silencieusement mais avec grâce d'obnubiler la chorégraphie, de l'encenser, de l'orchestrer. Elle ne voulait arrêter la symphonie, une symphonie sublimant l'être dans sa création la plus pure. Elle suivait la cadence, martelant de son corps le rythme de l'homme.

***

— Vingt secondes...

***

Faël acquiesça.

— Je vais le faire... Il le faut bien. On compte sur moi comme je compte sur les autres. Je sais qu'ils me viendront en aide si jamais je me perdais.

Tchial lui sourit faiblement. Elle ressentit encore une sensation étrange, celle d'être observée. Elle se retourna sans apercevoir qui que ce soit lui portant un regard. Les villageois présents discutaient principalement des derniers événements, ceux de la faille qui trônait dans leur ciel.

— Encore tes sensations étranges ? demanda Faël.

— Oui, répondit-elle. On dirait que l'on me voit mais personne ne me regarde.

— Ce doit être cette fracture. Quand va-t-elle partir et disparaître ?

Tchial porta son regard vers le ciel, vers Mayu en partie cachée par la gigantesque faille ouverte sur un monde qui lui parut de plus en plus hostile. Elle soupira.

— Allons rejoindre les autres. Ils doivent t'attendre maintenant.

***

— Chijal sera merveilleuse, chuchota Nada.

Elle était sincère de ce désir, abandonnant toute raison. Ce désir était devenu maintenant encore plus irraisonnable étant sous le bucher ardent, valsant en des mouvements de vagues se fracassant sur des récifs tout aussi sauvages que vierges.

— Je la remercie pour ces moments avec toi, murmura-t-il.

***

— Dix secondes...

***

Alors qu'ils pénétrèrent dans l'enceinte du village, Tchial fut de nouveau attirée par la fracture céleste. Elle se retourna vivement, le regard porté vers le ciel. Une douleur se fit sentir dans sa poitrine, elle tomba à genoux.

— Tchial, s'écria Faël.

Il se jeta à ses côtés.

— Tchial ! Ça va ?

Elle ferma les yeux. La douleur persista puis se dissipa. Elle ouvrit les yeux vers Faël. Jamais elle ne lui avait connu un regard aussi triste.

— Qu'est-ce qui nous arrive ? balbutia-t-elle. Qu'arrive-t-il à notre monde ? Tu es triste, je suis mal, notre ciel est couvert et souillé maintenant et la plupart s'en vont vers un monde hostile dans l'espoir de sauver le nôtre. Pourquoi ? Qu'arrivera-t-il lorsque le cycle sera complété ?

Elle baissa la tête, ferma les yeux encore une fois.

***

Adil embrassa Nada. Il était tout aussi emporté par la passion devenue amoureuse. Haletant, emprisonné dans ses élans fougueux, il retira prestement ses lèvres des siennes.

— Elle mérite... son nom, murmura-t-il avant de refermer les yeux sous la pression du désir devenir chair.

***

— Cinq secondes...

***

— Tchial ! entendit-elle encore une fois.

— Qui m'appelle ? demanda-t-elle.

— Tchial...

Elle n'entendit plus rien d'autre que son nom, répété, appelé, prononcé, nommé... Faël ne savait comment l'aider. Il lui prit la main, tenta de la réconforter.

***

Nada sentit le désir monter en elle comme un serpent montant dans l'arbre. Elle était devenue si fragile et si forte à la fois dans son désir de procréer une vie parfaite qu'elle en oubliait toute culpabilité de ce qu'ils avaient fait. Cette enfant était maintenant désirée plus que jamais. Son visage, sa grâce, sa candeur, sa voix, son intelligence... tout ce qu'ils avaient manigancé, préparé, planifié et rendu possible allait se réaliser.

***

— Quatre... Trois... Deux... Une...

***

Adil ouvrit les yeux subitement. Sa pensée alla directement dans celle de Nada. Elle ouvrit les yeux tout autant. Le moment se pressait à leur cœur, à leur corps, uni, attaché, lié, indissociable. Ils étaient soudés l'un à l'autre dans le désir.

***

— Lancement.

***

Nada le pressa contre elle, l'enserrant de ses jambes au moment même où elle sentit une chaleur intense brûler en elle comme un vertige sexuel devenu un plaisir aussi érotique que charnel. Elle toucha l'extase au moment où Adil arqua le dos en un sursaut énergique. Sous la violente contraction déchaînée, la gélule fut propulsée davantage vers l'intérieur et entreprit son périple.

***

Deux neutrons furent éjectés l'un vers l'autre frôlant la vitesse de la lumière et franchirent 11 000 fois par seconde le parcours des 26. 659 kilomètres de circonférence du tunnel. Dès la deuxième seconde, les neutrons se changèrent en de longs faisceaux lumineux, faisant surchauffer les systèmes de refroidissement. À la troisième seconde, ils entrèrent en collision, déclenchant une réaction inconnue. Tous les détecteurs enregistrèrent plus de 500 millions de collisions simultanées.

***

Une énorme explosion bouleversa la fracture occupant une immense superficie dans le ciel d'Inaya. Le couloir intemporel s'ouvrit davantage, laissant une traînée vaporeuse balayer la faille. Faël se protégea le visage de l'intense lumière. Tchial fut projetée sur le sol, une douleur horrible la terrassant à la poitrine. Elle roula en boule, la tête entre les genoux relevés.

— Faël...

Il tourna son visage vers son amie. Elle n'arrivait plus à le percevoir. La voix se fit de plus en plus présente.

— Tchial... Tchial...

Elle avait perdu contrôle de ses membres, de son corps. Tout semblait se dérouler comme dans un rêve. Tout tournoyait... la fracture au-dessus d'elle semblait s'ouvrir et s'étendre sur tout le monde d'Inaya. Elle serra les jambes de ses bras, enfouit sa tête de plus en plus à l'intérieur des genoux. Sa gorge se serra, les poumons s'affaissèrent. Elle n'arrivait plus à respirer. Son cœur se débattait.

— Faël... dit-elle dans un dernier effort.

Tout se mit à basculer. La fracture occupait tout le ciel d'Inaya. L'appel se fit plus présent. Elle se sentit aspirée. Elle perdit toute notion consciente de ce qui était en train de se passer. Sa gorge manquant d'air se contractait. La douleur se fit plus intense. Son cœur ralentissait, puis augmenta subitement. Elle n'arrivait plus à voir, à distinguer ce qui se passait devant elle. Elle n'entendait plus que des sons étouffés, à peine des murmures lointains. Ses mains tentaient d'agripper quelque chose... quelqu'un mais elle en perdait le contrôle. Elle perdait le contrôle de tout son corps. Puis, elle disparut.

Chapitre 3

Sept mois plus tard, 10 avril 1990. Au centre de génétique appliquée, Gabriel faisait les cent pas dans le laboratoire de Nada et Adil. Plusieurs généticiens, affectés aux fournitures, ces corps servant de remplacement d'organes à ceux qui pouvaient se les payer, assistaient à sa première crise existentielle.

— Ce que je ne comprends pas, dit-il, c'est comment les docteurs Nada Girija et Adil Rashmi, deux scientifiques de renommées internationales, donc intelligents et de plus, devenus soudainement "mariés", ajouta-t-il en mettant ses doigts en guise de guillemets, ont pu créer ce prototype génétique sans que personne ne s'en rende compte ?

Il se tourna vers l'équipe de surveillance. Les agents n'avaient aucune explication plausible à fournir.

— Et de plus, décident de partir en vacances sans que personne ne se rende compte qu'ils ne "revenaient" pas !

Il les regarda, gesticulant, essayant de les motiver à trouver une réponse plausible.

— Mais cela ne semble pas si difficile après tout ! s'exclama-t-il.

— Nada Girija et Adil Rashmi avaient la réputation d'être toujours très discrets et réservés, intervint Kirian, l'un des principaux responsables de l'équipe de génétique appliquée. Avec toutes les percées scientifiques qu'ils ont faits, ils avaient leur propre labo, équipé de tous les instruments nécessaires, de la chambre d'essai et avaient accès illimité aux échantillons et codes ADN de notre banque de donnée.

Gabriel fulminait.

— Et tomber amoureux n'a pas éveillé de soupçons ?

— Ils sont tous deux de la même nationalité, ajouta Kirian, cela a semblé tout naturel depuis le temps qu'ils font équipe...

— Y en-a-t-il d'autres qui sont "tout naturellement tombés" amoureux ici ? demanda Gabriel, interrompant Kirian.

Personne ne répondit à la question.

— Ça en dit long ! Ils ont été les seuls... et personne ne s'est posé de questions. Et ce prototype ? Personne n'a pu s'apercevoir de sa création ? Et qu'en plus, cet embryon a été implanté dans l'utérus du docteur Girija ? Et qui est "disparue" avec son mari, trois mois plus tard... et que ce n'est que maintenant qu'on m'en parle !

— Ils ont dit qu'ils avaient décidé de faire leur voyage de noce pendant les fêtes, visiter les familles respectives en Inde et... donc, ils seraient absents pendant quelques mois, et bien sûr que...

— Que ?

— Que les conférences ont suivi... auxquelles ils participaient grandement. Donc tout ça a justifié cette longue absence. Mais on n'a jamais su pour ce qui est du prototype parce qu'ils...

— Oui je sais ! soupira Gabriel, ils avaient leur labo et leur chambre d'essai et ils ont pu s'envoyer en l'air devant les caméras de surveillance sans que personne ne puisse se douter qu'ils implantaient un embryon de plusieurs millions de dollars dans l'utérus d'une des plus grandes scientifiques en génétique. Pas besoin de me le redire, j'avais compris.

Il prit place sur l'un des tabourets du labo.

— Alors maintenant, peut-on savoir ce qu'ils ont fait ?

— C'est le problème auquel nous faisons face.

— C'est-à-dire ?

— Nous n'avons pas accès au programme... à leur programme, répondit Kirian avec hésitation.

Gabriel souleva les sourcils.

— Et qu'est-ce que je suis supposé comprendre ?

— Que les codes utilisés ne font pas partie de ceux utilisés par le protocole établi.... Donc, on ne peut ouvrir le programme, pas celui utilisé pour la programmation de l'embryon.

— Et personne n'a pensé faire venir un programmeur ou mieux, un pirate informatique ?

— Les ordinateurs sont cryptés en gigabits... on parle de 10 milliards de combinaisons possibles... incluant tous les caractères dans toutes les langues connues... ils sont donc inaccessibles si on ne connaît pas le code...

— Et les autres alors ? Je crois comprendre qu'ils peuvent être ouverts ?

— Euh... oui, tout à fait.

— Alors c'est merveilleux ! répliqua Gabriel avec sarcasme. On peut reprendre leurs recherches et peut-être qu'avec un peu de chance on pourrait savoir ce qu'ils ont "inventé" ?

— De ce côté on sait que c'est une fille.

— Ah bien voilà ! On vient d'éviter quelque chose comme 45% moins de recherche sur la population planétaire de couple ayant un seul enfant, compte tenu qu'il y a plus de filles que de garçons qui naissent !

— Il y a au moins une bonne nouvelle. Tous les codes ADN sont répertoriés et on sait lesquels ils ont utilisés.

Gabriel leva les bras en signe de victoire.

— La moins bonne nouvelle est qu'on peut utiliser les ordinateurs pour faire des simulations mais comme notre banque de codes ADN est vaste, on en a pour des années en recherche... faire les recoupements, et dans quel ordre les codes ont été utilisés... Comme les codes établissent leurs propres connexions neuroniques, les résultats sont illimités.

Gabriel baissa les bras. Il était exaspéré. Les recherches avec l'accélérateur avaient demandé un très gros investissement financier avec toutes les implications associées. Ses ententes avec les différentes entreprises mondiales en déchets toxiques étaient établies selon un calendrier serré. Il n'avait pas le temps de s'occuper en plus des autres secteurs du centre.

Il regarda les agents de l'équipe de surveillance chargés de la sécurité du centre.

— Je vous tiens personnellement responsables, alors pour qu'on puisse réparer les pots cassés, qu'on lance une équipe de recherche : Nada Girija et Adil Rashmi, deux scientifiques avec une fille à naître dans...

Il jeta un coup d'œil vers Kirian.

— Dans quelques semaines, huit tout au plus.

Gabriel esquissa une grimace avec un semblant de sourire.

— Donc, si je calcule bien, ils ont "disparu" alors qu'elle était enceinte de trois mois. Juste avant qu'on "s'aperçoive" qu'elle est justement enceinte. Merveilleux tout ça... Cendrillon n'aurait pas mieux fait.

Il porta son regard vers les agents de sécurité.

— Je veux cette fille. Elle va devenir la figure de proue de l'entreprise et l'avenir de notre centre. C'est une priorité essentielle ! Il me faut ces deux génies au plus vite. C'est la priorité absolue ! Il me faut ces codes du programme, c'est une priorité vitale ! Je veux savoir ce qui s'est passé à la seconde près de tout ce qu'ils ont fait ! C'est urgent ! cria-t-il.

Les agents quittèrent sur le champ.

***

15 mai 1990. Nada descendit de l'esquif et posa les pieds sur le quai de la petite île italienne. Elle ne put s'empêcher de sourire. Plusieurs passagers, pour la plupart des touristes, furent harcelés par les marchands locaux et chauffeurs de taxi. Ceux qui rendaient visite à leur famille étaient reçus avec une chaleur latine bien typique de la Toscane. Parmi toute cette cohue, Adil reconnut un regard bien familier à la sortie du quai.

— Je ne pensais pas que la Toscane était si magnifique, dit Nada.

— Au point que ce sera parfait pour la naissance de Chijal, ajouta Adil.

Il prit la main de Nada.

— Ne traînons pas trop, Luigi nous attend.

Ils se frayèrent un chemin vers l'homme.

— Bienvenue en Toscane, dit-il tout en les conduisant vers la voiture garée tout près.

— Merci Luigi. Tout est prêt ? demanda Adil tout en aidant Nada à prendre place sur le siège arrière de la voiture avant de la rejoindre.

— Oui, nous vous avons réservé une villa tout près de la côte. Complètement isolée, pas de route pour s'y rendre sauf un sentier. Personne ne se promène dans ce coin. Vous serez donc tout à fait à l'aise pour la venue de votre bébé.

Nada porta la main vers son ventre. Elle sentit les coups de pieds. Elle reporta son regard vers la fenêtre. Luigi se faufila dans les ruelles étroites et la voiture quitta le village côtier.

— Ce sera pour bientôt, dit-elle.

Adil lui sourit.

— J'espère que nous serons tranquilles ici, du moins jusqu'à la naissance.

— Des problèmes ? demanda Luigi.

— Nous avons déménagé à chaque trois semaines, changé de pays pour éviter de nous reconnaître ou de se faire repérer. Notre disparition a surement créé des remous au centre et ils sont surement à notre recherche, voire même mettre notre tête à prix.

— Oh ! Ils oseraient ?

— Sans aucun doute... et tu sais pourquoi.

— Je sais, répondu Luigi. Mais bouche cousue, compte sur moi.

— Et Maria ?

— Rien. Elle n'est pas au courant.

— L'histoire officielle ?

— Vous êtes des anciens compagnons de travail du CERN. Nous avons travaillé à plusieurs projets ensemble jusqu'à mon départ pour l'Italie. Nada est enceinte et en profite pour voyager grâce à un retrait préventif de son travail. Tu l'accompagnes et profitez de ce temps pour des vacances méritées en attendant la venue du bébé.

— Bien, acquiesça Adil.

— Pas de conversation sur ce point, précisa Nada.

— Exact ! confirma Adil. Moins les gens en savent, mieux c'est pour eux et pour nous

— Ne vous en faites pas pour Maria. Elle va vous raconter comment elle a accouché de nos cinq enfants dans tous les détails. Mais elle est une grande dame et ne vous incommodera pas du tout.

— Ça me fera de la compagnie, compléta Nada. Ça me changera de "mon" homme ! ajouta-t-elle avec un sourire vers Adil. Nous nous sommes isolés de tout et tous depuis notre départ du centre.

— Ici en Toscane, pas de danger. Loin de la ville, loin des tracas. On prend le temps de vivre mais s'il y a des problèmes, je veux dire pour le petit...

— Il n'y aura pas de problèmes, répondit Adil.

— Mais si jamais il y en avait, il y a un petit hôpital tout près...

— Non, répondit Adil. Pas d'hôpital, pas de médecin. Tout se passera comme prévu. Tu en as contactée une ?

— Oui... Angelina qu'elle s'appelle. Elle a probablement aidé à accoucher toutes les femmes de l'île. C'est la discrétion même ! ajouta-t-il.

— Une sage-femme ?

— Oui, répondit Adil. Elle nous sera utile.

Nada approuva même s'ils avaient décidé de n'avoir recours à aucune autre aide extérieure afin de garder le secret de la naissance de leur fille. La voiture longeait une route escarpée. Au bas, les vagues se jetaient sur les parois rocheuses. La main toujours sur le ventre, Nada regarda le paysage défiler. Le ciel reflétait sa couleur sur les mouvements de la mer Méditerranée, la brise était fraîche et le temps semblait suspendu. La vie se vivait telle qu'elle était.

— Pour la paperasse ? demanda Adil.

— J'ai un ami à l'ambassade. Autrement dit, c'est réglé. Il ne reste plus qu'à envoyer les formulaires d'usage.

— Tout est prêt, répliqua Adil.

— Normalement, on doit attendre la naissance du bébé...

Adil prit une profonde respiration. Tous les documents tels que groupe sanguin, empreintes, et photographies étaient prêtes depuis qu'ils avaient quittés le centre. Pour ces experts en génétique, cela allait de soi. Chijal suivait un méticuleux cheminement. Rien n'avait été laissé au hasard.

— Elle aura la nationalité italienne ? demanda Nada.

— Oui, de même que suisse, indienne et américaine, confirma Luigi.

— Nous aurons besoin de les avoir au plus tôt.

— Quand ?

— Dans la semaine suivant la naissance. Possible ? demanda Adil.

— Aucun problème. Combien de temps pensez-vous rester ?

— On ne sait pas encore, répondit Adil tout en jetant un coup d'œil vers sa compagne. Au moins le temps que Nada puisse se remettre et se sentir prête... et que Chi... que le bébé soit en forme.

Adil ne voulait pas révéler le nom de leur fille. Luigi partit à rire.

— Ne me dites pas que vous allez l'appeler Chi ?

— Non, répondit Nada. Elle s'appellera Chijal.

— Ce qui veut dire ?

— On ne peut pas le dire pour le moment, ajouta Adil.

— Secret ? D'accord, je comprends. On mettra ça sur le moment de la naissance pour voir le bout du nez de cette petite avant de lui donner un nom. Ma femme viendra vous apporter des repas tous les matins. Ce sera la seule visite que vous aurez une fois le bébé venu au monde. Je viendrai vous voir une fois par semaine vous apporter les nouvelles. Si je ne viens pas ou si ma femme ne vient pas à l'heure prévue, vous suivez le plan.

— Quel jour ?

— Je viendrai le dimanche matin pendant ma petite randonnée. C'est le seul moment pour ne pas attirer l'attention.

Nada regarda Adil, inquiète. Il mit la main sur le ventre et acquiesça. Luigi leur jeta un coup d'œil dans le rétroviseur.

— Espérons que nous n'aurons pas à nous rendre jusque-là...

— Tout ira bien, répliqua Adil. Personne ne sait où nous sommes.

— Ne les sous-estimons pas pour autant, murmura-t-elle en reportant son regard au loin.

***

Au centre universel de recherche intemporelle sur Inaya, plusieurs techniciens et spécialistes emplissaient l'unité d'application des passages cosmiques. Tous s'activaient sans pour autant y entendre la moindre cacophonie typique de la planète Terre. Chem était à ajuster plusieurs paramètres sur une carte céleste. Celle-ci était projetée sur un écran tridimensionnel. Il déplaça un curseur et des étoiles et planètes environnantes se mirent en mouvement.

— Encore deux années-lumière... murmura-t-il.

Des centaines de planètes, astres et galaxies se déplacèrent encore une fois dans le temps, se contractant tandis que d'autres se dilatèrent. Au-dessus de lui, sur la voûte de la coupole, la projection d'Inaya apparut. Derrière elle, la silhouette et la couleur violacée de Mayu se découpa sur l'horizon. Il reprit position sur la chaise. Il releva la tête. Inaya suivait une course déjà tracée dans sa galaxie et se dirigeait très lentement vers le centre de la coupole. Un des techniciens approcha.

— D'autres changements dans la progression temporelle ?

— Je ne crois pas... situons la position de la Terre par rapport à Inaya. Voyons voir où nous en sommes...

La planète Terre apparut sur le quadrillage tridimensionnel, se superposant à Inaya. Chem releva la tête de nouveau vers la coupole. La planète en dimension parallèle vint cacher Inaya, comme une éclipse solaire en progression.

— Laissons Inaya présente... Il est important de faire une comparaison des liens de force.

Inaya resta encore bien présente. Seulement les trois quarts étant estompés malgré qu'elle soit beaucoup plus grosse que la Terre. Les longitudes et latitudes apparurent.

— Essayons de repérer l'origine de la fracture, proposa Chem.

La Terre se mit à tourner et Inaya l'imita, restant synchronisée au mouvement et à la rotation.

— Continent central, latitude au-dessus de l'équateur, partie Est. La source est localisée à 6 degrés 9' 0" de longitude Est par 46 degrés 12' 0" de latitude Nord.

— Points de repérages sur Inaya ?

— Dans la mer Ischira...

— Impossible d'établir un passage en plein milieu d'une mer continuellement agitée. Quels sont nos autres alternatives ? Y'a-t-il des points communs ?

— Les déplacements terrestres sont beaucoup plus rapides que sur Inaya, annonça un des techniciens.

— J'ai trouvé un poste situé sur un autre continent, annonça un autre technicien.

— Encore actif ? demanda Chem.

— Oui. Il sert de relais vers Dakini.

— Bien. Pouvons-nous ouvrir une fenêtre sur les liens de la fracture ?

— Je crois que nous pouvons couvrir suffisamment de fréquences pour y arriver.

— Allons-y ! ordonna Chem.

Aedan arriva à ce moment.

— Où en sommes-nous ?

— Nous avons établi la source de la fracture. Nous allons voir ce qu'il en est.

Une image tridimensionnelle de la Terre emplit le cercle central de l'unité d'application. Tous purent porter attention. Une voix féminine entama la présentation.

— Planète Terre. Cette planète est formée de 70% d'eau et de 7 continents. La région concernée est définie comme pays : Suisse. Localisation d'origine : périphérie nord-ouest de Genève, centre d'intérêt marqué et reconnu par les habitants du pays et de la planète. Longitude 6 degrés, 9' 0" Est, latitude 46 degrés, 0' 0" Nord. Niveau de crédibilité : 100%. Niveau de qualité de vie : 100%. Caractéristique : Hautement scientifique et financière. Source conflictuelle : Périphérie 46 degrés 36' 0" Nord et 6 degrés 38' 0" est. Centre d'expérience en accélération de particules subatomiques. Seul endroit sur cette planète où se trouve le plus puissant accélérateur permettant de traverser les parois dimensionnelles des univers parallèles. Le déroulement chronologique terrien permet de penser que les recherches scientifiques sont aléatoires et basées sur des résultantes conjecturales. Chronologie descendante : Cas 12045367. Établissement d'essai à plus grande échelle utilisant des particules subatomiques non testées. Probabilité : dangereuse pour le transfert des dites particules sur Inaya. Résultante : Cet essai n'a pas encore eu lieu à la source conflictuelle. Localisation : centre d'expérience en accélération de particules subatomiques, Périphérie 46 degrés 36' 0" Nord et 6 degrés 38' 0" est. Cas 12041382. Attraction et transfert de particules vivantes. Probabilité : Incertaine pour la survie des particules d'une dimension à une autre. Résultante : Taux de transfert : réussi. Localisation :

laboratoires d'expertise en génétique appliquée, Périphérie 46 degrés 36' 0" Nord et 6 degrés 38' 0" est. . Cas 12030798. Lancement de particules subatomiques. Probabilité : dangereuse pour le transfert des dites particules sur Inaya. Résultante : Essai réussi. Localisation : centre d'expérience en accélération de particules subatomiques, Périphérie 46 degrés 36' 0" Nord et 6 degrés 38' 0" est. .

— Arrêt de défilement d'information ! lança Aedan.

L'image figea. Chem se tourna vers lui.

— Si je comprends bien, poursuivit Aedan, Tchial se trouve dans cette région, voisine du centre d'expérience en accélération de particules.

— Exact ! répondit Chem. C'est ce que l'analyse avance mais nous n'en sommes pas pour autant absolument certains.

— Mais le transfert s'est effectué... Pourquoi tu n'en es pas sûr alors ?

— Parce que les taux de probabilités, même aussi clairs et précis qu'ils le soient en ce moment, sont sujets à des fluctuations temporelles. Nous ne sommes pas encore entièrement synchronisés sur leur échelle géographique.

— Mais comment faire pour la retrouver ? Nous ne sommes pas pour attendre que...

— Nous n'attendrons pas mais nous devons savoir les tendances directionnelles afin de maximiser nos chances de la retrouver.

Aedan ne savait plus que penser.

— Je suis désolé, mais il faut attendre.

— C'est au moins un point de départ, murmura Aedan.

— Temporaire... ajouta Chem.

Aedan prit une profonde respiration.

— À qui avons-nous affaire ?

L'image tridimensionnelle s'ajusta. La voix reprit.

— Les équipes sont composées de physiciens, astrophysiciens, mathématiciens, généticiens docteurs et informaticiens. La cause principale de la poursuite des percées sur Inaya sont la résultante du changement de direction que le centre a entrepris.

Chem souleva les sourcils, surpris de l'information.

— Quel est ce changement ?

— La recherche initiale était la fabrication d'une matière permettant de déplacer des objets en modifiant le champ magnétique. Mais en fait, ils ont réussi à percer l'espace -temps.

— Et se rendre sur Inaya... Quel en était le but ?

— Désagréger et ré-agréger l'interaction des particules.

— Mais on parle de l'Itzel !s'exclama Aedan.

Chem ne put qu'acquiescer.

— Poursuite d'information, lança Aedan.

— La création de cette matière nécessitait un passage inter-dimensionnel. La fréquence et la vitesse d'accès ont ouvert la seule fenêtre vers Inaya qui possède cette matière à l'état brut. Les particules ont créé une fissure dans la dimension, permettant un accès aux communications quadridimensionnelles.

— Ce n'est pas une très bonne nouvelle... un accès aux niveaux temporel et physique.

Chem resta pensif.

— Et je n'ai aucun doute sur leurs intentions, ajouta-t-il. On sait qu'ils vont débarquer un jour ou l'autre sur notre planète.

— Surement pas pour y planter des fleurs ! conclut Aedan.

***

Tout le laboratoire des deux spécialistes en génétique, Nada et Adil, avait été passé au peigne fin pour trouver toute information ou indices susceptibles de les retrouver ou de retrouver l'enfant. Leurs ordinateurs étaient entre les mains de deux pirates informatiques. Kirian était au travail depuis plusieurs semaines, relevant les codes ayant été empruntés par Nada et Adil pour la création de l'embryon. Quatre spécialistes étaient sous ses ordres. Tous les codes répertoriés avaient été assemblés en simulation virtuelle. Ils faisaient face à plus de 10 millions de combinaisons possibles d'individus. Les codes ADN des deux généticiens avaient également été agencés pour l'apparence physique, en tenant compte des modifications possibles effectuées.

— Nous ne pourrons jamais établir un portrait-robot de cette enfant, nous ne savons même pas s'ils ont modifié ces codes avant de créer l'embryon, mentionna Levin, assistant de Kirian.

— Pensons comme eux. Que voudrais-tu pour ton enfant ?

— Le meilleur, bien sûr !

— Comme tout le monde. Peut-on programmer directement via un ordinateur un code nouveau, comme on le fait pour un programme ?

— Oui si on sait comment s'y prendre. Il faut avoir le code ADN et enlever les lacunes ou déficiences. On reprogramme le gène sous impulsions électromagnétiques et on l'associe à un autre gène. On bâtit le code de cette façon.

— Alors c'est ce qu'ils ont fait. Ils sont des génies pour leur simplicité de fonctionnement. Et c'est bien évident qu'ils ont modifié les codes. Ils voulaient une enfant parfaite pour plusieurs raisons.

Levin fronça les sourcils.

— Pas de problèmes de santé, pas de problèmes de comportement. Simplicité pour élever un enfant et passer inaperçus, comme une famille normale. Pas d'hôpitaux, pas d'école, pas de centres spécialisés.

— Mais pour l'accouchement, les papiers d'identités, passeport, et tout le reste.

— L'accouchement ? Ce sont des médecins avant tout. Accouchement à la maison avec l'aide d'une sage-femme dans le pire des cas. La paperasse ? Ça s'achète tout comme un passeport. Ce sont des médecins, en bonne et due forme, donc reconnaissance aisée par toute société. Leur apport est précieux. Ce sont des gens exceptionnels. Ils ont des amis un peu partout, autant dans les gouvernements que dans la haute société. Et tous ces gens ont des informateurs. Ils ont le temps de déguerpir avant même qu'on se pointe le bout du nez. Notre seule chance est de miser sur leur indépendance. Moins de gens savent ce que tu fais, plus sont tes chances de survie. S'ils ont choisi cette option, c'est notre première carte. On augmente nos chances de les retrouver.

— Les enfants parfaits ne passent jamais inaperçus.

— C'est notre deuxième carte. C'est là qu'il faut porter notre attention. En quoi cette fillette sera spéciale ? C'est là qu'on pourra la retrouver, par ses actes, par ses prouesses qu'elles soient artistiques ou intellectuelles. Tôt ou tard, elle sortira du troupeau. Il faut juste être là à ce moment. Et si on pense comme eux, on peut à tout le moins poursuivre leurs recherches. On peut même extrapoler davantage et reproduire cet embryon.

— Un clone ?

Kirian souleva les sourcils à la manière de Gabriel tout en souriant.

***

13 juin 1990. Luigi écoutait les nouvelles télévisées lorsqu'il sentit un frisson lui parcourir le dos en apercevant les photos de Nada et Adil.

— La police est la recherche de deux individus, un homme et une femme accusés d'avoir volés des secrets de haute importance au centre de génétique appliqué, situé à Genève. Adil Rashmi et Nada Girija, deux scientifiques de réputation internationale, sont portés disparus depuis plus de six mois. Selon les renseignements obtenus auprès du centre, Nada Girija serait de plus enceinte et sur le point de donner naissance à son bébé, une fille. Toutes personnes les ayant aperçus ou possédant des informations pouvant amener à l'arrêt de ces deux suspects sont priées d'entrer en contact avec le centre ou avec leur poste de police local.

Luigi se leva d'un bond et éteignit le téléviseur.

— Maria ! cria-t-il.

— Qu'est-ce qu'il y a ? demanda-t-elle en arrivant à la course dans le salon.

— Ils sont à leur recherche. Personne ne t'a vu ?

— Recherche ? Qui ?

— Nada et Adil ?

— Mon Dieu ! Qu'est-ce qu'ils ont fait ?

Luigi s'approcha de Maria et la prit par les épaules.

— Écoute-moi bien. Ce ne sont pas des criminels mais des scientifiques. Ils ont inventé quelque chose de spécial mais le centre les recherche pour leur prendre le résultat de leur expérience. Ils n'ont rien volé ou tué qui que ce soit. Au contraire. Je ne peux pas t'en dire plus pour le moment, mais il faut les protéger. Tu comprends ?

Maria acquiesça.

— Tu les connais bien ?

— Oui, très bien. Ce sont vraiment des amis. Ils m'ont sauvé la vie alors que j'étais condamné suite à des expositions nucléaires. Ils ont modifié une partie de mon code génétique et réparé les cellules endommagées.

— D'accord. Si tu me dis que tu les connais et que ce sont tes amis, je me fie sur toi.

— Je t'aime Maria...

— Je t'aime aussi Luigi. Alors ne perdons pas pas de temps.

— Ils doivent quitter au plus vite avant qu'on vienne fouiner ici.

— Impossible, elle attend son bébé d'une journée à l'autre. Elle n'est pas en était d'aller où que ce soit.

— Merda ! jura-t-il. Tout le monde les a vus au quai, et surement qu'ils vont vérifier les caméras des aéroports. C'est une question d'heures avant que la police ne rapplique. Tous les accès seront surveillés et la patrouille sur la mer commencera. Ils ne pourront plus quitter l'île...

Il chercha une solution rapide et efficace.

— On peut provoquer l'accouchement ?

— Non, Nada sera sur le dos pour plusieurs jours si l'accouchement est provoqué en plus de possibles complications pour le bébé.

— Alors essayons de les faire sortir avant qu'elle donne naissance. Je prépare le bateau. On se rejoint au quai.

— Je vais avertir Angelina. Elle partira avec eux.

— D'accord, mais pas un mot de tout ça !

Maria acquiesça.

***

Adjacent au laboratoire de Nada et Adil, deux pirates informatiques étaient à l'œuvre. Se relayant sur les différents codes, ils n'avaient pas progressé depuis qu'ils s'étaient attaqués au programme de création génétique.

— Du nouveau ? demanda Kirian en arrivant dans la pièce.

Les deux programmeurs se regardèrent.

— Je vois... ça n'avancent pas, ajouta-t-il.

— Exactement ! Pas un pas depuis le début. Et on n'est pas près d'en sortir si on n'a pas quelques indices.

— Ils sont d'origines indiennes, parlent quatre langues, le hindi, l'anglais, le français et l'espagnol. Ils ont parcouru et travaillé sur les cinq continents. Ils connaissent la biologie et bien sûr la génétique sur le bout des doigts.

— On avait compris qu'ils n'étaient surement pas ordinaires pour nous faire bosser sur leur ordinateur, mais ça ne nous aide pas plus.

— Il n'y a pas de nom ? La plupart du temps, les dates de naissances, les noms de famille ou prénoms ou même surnoms sont utilisés comme code...

— Quelle est la date de naissance prévue ?

— On ne sait pas, tout comme on ne sait pas le nom que portera le bébé. Nous n'avons trouvé aucune donnée et pas le moindre indice dans leur appartement ou leur bureau à ce sujet, répondit Kirian.

— Comme si ce bébé n'existait pas.

Kirian se mit à réfléchir.

— Exactement... aucune trace... comme si passer inaperçu avait été prévu depuis le tout début. Voilà pourquoi tout ce mystère et cette mise en scène. Et on les a cru sans se poser de question.

***

Maria ouvrit la porte du petit bungalow en un coup de vent sans avertir. Angelina la suivait.

— Nada, Adil, il faut partir, somma-t-elle rapidement.

— Quoi ? s'écria Nada. Maintenant ?

— Que se passe-t-il ? demanda Adil.

— Vous êtes recherchés par la police internationale, répliqua maria. On a diffusé vos photos aux nouvelles.

— Mais je ne peux pas partir... je vais accoucher d'ici peu...

— Je ne sais pas combien de temps la police prendra à venir jusqu'ici mais je m'en voudrais s'ils y parvenaient.

Elle arrêta devant le couple.

— Je vous aime et vous êtes charmants tous les deux,

Nada reporta son regard vers Adil, suppliante.

— Elle est à 280 jours, ajouta-t-il. Il est imprudent de quitter en ce moment.

Angelina hocha la tête. Elle avait saisi que ce n'était plus qu'une question d'heures. Le temps de gestation était complété. Elle s'approcha. Nada était dans un état fragile.

— Le temps de gestation est toujours différent d'un bébé à l'autre...

— Pas pour Chijal, rétorqua Nada. Pas elle... elle est... elle n'a pas été conçue comme les autres...

— Je pars avec vous... tout ira bien, lui dit-elle tout en mettant une main sur son épaule.

Nada se mit à verser des larmes. Adil la prit dans ses bras.

— Angelina, dit Adil, Chijal a été conçue différemment. Elle naîtra en temps et lieu, c'est vrai, mais nous savons que ce temps est d'ici très peu, voire d'ici quelques heures.

— J'aurais voulu une naissance paisible pour notre petite fille, dit-elle en enfouissant son visage contre l'épaule de son mari. Je ne pensais pas avoir à fuir encore... pas maintenant...

— Soit ! Je ne vous connais pas très bien et je ne sais pas ce qui s'est passé pour ce petit bébé et comment il a été fait, mais chose certaine, ce bébé naîtra comme tous les autres bébés que j'ai mis au monde. Le vôtre ne fera pas exception.

Nada sourit à la façon qu'Angelina avait énoncé cela, avec son accent italien. Elle regarda Adil.

— Ça va aller. Faisons confiance au destin, murmura-t-elle.

— Je vais vous aider à préparer les bagages, lança Maria en pénétrant dans la chambre.

Angelina la suivit. Elle prit les deux sacs de voyage du couple. Ceux-ci étaient toujours préparés avec le strict nécessaire en cas de fuite soudaine. Elle ouvrit celui de Nada et y enfouit les petits vêtements, couches, serviettes, des vêtements de rechange. De son côté, Angelina remplit un sac de tous les accessoires et autres instruments médicaux pour la naissance du bébé.

— Où est Luigi ? demanda Adil.

— Il est en train de préparer le bateau. Il sera ici d'une minute à l'autre pour nous aider à descendre au quai.

— On ne peut pas retourner au pays !

— C'est juste. L'aéroport est surveillé. Il ne sera pas long que la police va étendre leurs recherches. On vous a vu ici aussi. D'ici à ce que la nouvelle se répande dans cette île, il n'y aura qu'un instant. Il vous faut quitter l'Italie.

Maria jeta un coup d'œil à Angelina.

— Ne t'en fais pas, ce ne sont pas des criminels.

Angelina balaya l'air de la main.

— Je n'en ai pas douté. Je reste avec Nada jusqu'au bout ! dit-elle d'un air décidé.

— Partir en bateau ? Mais pour aller où en pleine nuit ? demanda Nada, inquiète.

Maria laissa les sacs et s'approcha du couple. Elle posa les mains sur chacun d'eux.

— Luigi connaît la Méditerranée comme sa poche. Et si jamais vous pensiez que son bateau est dans les plus rapides de la Méditerranée par simple caprice, détrompez-vous. Il fait partie d'une coalition de gens dispersés dans les nombreuses îles pour nous protéger. Un coup de téléphone et aussitôt ils apparaissent de nulle part. Avec tous ces contacts, il saura vous mettre en sécurité là où vous pourrez accoucher en toute quiétude.

Nada baissa la tête.

— Je m'excuse Maria... je ne doutais pas... je ne veux pas non plus vivre entourée de garde du corps... je ne sais plus quoi penser.

— Ah ! Santa Madre Nada, je sais comment tu te sens, j'en ai eu cinq ! L'important maintenant est ton bébé, ta petite fille. Pense à elle ! Nous nous occupons du reste. D'accord ? demanda-t-elle en relevant le menton de Nada d'un geste délicat.

Nada acquiesça. Maria retourna dans la chambre. Nada la rejoignit, prit une petite poupée accrochée à la tête du lit et la déposa dans le sac.

— Il ne faut pas oublier ça, dit-elle.

Maria lui sourit et referma le sac.

— Vous êtes prêts ? demanda Luigi en entrant rapidement dans la petite maison.

— Ils le sont, répondit Maria du fond de la chambre.

— Des nouvelles ? demanda Adil.

— Non, tout est calme. La Toscane est toujours en retard sur le reste du monde, Alors pour une fois que c'est un avantage, on va en profiter ! Ne perdons pas de temps avant qu'elle se réveille.

Ils sortirent tous dans la nuit. Le clair de lune transperçait un voile nuageux, éclairant à peine la falaise. Nada sentit des douleurs dans le bas ventre. Elle ralentit le pas et même arrêta pour laisser passer la contraction.

— Nada... ça va ? Une contraction ?demanda Angelina.

— Oui.. non... je ne sais pas... mais ça va... continuons.

— Si les contractions commencent, on est mieux de rebrousser chemin.

— Non... je ne pense pas. Allez, on continue, supplia-t-elle.

Elle avait hâte d'arriver au quai. Ils suivirent un petit sentier les menant au bas de la falaise. Nada avait de la peine à se déplacer dans l'étroit chemin à peine éclairé. Aidée par Angelina et Maria, ils arrivèrent en vue du bateau.

— On y est presque, annonça Luigi.

Soudain, deux jets de lumières balayèrent la surface de l'eau, s'arrêtant sur le bateau amarré. Luigi leva la main. Tous figèrent. Il se baissa, imité par les femmes et Adil.

— Merda ! laissa-t-il échapper dans un murmure. Polizia...

— Qu'est-ce qu'on fait ? demanda Adil.

— Attendre qu'ils partent. Ce n'est pas illégal d'amarrer son bateau ici. Ils devraient partir bientôt.

Nada sentit un liquide couler le long de ses jambes. Elle laissa échapper un petit cri. Elle se mordit le poignet pour ne pas crier.

— Madre Dios ! chutota Angelina. Elle perd ses eaux !

— Oh non ! Pas maintenant... ajouta Maria.

Le bateau de la police s'approcha davantage. Les projecteurs balayèrent la petite plage puis les buissons. Luigi put distinguer les silhouettes de deux policiers. Il resta songeur puis se leva d'un bond.

— Aie ! s'écria-t-il.

— Chi c'è ? Qui est là ? demanda un policier.

— Hé ! Je suis Luigi, je viens de tomber dans le sentier. On n'y voit rien en pleine nuit !

— Luigi?

Angelina avait étendu une couverture dans le sentier, permettant à Nada de s'assoir, écartant les jambes, la tête reposant sur les genoux.

— Respire comme un petit chien haletant après une course, ça va faire passer les contractions, chuchota-t-elle.

Elle se mit à respirer en saccade, imitée par Nada.

— Oui, et toi, chi sei ? Qui es-tu ? demanda Luigi. On dirait que je connais cette voix. Je ne te vois pas avec cette lumière que tu me balances dans les yeux !

Le policier retourna le projecteur vers lui.

— Vincenzo, Vincenzo Mantiago !

Luigi leva les bras.

Angelina gardait la main sur le ventre de Nada. Les contractions se firent plus fréquentes et régulières.

— Elle est en travail, annonça-t-elle à l'attention de Maria et Adil.

— Comment ? Si vite ? Elle vient à peine de perdre ses eaux.

— Il n'y a pas deux accouchements similaires, déclara Angelina. Et ce bébé ne suit pas les mêmes règles... à ce qu'il parait.

Elle regarda Adil, cherchant une confirmation.

— C'est vrai... elle est arrivée à terme... malheureusement.

— Vincenzo ! Come va con te ? poursuivait Luigi.

— Cosi cosi... ça va. Mais toi, que viens-tu faire ici ? Ce n'est pas l'heure de la pêche !

— Hé non... je voulais aller faire un tour de bateau, histoire de me changer les idées.

— Et pourquoi tu veux te changer les idées, demanda le second policier, moins amical.

— Ah mais c'est à cause de la madre ! Tu sais comment sont les femmes !

Les deux policiers se mirent à rire.

— Hé Luigi, faudra t'y faire, ça fait vingt-cinq ans que tu vis avec, tu dois savoir comment elle est !

— Ah que veux-tu, c'est l'âge ! Je commence à perdre la mémoire et à chaque fois je me pense comme à vingt ans. Je veux bien mais ah lala ! Malheureusement la madre n'a pas perdu la sienne !

— Alors où veux-tu aller ?

— Bene, je ne sais pas... Pourquoi, on n'a plus le droit de faire un tour de bateau maintenant ?

— Mais si ! répondit Vincenzo.

Les contractions se firent de plus en plus rapprochées. Angelina respirait en saccade, imitée par Nada. Adil lui tenait les mains, l'encourageant. Il ne pouvait faire mieux. Maria lui massait le dos entre chaque contraction.

— Tout va bien Nada, dit Angelina, tout va bien. Continue comme ça, concentre-toi sur ta respiration.

Adil jeta un coup d'œil vers Luigi et les policiers. Ils n'avaient pas mis pied à terre et Luigi parlait assez fort pour couvrir les petits cris étouffés de Nada.

— Alors qu'est-ce qui se passe ? demanda Luigi.

— Un couple est recherché dans tous les pays d'Europe. La femme est enceinte.

— Et tu crois qu'ils sont ici, dans ce coin perdu de la Toscane ?

— Je ne sais pas, mais on doit vérifier partout. Tu sais comment c'est !

— Je sais... allez, bonne chasse !

Luigi avait sonné la fin de la conversation, espérant voir les policiers quitter. Ceux-ci attendirent encore un peu, balayant les buissons une dernière fois avant d'éteindre les projecteurs. Ils s'éloignèrent.

— Ciao ! lança Vincenzo.

— Ciao ! répliqua Luigi, poussant un soupir.

Il rejoignit le petit groupe.

— Elle est en train d'accoucher, lui annonça Maria.

— Merda ! jura-t-il.

— Ne sois pas grossier, un enfant est en train de naître ! lui ordonna-t-elle.

— On ne peut pas la remonter...

Maria lui jeta un coup d'œil.

— Si tu veux te rendre utile, va chercher de l'eau chaude.

— Quoi ? Maintenant ?

— Oui, maintenant !

— Et où je vais la prendre cette eau chaude ?

— Dans ton bateau, tu as une réserve d'eau douce et tu as une cuisinette, dit-elle exaspérée tout en massant le dos de Nada.

— Je vais t'aider, dit Adil.

Il relâcha les mains de Nada.

— Je reviens tout de suite, dit-il en la regardant. Je serai là lorsqu'elle arrivera.

Une autre contraction la fit se crisper. Nada laissa échapper un cri de douleur. La contraction se maintint.

— Elle arrive, cria Angelina.

Adil et Luigi revinrent en courant, pataugeant dans l'eau. Angelina étendit les serviettes sous Nada puis aida le bébé à sortir. Adil avait ouvert sa trousse.

— Doucement, petit bébé, murmura Angelina tout en l'aidant à sortir. Maria aida Nada à conserver sa position.

— Voilà... tu arrives... chuchotait Angelina. Continue... pousse...

— Chijal... récita Adil.

Une fois la tête entièrement sortie, le reste du corps suivit, éjecté de l'utérus. Nada se laissa tomber, le dos appuyé contre Maria. Angelina frappa les fesses de Chijal, elle se mit à crier. L'air s'engouffra dans les poumons.

— Elle vit ! dit Nada tout en pleurant et riant à la fois.

Adil coupa le cordon et déposa un baiser sur le front de sa femme.

— Merci... dit-il.

Nada lui rendit le sourire.

— En ce samedi 13 juin 1990, Chijal est née à vingt-deux heures trente-trois minutes. Bienvenue dans le monde Chijal ! annonça Adil.

Angelina l'enveloppa dans une couverture et la déposa dans les bras de sa mère. Chijal la regarda.

— Et on n'a même pas une bouteille de vin sous la main pour lever un verre à cette magnifique petite fille ! se plaignit Luigi.

— Elle semble me reconnaître, dit Nada en souriant.

Maria ne pouvait retenir des larmes de joie. Elle regarda Luigi. Il était tout aussi ému. Il courut jusqu'au bateau et revint presqu'aussitôt avec une bouteille et quelques verres.

— Je savais bien que j'en avais une quelque part ! dit-il en soulevant la bouteille.

Ils partirent à rire alors que Luigi la déboucha et remplit les verres.

Chapitre 4

Au centre d'accélération de particules, une grande réunion se tenait dans le bureau de Gabriel. Des invités singuliers écoutaient Gabriel lancé dans un grand discours promotionnel.

— Nos relations avec les agences internationales de développement en physique de particules ont donné des résultats hors du commun. Notre prototype du Dubnium est en période d'essai et d'ici peu nous pourrons l'utiliser sur des appareils.

— C'est bien tout ça, mais ils peuvent être détectés par les radars, non ? Alors à quoi bon créer un appareil pour n'être qu'invisible à l'œil nu ? demanda le ministre de la défense nationale.

— Ce n'est qu'une question de quelques mois avant que le prototype soit au point. Tout appareil pourra alors se déplacer sans être vu, détecté ou retracé et ce peu importe le moyen pour y arriver. Comme mentionné dans le rapport, ces appareils demeurent physiquement solides, donc sensibles à des obus, balles ou tout contact physique. Mais qui peut bien attaquer ce qu'il ne voit pas ?

Parmi les invités, seulement quelques-uns semblaient satisfaits des résultats. L'un d'eux prit la parole.

— Gabriel, nous ne sommes pas ici pour parler des développements militaires mais de la faisabilité des deux principaux projets du centre... soit Angel et Innawa !

— Euh... Oui... répondit Gabriel.

— Alors, il y a du nouveau sur le projet Innawa ? insista-t-il.

Gabriel hésita. Il savait bien que sa position était précaire. Seule sa façon de convaincre plusieurs des principaux actionnaires avait donné raison à la présidence, et par conséquent, suprématie, sur le centre.

— Que veut dire Innawa ? demanda le ministre de l'environnement de Suisse.

— Inner Access World Alternative, répondit Gabriel. C'est le concept de rejoindre un monde parallèle. Ce projet est devenu réalité. Nous en avons des preuves. Nous travaillons à trouver la façon de le rejoindre physiquement parlant.

— C'est-à-dire y aller ?

— Oui, tout-à-fait. Comme traverser vers ce monde et en revenir.

— Vous voulez dire que nous pourrions nous transporter dans un autre monde comme si nous traversions une rue ?

— Oui monsieur le ministre.

— C'est du jamais vu ! répliqua-t-il, souriant à l'intéressante alternative. Et nous pourrions tout aussi bien y entreposer du matériel... comment dire...

— Comme des déchets nucléaires ? proposa un autre invité.

— Oui, exactement, répondit Gabriel. En fait, notre principal objectif est d'élargir nos horizons, explorer l'univers afin de libérer notre monde de ce genre de fardeau.

— Mais est-ce que ce monde est habité ?

— Nous ne nous occupons pas de ce genre de détail Monsieur le ministre, nos scientifiques ont des préoccupations beaucoup plus importantes à gérer, reprit le premier invité.

— En fait, nous y avons aperçu quelques habitants mais sans plus. Nous ne pensons pas qu'il y ait matière à s'inquiéter pour autant, ajouta Gabriel. Autre point intéressant, nous avons remarqué que l'atmosphère de ce monde soit plus légère que la nôtre. Ce qui impliquerait que les matières subiraient une détérioration beaucoup plus lente que sur la Terre.

— Et quand pouvons-nous penser que cette réalisation prenne forme ?

— Nous prévoyons relancer l'accélérateur d'ici deux années avec des expériences plus approfondies. D'ici là, nous ferons des lancements périodiques de reconnaissance. Nous avons établi un programme échelonné sur cinq années.

Cette fois, tous furent d'accord sur le programme.

— Il va sans dire que les retombées économiques iront centupler les mises de fond initiales, ajouta Gabriel.

Plusieurs sourires suivirent.

— Bien ! Si nous parlions du projet Angel ?

— Applied Neuro-Genetic Expertise Laboratories, lança-t-il à l'adresse du ministre pour lui expliquer la définition du terme, est un projet qui a été passablement controversé depuis plusieurs mois. En fait, nous avons perdu le prototype.

Ce fut la surprise générale.

— Perdu ? Que voulez-vous dire ?

— Nos deux experts se sont envolés avec le prototype. Mais bien sûr, nos équipes sont à leur recherche. La bonne nouvelle, c'est que le prototype est une réussite totale.

— Comment pouvez-vous parler de réussite sans posséder ce prototype ?

— Parce que justement, la période de fécondation est arrivée à terme. La naissance est prévue pour ces jours-ci.

— Nous sommes un peu perdus Gabriel. Pas de prototype, des scientifiques envolés, un bébé à naître mais sans savoir où il se trouve. Vous parlez de réussite ?

Les regards s'échangèrent dans l'assemblée. Gabriel devint inquiet.

— Oui c'est vrai que cela ressemble à une perte de contrôle, mais je désire être transparent avec vous. Vous m'avez fait confiance et je vous en suis reconnaissant. Nous mettons tout en œuvre pour les retrouver, autant les experts que le prototype. Nos recherches se font au niveau international. Plusieurs équipes couvrent la planète. Ce n'est qu'une question de semaines avant de récupérer ces éléments. Cependant, nous avons poursuivi nos recherches et suivant nos analyses, nous avons pu développer un nouveau projet, celui d'une couveuse. Cette couveuse reproduira le schème génétique du prototype et qui pourra être répliqué à une communauté. Pour ce projet, nous avons relié plusieurs départements du centre. Ainsi donc, la neuro-génétique travaillera conjointement avec celui de l'accélérateur. Le département de la "fourniture" servira à l'analyse du code appliqué du prototype. Nous prévoyons implanter le processus d'une couveuse sur l'autre monde. Voilà pourquoi nous pouvons dire que c'est une réussite. Sans le savoir, nos deux spécialistes ont ouvert la voie à un nouveau marché !

— La production de bébés parfaits... C'est ce que tout parents désireraient avoir... Mais les déchets nucléaires risquent de modifier ces clones ! rétorqua le ministre.

— Pas si ces déchets se trouvent sur l'une des deux lunes. L'une d'elles est à une distance raisonnable de tout programme spatial.

— On parle alors d'installations de familles sur ce monde ! Avoir une deuxième planète pour y vivre ?

— Pourquoi pas ? demanda Gabriel. L'installation de colonies pour l'exploration, la gestion des couveuses et du programme spatial de même que l'emménagement et le contrôle de l'assainissement planétaire.

— Je suis assez réticent à l'idée d'impliquer des humains à l'exposition de radiations, à tout le moins, pas des européens...

Deux américains faisant partie de l'assemblée lui jetèrent un regard. Gabriel intervint.

— Nous utiliserons la population locale pour ce faire, ajouta Gabriel, trouvant des alternatives convaincantes pour la continuité de ce grandiose projet qu'il avait formulé depuis qu'il avait pris connaissance du potentiel du centre.

***

Au centre universel de recherche intemporelle sur Inaya, tous les techniciens de l'unité d'application des passages cosmiques étaient en plein travail. Il fallait situer le moment exact où la Terre et Inaya étaient pour se rencontrer et se mouler parfaitement l'une sur l'autre. Les yeux rivés sur un écran tridimensionnel représentant les deux mondes, Chem calculait les distances en temps terrestre. Aedan leva la tête. La projection des deux astres sur l'immense voute arc-boutée était tout simplement spectaculaire. Les deux sphères se déplaçaient très lentement, l'une se dirigeant vers l'autre. Elles étaient pour se compléter d'ici peu de temps en un cercle parfait. Ces deux astres, pourtant situés à des milliers d'années-lumière, étaient pour se rencontrer dans l'univers, repliant les dimensions et leur permettant de coexister, de calquer et d'échanger leur énergie sur le même plan inter-dimensionnel sans pour autant se percuter. Cette rencontre, prévue dans le grand plan galactique, 'etait de les relancer vers un nouveau cycle universel.

Ce temps, si infime soit-il comparé à l'étendue intemporelle du cosmos, serait néanmoins assez long sur l'échelle terrestre. Chem surveillait les déplacements. Les deux planètes se superposaient tranquillement mais à une vitesse régulière. Il porta son regard vers Aedan.

— S'il n'y a aucune secousse cosmique, nous pourrons planifier les points de rencontres.

— Nous parlons en termes d'années terrestres ? demanda Aedan.

— Oui, ce sera plus approprié dans ce cas, répondit Chem. En quelques semaines...

Aedan posa la question qui brulait sur toutes les lèvres des Weenos.

— Pas de nouvelles de Tchial ?

Chem secoua la tête.

— Non, nous étions encore trop en mouvement. Nous venons à peine de stabiliser les calendriers temporels. Je vais entamer les recherches aussitôt que nous serons en mesure de planifier les transportations.

— Ah oui... les incarnations...

Aedan resta pensif. Il redoutait ces moments. À chaque fois qu'il eut à s'incarner, il perdait tous ses souvenirs d'Inaya.

— Toujours décidé à partir ? demanda Chem, voyant les hésitations de son ami.

Aedan acquiesça avec un regard déterminé.

— Oui ! Il n'est pas question de perdre Tchial et encore moins Inaya. Je ferai tout ce qui est possible pour y arriver. J'espère seulement que ce ne sera pas trop... pénible. Il faut réellement que je trouve une façon de conserver ma mémoire.

Il hocha la tête. Il ne savait que trop bien que c'était impossible en passant par l'incarnation. Il reporta son regard vers Chem.

— Tu ne seras pas seul, j'y serai aussi. Tu pourras quitter aussitôt que nous serons en mesure d'établir l'endroit du passage.

— Et les autres ?

— Ils suivront une fois l'accès établi, autant par le passage que par les incarnations. Nous ne pouvons dire quand et où ils s'incarneront pour l'instant. Nous tâcherons de favoriser les regroupements locaux dans une période déterminée.

— Et bien avant la naissance de Tchial sinon nous ne pourrons la récupérer.

Chem ne put qu'acquiescer. Ilyes arriva à ce moment dans le centre, accompagné de Faël.

— Chem ?

— Encore l'équivalent de deux années terrestres avant l'accomplissement du cycle, répondit ce dernier, sachant ce qu'était la question.

— Sommes-nous prêts à lancer les équipes ?

— Il nous reste à terminer les points de rencontres. Aussitôt fait, elles pourront partir.

— Et Tchial ? demanda Faël, impatient d'avoir de ses nouvelles.

— Ne t'en fais pas, nous ne l'avons pas oubliée. Nous devons établir les coordonnées de la région concernant la source perturbatrice avant de pouvoir la retracer. Une fois fait, nous planifierons la façon de la récupérer.

Faël reporta son regard vers la gigantesque mappemonde en mouvement au-dessus de sa tête.

— Où se trouve-t-elle ?

— On ne sait pas encore, répondit Aedan. Les données sont disparates pour le moment. Tant que nous ne serons pas synchronisés, tant que les deux mondes ne seront pas sur la même fréquence, il est difficile de lancer des recherches, tout comme préparer les lancements. Je sais que tu es impatient de la retrouver, mais il est important aussi que tu puisses arriver à bon port et au bon moment.

— Quelle est la marge de manœuvre ? demanda Ilyes.

— Sur l'échelle terrestre, l'arrivée doit être établie à partir de 1958.

Chem fit pivoter la sphère terrestre et plusieurs images se mirent à s'afficher.

— Trois années après une guerre mondiale.

— Une guerre mondiale ! s'exclama Faël en regardant Aedan.

— C'est chose courante sur cette planète, répondit-il banalement.

— Tchial...

— Non, elle est née bien après ces événements si j'en crois son départ et les images que nous avons aperçues dans la fracture. Selon leurs façons de procéder et les avancées technologiques, elle doit être née dans une époque située bien au-delà leur dernière grande guerre. Mais comme nous voulons la récupérer, il nous faudra naître bien avant son arrivée.

Aedan lui jeta un coup d'œil.

— Mais bien après la dernière guerre. Ne t'en fais pas, tu ne seras pas pris dans ces jeux sordides.

Ilyes lui mit la main sur l'épaule.

— Allons choisir les supports disponibles.

Faël ferma les yeux.

— Mes parents...

— Pas seulement des parents, mais le reste des membres de la famille et possiblement tes enfants.

— Mais je ne suis qu'un enfant encore... comment pourrais-je avoir des enfants ? Comment pourrais-je leur...

— Faël ! interrompit Aedan. Tu sauras en temps et lieu. Il faudra juste te rappeler.

— Nous avons fait appel aux Dakinis, ils sont prêts à nous apporter toute l'aide nécessaire si nous en avons besoin, précisa Ilyes.

Aedan porta son regard vers Chem, surpris de la nouvelle.

— Nous nous trouvons à faire le pont entre la Terre et Dakini même si elle se trouve assez éloignée, répondit-il.

— Se peut-il que les Terriens y aient accès ?

— Non, leur fréquence est plus subtile et leur dimension encore plus éthérée que la nôtre. Nous sommes situés entre eux et les terriens... en terme vibratoire.

— Donc nous sommes le seul monde auquel ils peuvent avoir accès et établir un lien direct.

— Pour le moment, oui, malheureusement, ajouta Chem.

— Il faudra vérifier si nous pouvons créer une interférence à partir de la Terre, demanda Ilyes. Nous pourrions protéger Inaya de toute autre intervention qui serait dévastatrice pour notre monde.

— Nous avons retracé un poste. Il en est fait mention dans nos archives. Il s'y trouve depuis quelques cycles. Il est dirigé vers Inaya depuis son installation. Une fois activé, il créera les interférences nécessaires pour empêcher les terriens d'avoir accès à Inaya.

— Quand sera-t-il activé ?

— Il faut se rendre sur place pour ce faire.

— Un passage ? demanda Faël.

— Non, seulement une antenne.

Chem appuya sur une touche du clavier sensoriel. La Terre se mit à pivoter et un point lumineux s'illumina.

— Sur un des continents, assez peuplé, beaucoup de controverses mais il est permis de penser qu'établir un passage dans cette région serait aisé. Il est en parallèle directement avec notre centre.

— Et où se trouve la source perturbatrice ?

— Sur un autre continent. Les moyens d'y parvenir sont nombreux selon les rapports, il vaut mieux établir un passage solide plutôt que de favoriser une proximité de la source émettrice qui serait précaire.

— Bien... conclut Ilyes. Allons-y Faël. Aedan, tu nous rejoins ?

— Plus tard, j'ai encore des points à éclaircir ici, dit-il en se tournant vers Chem.

— Tu veux en savoir plus sur le poste émetteur, c'est ça ?

— Oui... Je serai surement dans les premiers sinon le premier à m'y rendre et il faudra l'activer à ce moment.

— N'oublie pas que tu devras passer par le second réveil. La fenêtre d'accès n'est que de cinquante années terrestre. Tu n'auras pas le temps de tout faire.

— Que suggères-tu ?

— Bâtir le passage est une priorité. Ensuite, d'autres pourront activer l'antenne, un autre pourra se charger de la surveiller et veiller à ce que rien n'arrive pour la détruire. Il faut aussi penser qu'une fois activée dans ce sens, l'antenne risque de se dégrader rapidement.

— Tu penses à quelqu'un en particulier... qui est cet "un autre" ?

— Faël est la personne idéale !

***

Premier juillet 1990. Mykonos, Grèce. Nada était assise à la terrasse d'une petite habitation. La vue sur la mer bleutée et les plages de sables blancs étaient surprenante et apaisante. Cette île de Grèce était reconnue pour ses maisons blanches et sa vie nocturne mouvementée. Elle reporta son regard vers deux petits yeux qui ne la quittaient pas. Chijal la tétait goulument. Adil apparut sur la terrasse avec deux tasses de jus frais et une petite assiette de fruits.

— Et qu'avons-nous ce matin ? demanda Nada, enjouée de se faire servir ainsi.

— Madame a le choix entre jus frais d'orange, pomme et ananas ou orange, pomme et mangue, annonça Adil, jouant le serveur. Comme entrée, kiwis, cerise et raisins rouges.

— Ensuite ? demanda-t-elle, enjouée.

— Crêpes sautées arrosées d'une cuillérée à soupe de sirop d'érable directement importé du Québec et un café bien corsé.

— Tu sais que tu deviens une habitude maintenant. Jamais plus je ne pourrai me passer de tes petits déjeuners ! Rien que pour ça, je devrais avoir un autre bébé.

Il se pencha et donna une bise sur le front de Chijal.

Pour les jus, je ne sais que décider. Les deux sont tentants...

— Dans les deux cas, tu auras la dose quotidienne de vitamines et minéraux, autant pour toi que pour cette petite chérie.

Chijal le regardait. Elle ne les quittait pas des yeux, allant de sa mère à son père. Luigi suivi de Maria arrivèrent à leur tour sur la terrasse.

— Bien dormi ? demanda Adil.

— Ah non... avec tous ces gens qui faisaient la fête...

— C'était ton idée de venir ici ! rétorqua Adil.

— Oui je sais... personne ne penserait venir vous chercher dans une île exclusivement réservée à de jeunes mariés faisant la fête tous les soirs.

— Alors voilà !

— Et le bébé ? demanda Maria.

— Rien du tout. Elle a dormi comme si rien ne se passait. Un vrai ange ! répondit Nada.

— Vous voulez un jus ? demanda Adil.

— Je prendrais plutôt un café bien fort pour me réveiller ! répondit Luigi.

— Pour combien de temps sommes-nous ici ? s'inquiéta Nada.

— D'après la réaction de Luigi, je ne pense pas qu'on puisse vous chercher sur cette île, assura Maria. Prenez le temps de vous reposer.

— Et en Toscane ?

— Fini ! Inutile de penser à y retourner, on nous attend de pied ferme, affirma Luigi.

Adil hocha la tête.

— Que vas-tu faire alors ?

— Rien du tout. J'ai mon bateau, je connais suffisamment plein de gens en Méditerranée pour les visiter pendant plus de vingt ans.

— Nous sommes désolés, ajouta Nada.

Maria lui mit la main sur l'épaule.

— Bah ! Ne vous en faites pas pour ça, il était temps qu'on se change les idées, riposta Luigi en balayant l'air de la main. On commençait à prendre racine dans cette île !

— L'important est ce bébé, cette petite fille, ajouta Maria.

— On restera un mois, ensuite on change de place, annonça Adil.

— À force de trop bouger, ils finiront par vous repérer.

— Les chances de se faire repérer sont plus grandes en restant sur place.

Luigi pencha la tête de côté tout en plissant le regard.

— Et pourquoi donc ?

— Les gens parlent. Tout ce qui sort de l'ordinaire, de leur quotidien les fait jaser. Cette île est faite pour les jeunes mariés et voilà que quatre adultes débarquent avec un bébé.

— D'accord, bougonna Luigi. On va regarder où se trouve une île complètement déserte. On y va et on saborde le bateau ! Ni vu ni connu ! Des naufragés !

— Et c'est là qu'on va faire les manchettes ! "Naufragés sauvés in extremis !" compléta Nada.

Ils partirent tous à rire sauf Luigi.

— J'abandonne alors ! C'est vous les génies, à vous de trouver les idées !

— Qui a faim ? lança Nada, détournant l'attention alors que le pauvre Luigi se faisait contredire de tous les côtés.

— Ça c'est la meilleure idée de la journée ! répliqua Luigi. Il y a justement un petit resto pas très loin d'ici avec vue sur mer. Comme les jeunes mariés qui ont fait la fête sont encore au lit, on aura amplement le temps de déguster une de leurs spécialités avec un bon vin !

***

À l'unité d'application des passages cosmiques, au centre universel de recherche intemporelle sur Inaya, la Terre se superposa sur Inaya. Un cercle violacé l'entoura. Ilyes avait les yeux rivés sur la voûte. Le spectacle était fascinant telle une éclipse solaire. Mais au lieu du soleil qui était voilé, c'était Inaya qui l'était par la Terre.

— Nous sommes synchronisés sur la Terre. Plus un instant à perdre, lança Chem.

— Combien de temps ? demanda Ilyes.

— Je ne sais pas encore mais vu les circonstances et l'instabilité des deux mondes, très peu de temps pour bâtir le passage de ce côté-ci. Il nous faut les paramètres de l'autre côté au plus vite sinon nous risquons de manquer la synchronisation.

— Où en est Aedan ?

Un technicien tenta de le localiser.

— Je ne sais pas... la fréquence n'est pas stable...

— Comment la fréquence n'est pas stable ? s'impatienta soudainement Chem.

Il jeta un coup d'œil sur la voûte. Le cercle écliptique ne pouvait être plus parfait, laissant paraître une couronne violette autour de la Terre, la couleur d'Inaya. Les deux astres se moulaient parfaitement l'un sur l'autre. Chem reporta son regard sur l'écran tridimensionnel représentant les deux mondes,

— Le point de rencontre est fixé. Nous sommes en fréquences parallèles, annonça le technicien. Mais nous avons des interférences.

Ilyes regarda Chem, inquiet.

— Nous ne pouvons manquer ce rendez-vous... la vie de plusieurs est en jeu.

— Je sais, marmonna Chem. Quelque chose ne fonctionne pas comme prévu... ces interférences ne sont pas normales...

Il tenta d'ajuster la fréquence. La projection tridimensionnelle resta fixe. Il changea l'angle d'observation et l'image pivota rapidement. Plusieurs gaz s'échappaient de la planète.

— La fracture ! réalisa Chem. Elle crée les interférences. Nous dérivons de notre axe !

Ilyes s'approcha, affichant une expression jamais vue sur Inaya. La peur.

— Que pouvons-nous faire ? demanda-t-il.

— Nous n'avons pas le choix. Si nous attendons une stabilité de ce côté, nous ne pourrons jamais établir le passage... répondit Chem.

— Et Tchial, Aedan, Faël et tous les autres seront prisonniers sur la Terre, conclut Ilyes.

— Sans compter les autres tentatives des Terriens pour créer une porte et avoir accès à notre monde.

Commençons la construction du passage, proposa fortement Ilyes. Aedan saura bien s'y trouver.

— Préparez le transporteur, ordonna Chem aux techniciens. Nous n'aurons accès à l'autre monde que quelques secondes.

***

Trois septembre 1990. Mykonos, Grèce. Nada et Adil occupaient encore la même petite habitation.

— Ça fait plus de deux mois que nous sommes ici, observa Adil tout en remplissant son agenda, tenant à jour les développements de Chijal.

— Le temps passe vite, répondit Nada.

Elle jouait avec sa petite fille, un plaisir qu'elle s'accordait de plus en plus. Elle était émerveillée par la présence d'esprit et l'éveil que Chijal parvenait à atteindre de jour en jour. Adil en était tout autant émerveillé. Il regarda Nada.

— C'est le meilleur choix que nous avons fait, dit-il.

Elle se retourna vers lui.

— Oui... sa création relève davantage de miracle que de science...

— Je ne parlais pas de Chijal.

— Alors ? Moi ?

Il acquiesça tout en se levant.

— Tous les jours je te regarde et je te vois au travers de Chijal. Elle te ressemble non pas seulement physiquement parlant, mais le regard, cette lumière commune qui vous habite, la façon qu'elle a de sourire... la même que la tienne... ton émerveillement face à cette enfant qui s'émerveille tout autant... J'ai l'impression qu'elle aime ces nouveaux sens qu'elle découvre.

— Je ne regrette rien.

Il esquissa un sourire.

— T'incluant bien sûr ! ajouta-t-elle.

— J'avais compris, reprit Adil. Allez viens ici.

Elle se leva et s'approcha. Il la regarda. Il l'embrassa. Un petit rire de Chijal se fit entendre.

— Allons rejoindre Luigi et Maria. Il paraît qu'ils ont déniché un nouveau petit resto.

— Alors une bonne raison pour ne pas les faire attendre, répliqua Nada tout en prenant Chijal dans les bras. Ils descendirent et longèrent la petite ruelle les menant à la vie mouvementée de l'île en cette fin d'après-midi. Ils eurent à peine fait vingt pas que deux hommes surgirent derrière eux. L'un d'eux assomma Adil tandis que l'autre s'empara du bébé, poussant brusquement Nada au sol. Elle se releva vivement et frappa violemment l'homme qui tenait Chijal suivit d'un coup de genou entre les deux jambes, l'homme relâcha son étreinte autour de Chijal. Nada la lui enleva aussitôt mais ce fut de courte durée. Un autre homme la lui prit au même moment où elle reçut un coup sur la tête. Elle perdit connaissance. Les seules images qui s'imprimèrent à sa mémoire fut celle de trois hommes embarquant dans un triporteur avec le bébé, son bébé, Chijal.

Luigi et Maria traversèrent la rue, remontant le chemin vers la demeure de Nada et Adil lorsqu'un triporteur déboucha en pleine vitesse au détour de la rue étroite. Ils n'eurent que le temps de se jeter de part et d'autres de la voie, évitant l'accident. Luigi dévisagea le conducteur. Il se rendit aussitôt compte qu'il n'avait pas l'air d'un jeune marié, le genre de visage qu'il aurait dû normalement rencontrer dans les rues de l'île. Il porta son regard vers les autres passagers... et aperçut un bébé.

— Un enlèvement ! dit-il aussitôt. Va voir comment sont Nada et Adil, je pars à leur poursuite, dit-il rapidement.

Maria ne posa aucune question. Les quatre amis avaient pratiqué plusieurs scénarios de cas d'urgence et savaient comment réagir. Elle remonta la rue et trouva le couple par terre. *En vie,* s'assura-t-elle en prenant leur pouls. Nada fut la première à prendre conscience. Le visage de Maria était penché vers le sien.

— Chijal... Chijal a été kidnappée... dit-elle péniblement avant de laisser couler une larme.

***

États-Unis, Ohio. Un étudiant était en pleine classe universitaire lorsque le professeur l'interrompit.

— Adam ! Encore en train de rêver ?

Celui-ci sursauta.

— Non Madame... je pensais à...

— Maya ? continua-t-elle, en tapotant le globe terrestre posé sur son bureau.

Tous les élèves partirent à rire. Adam s'était tu. Il réfléchissait à ce qu'il pourrait bien dire.

— Ce n'est pas Maya... Maya est une déité sud-américaine.

— Eh bien c'est au moins ça que tu auras appris à l'école aujourd'hui !

Adam se tut. La cloche retentit.

— N'oubliez pas pour demain votre dissertation sur les peuples ayant bâti l'Amérique latine, annonça-t-elle, haussant le ton afin de se faire entendre dans le brouhaha des élèves se préparant à quitter. Comment les appelait-on, leurs us et coutumes, leurs cultures et que retrouve-t-on de ces peuplades de nos jours !

Adam fut le dernier à sortir de la salle de classe.

— Adam !

Il se tourna vers le professeur mais en apercevant le globe terrestre sur son bureau, un voile noir obscurcit sa vision. Il chancela, tenta d'agripper un pupitre, tomba sur le sol. Le professeur accourut aussitôt.

— Au secours ! cria-t-elle vers le corridor.

Le concierge apparut.

— Que se passe-t-il ?

— Cet élève est tombé sans connaissance... vite, il faut appeler une ambulance.

En disant cela, Adam ouvrit les yeux.

— Où suis-je ? demanda-t-il.

— Dans la salle de classe, tu m'as fait peur... Adam, ça t'arrive souvent ces pertes de conscience ? demanda-t-elle.

— Adam ? Qui est Adam ?

Elle regarda le concierge, inquiète.

— Mais toi... qui d'autre ?

— Je ne m'appelle pas Adam... je m'appelle...

Il ferma les yeux. *Maya... Non, ce n'est pas Maya...* Il les ouvrit subitement.

— Je m'appelle Aedan, Aedan de Mayana.

— Non Adam, on a parlé de Maya dans le cours, les Mayas étaient ceux qui vivaient en Amérique du Sud et...

Mais Aedan se leva. Il lui jeta un dernier coup d'œil.

— Je dois quitter, je dois rejoindre les autres. Quel jour sommes-nous

— Adam, reste ici, tu dois te rendre à l'hôpital et je vais appeler une ambulance, tu as subi un choc...

— La date ? insista-t-il ?

— Le trois septembre, répondit-elle, effrayée de la réaction soudaine du jeune homme.

— L'année ? En quelle année ?

— Mais en 1989 bien sûr ! répondit le professeur, surprise de la question.

Aedan fit le point.

— Le trois septembre... Il reste... je suis au début du cycle... non... Je dois me rendre...

Il jeta un regard rapide dans la classe et reporta son regard sur le pupitre de la maîtresse. *La Terre... coordonnés 40.72... 74.00...* Il prit le globe et se mit à le tourner en longeant les latitudes et longitudes. Son doigt arriva sur New York.

— Où suis-je ?

— Dans la salle de classe, tu...

— Ville, pays, continent ? demanda-t-il nerveusement.

— À Lima...

— Lima... c'est au Pérou...

— Non, nous sommes aux États-Unis, en Ohio, précisa-t-elle rapidement.

— Où est-ce ?... Montrez-moi sur le globe.

Mais Adam... tu sais où nous habitons...

— Aedan ! répéta-t-il d'un ton sec. Aedan d'Inaya ! Voilà, c'est ça. Inaya !

— Inaya ? répéta-t-elle en fronçant les sourcils.

— Inaya... répéta le concierge en fermant les yeux.

Aedan tenta de se remémorer. *Le 4 septembre... la conjecture temporelle... je dois y être avant le 6 septembre... non demain !*

Le professeur s'approcha nerveusement et pointa la ville sur le globe. *Voilà...* pensa-Aedan en faisant le point géographique. *Latitude 40.74... longitude 84.10. Plus une minute à perdre si je veux arriver à temps.* Il se retourna vers la maîtresse.

— Combien de temps pour me rendre à New York ?

— En avion ou en voiture ?

— Peu importe... le plus rapidement possible !

— En avion ! lança le professeur. En quelques heures si on calcule le temps de te rendre à un aéroport mais il faut tenir compte...

— En voiture ! répondit le concierge en ouvrant les yeux. Si on fait vite, on a le temps de s'y rendre avant la nuit.

— Bien... partons !

La femme le regarda. Elle se sentit nerveuse à l'idée d'être kidnappée.

— Nous ?

Le concierge lui jeta un coup d'œil.

— Vous restez ici Madame, lui dit-il.

— Mais...

— S'il vous plait... rectifia Aedan. C'est très important. Inaya est en danger et je dois m'y trouver demain matin.

— Weeno, c'est ça ? demanda le concierge.

Aedan acquiesça.

— Je vous attendais.

— Weeno ? Inaya ? répéta machinalement le professeur.

— Excusez-nous Madame... nous devons partir, répliqua Aedan. Il vaut mieux oublier cette histoire.

Ils quittèrent la salle de classe. La femme resta figée.

— Mais... quelle histoire ?

***

À l'unité d'application des passages cosmiques sur Inaya, la création du passage était en plein déploiement. Des particules violettes se projetaient en un cercle.

— Il faut maintenir la tension, ordonna Chem.

Une légère et fine toile translucide amalgama les milliards de particules qui s'amoncelèrent, formant une spirale qui distordait la formation de ce qui ressemblait à un long tube. Chem leva la tête. L'éclipse totale demeurait. *Nous sommes encore synchronisés,* pensa-t-il. Il reporta son regard vers la création du passage. Il devenait inquiet.

— Des nouvelles d'Aedan ?

— Pas encore, répondit le technicien. Le passage va nous aider à entrer dans l'atmosphère terrestre et établir un meilleur contact.

— Espérons qu'il sera là à temps... murmura Chem.

— Il y sera, répondit Ilyes.

Les particules s'accumulèrent en un méli-mélo tel une tornade de poussière. Le passage se tissait. La spirale se tendait, devenait rectiligne, puis se compressait pour devenir intermittente. Le technicien ajustait chaque interférence pour maintenir une cohésion. Chem attendait patiemment. Les particules semblaient former un sol. Chem releva la tête. Il jeta un coup d'œil aux paramètres affichés. La densité paraissait définitive.

— C'est stable ?

— Plus on avance dans le temps, plus la stabilité augmente, mais je ne sais pas encore si nous pouvons nous y fier.

— Pourquoi ?

— Les interférences dévient le passage dans l'échelle temporelle.

— Les risques ? demanda Ilyes.

— Se retrouver à une autre époque que celle déterminée.

— Quelle est la valeur de différence ? demanda Chem.

— Entre 30 et 50 années terrestres.

Ilyes inspira profondément.

— C'est presque l'échelle de temps où les deux mondes demeureront synchronisés.

Chem acquiesça.

— C'est risqué d'y envoyer quelqu'un... si on se retrouve à l'opposé, il sera impossible d'accomplir la mission... mais on a besoin d'un relais pour établir le passage.

Ilyes avança vers la passerelle qui était en train de se former, puis se tourna vers Chem.

— Je vais y aller en premier.

— Non ! lança Chem. Il n'est pas question que tu risques ta vie, Inaya a besoin de toi.

— Je vais y aller. Je serai là pour établir le pont si jamais Aedan ne peut venir.

— Ilyes, ton devoir est d'être ici, sur Inaya. Si jamais les choses tournaient mal, les Weenos auront besoin de quelqu'un pour les rassurer et prendre les commandes de notre monde face à un éventuel envahisseur.

— Je comprends, répondit Ilyes en le regardant.

Chem esquissa un sourire.

— C'est pour cela que je pars, conclut fermement Ilyes. Je vais me préparer.

***

Sur l'autoroute 71 en direction de l'est, une voiture filait à toute allure. Le concierge était au volant.

— J'ai oublié de me présenter, dit-il. Je m'appelle Akamai.

— Akamai ? D'inaya ?

— D'Ischira.

— La grande mer d'Inaya.

Aedan resta songeur. *Je ne suis pas le premier.*

— Quand es-tu arrivé ?

— Il y a 25 ans. Mes parents sont de Dakini.

— Dakini, ceux qui marchent dans le ciel. Je me rappelle de cette planète. Un monde à découvrir... murmura Aedan.

— Et à protéger, ajouta Akamai. Inaya est dans une position dangereuse, non seulement pour Dakini, mais pour l'entière galaxie. C'est une porte à refermer. Aucun terrien ne doit y avoir accès.

— Tu es seul ?

Non, nous sommes plusieurs, plusieurs Dakinis aussi mais nous sommes dispersés. Lorsque le grand jour sonnera, nous nous rejoindrons là où on nous dira d'aller.

— Ce jour viendra bien assez tôt.

— Pour le moment, il faut accélérer.

Akamai actionna un petit appareil à côté du volant. La voiture s'élança à plus de 300 kilomètres à l'heure.

— Une façon de se faire remarquer, souligna Aedan.

— Personne ne nous remarquera, mes parents ont reproduit un Dubnium, ce que vous appelez Itzel sur Inaya.

— D'Inaya ! Comment ont-ils pu s'y rendre ?

— Ils l'ont synthétisé. Les propriétés sont les mêmes. Une fois activé sur la Terre, nous devenons invisibles. Seulement le déplacement d'air peut se remarquer.

Akamai fit une pause.

— D'ici les prochaines années, plusieurs découvertes se feront sur la Terre. Les dakinis seront à l'origine de ces inventions. Nous voulons que la Terre progresse scientifiquement parlant.

— Est-ce que cela veut dire que les Dakinis sont à l'origine d'une possible invasion des Terriens sur Inaya ?

— Non, nous avons poussé la recherche mais ce n'est pas dans nos intentions d'envahir d'autres mondes. Ces pensées rétrogrades viennent des Terriens. Nous voulons progresser. D'autres viendront pour établir des schèmes de pensées évolutionnaires.

— Quand ?

— Je ne sais pas, je n'ai pas été mis au courant de ce plan. Je suis ici principalement pour aider Inaya... et les Weenos... de toutes les façons.

Aedan resta surpris. Akamai prit un petit sac sous le siège.

— Voilà... c'est pour toi.

Aedan l'ouvrit et en sortit des liasses d'argent.

— C'est... beaucoup d'argent !

— Oui ! L'immeuble pour le passage est déjà enregistré et en notre possession. Comme c'est une entreprise florissante, plusieurs inventions font parties de son actif.

— Des inventions ?

— De notre cru et un de nos principaux clients est...

— Attends ! Le centre d'accélération de particules du CERN?

Akamai leva les bras.

— Exactement !

— Eh bien ! s'exclama Aedan. On dirait que nous n'aurons plus rien à faire !

— Non... malheureusement non, répondit Akamai. Il faut rénover l'immeuble pour le passage, en faire une entreprise florissante, bien portante, moderne et surtout innovatrice. Pour ce faire, plusieurs Dakinis viendront développer d'autres appareils de haute technologie. Pour le reste, il faut engager du personnel terrien.

Aedan le regarda, étonné.

— Donc j'imagine que tu sais où se trouve le point de rencontre ?

— Oui. Nous avons été mis au courant aussitôt que vous 'l'avez établi.

— On peut dire que tu n'es pas un concierge ordinaire...

Akamai sourit.

— Je ne suis pas concierge. Je t'attendais.

Il reporta son regard vers l'argent que tenait Aedan.

Il y en a suffisamment aussi pour le terrain où se trouve l'antenne.

— Faël ! se remémora aussitôt Aedan.

Chapitre 5

Brésil, Amazonie. Un homme, enchaîné à un immense arbre à l'orée d'une clairière dont les centaines d'arbres avaient déjà été décimés, releva la tête aux grondements de machines destructrices. Depuis trois jours qu'il y était enchaîné. Malgré la fatigue et l'épuisement, il conserva la tête haute devant les bulldozers et les mangeuses d'arbres comme il les appelait, prêts à faire une coupe à blanc et raser le terrain comme si rien n'avait existé.

— Tu dois commencer à avoir faim depuis le temps que tu prends racines là ! lança le conducteur de bulldozer. C'est le dernier avertissement, ou tu dégages, ou on te laisse pourrir là. D'une façon ou d'une autre, cet arbre va disparaître... avec ou sans toi.

— Ce n'est pas fini le massacre ? demanda-t-il en guise de réponse.

Le conducteur fit signe aux bûcherons de le sortir de là. Ils tentèrent de briser les chaînes mais sans résultat.

— Sciez-les quoi !

— T'as vu la grosseur ? répliqua un des bûcherons.

Le chauffeur de bulldozer descendit, prit un énorme maillet de son coffre à outils et se dirigea d'un pas ferme et décidé vers l'homme enchaîné. Il se mit à frapper la chaîne de grands coups. Un des maillons se mit à céder et la chaîne se brisa.

— Fous-moi le camp, imbécile !

Il fit signe au conducteur de la tronçonneuse de couper l'arbre.

— Non ! Arrêtez de tout détruire !

Il fonça vers le conducteur de bulldozer mais celui-ci lui envoya un coup de maillet dans le ventre.

— Il me semble que je t'avais demandé de déguerpir, non ? Si tu en veux encore, fais-moi signe !

Il remonta dans son bulldozer, mit les gaz et écrasa toutes nouvelles pousses, racines et jeunes arbres sur son chemin.

L'homme se tordait de douleur sur le sol. Des bûcherons le traînèrent sur la route et le laissèrent.

Une voiture approcha et arrêta près de lui. Des pas s'en approchèrent.

— T'as pas fini de jouer les héros ?

Il ouvrit les yeux. Une femme le regardait.

— Bonjour Charl !

— Arrête de m'appeler comme ça. C'est Charline !

Il s'accroupit et se releva avec peine. Elle l'aida à se tenir debout.

— Tu parles d'un exemple à donner à des enfants...

Il la fixa.

— Qu'est-ce que tu as dit ? dit-il. Puis il sourit.

— Tu es enceinte ? demanda-t-il.

Elle lui retourna le sourire.

— C'est la plus merveilleuse nouvelle de la journée !

— Vu l'état dans lequel tu es, ce n'est pas très difficile...

— Iago va avoir un petit frère ou une petite sœur !

— À une condition !

— T'as pas l'intention d'avorter ?

— Plus question de défendre les arbres au risque de ta vie.

— Sinon ? Tu avortes ?

— Je te quitte pour de bon, avec les enfants... les deux.

Il réfléchit, puis prit une grande respiration.

— D'accord...

— Ensuite... ajouta-t-elle.

— Quoi ? D'autres conditions ?

— Ne m'appelle plus Charl, Chiar, Chal ou même Chial !

À ce dernier surnom, il la regarda fixement.

— Qu'est-ce que tu as...

Il n'eût pas le temps de terminer sa phrase. Il se sentit défaillir, s'appuya sur le capot de la voiture. La tête lui tournait mais plus encore, des images étranges apparurent devant lui...*Un garçon et une fille...Ils viendront de Dakini pour nous aider dans notre quête. Mais avant toute chose, tu dois nous rejoindre au poste, ce sera ta responsabilité première avant le grand jour. Nous comptons sur toi, Faël !*

— Hé ! Ne tombe pas... appuie-toi sur moi... viens... cria Charline, paniquée de le voir perdre conscience.

Elle l'aida à s'assoir dans la voiture. Après quelques secondes, il ouvrit les yeux. Son regard était différent. Il la regarda.

— Qu'est-ce qui se passe ? demanda-t-elle. Qu'est-ce qui t'es arrivé ? C'est la fatigue c'est ça ? Pas étonnant, ça fait trois jours que tu n'as pas mangé... Je t'avais dit que ce n'était pas une bonne idée de vouloir être attaché à ces arbres...

— Tu as raison... dit-il en la coupant.

— De quoi ? demanda-t-elle, inquiète d'une si courte réponse, en plus de se faire dire qu'elle avait raison.

— Tu ne t'appelles pas Chial... Non... tu n'es pas Chial... répéta-t-il pensivement.

Il la regarda de nouveau. Elle resta bouche bée.

— Tu acceptes Charlie ? demanda-t-il avec un sourire en coin.

Elle sourit.

— Tu m'as fait peur tu sais ?

Il fronça les sourcils, l'air interrogateur.

— De quoi ?

— Tu semblais mort, parti, évadé dans un autre monde. Je pensais que les enfants ne connaîtraient pas leur père... cet être magnifique... et que moi je venais de perdre mon amour, Gard...

— Faël.

— Faël ?

— Oui, c'est comme ça que je m'appelle. Et toi, tu es Charline. Iago aura une petite sœur, elle s'appellera Niao.

Surprise, Charline esquissa un sourire.

— J'avoue que c'est joli comme nom. Accepté à l'unanimité... si c'est une fille !

— Ce sera une fille.

— Si c'est une fille, murmura Charline.

— Quel jour sommes-nous ? demanda Faël.

— Quel jour ? répéta-t-elle machinalement.

— Oui, c'est important... quel jour ?

— Bien nous sommes le trois septembre...

— L'année ? s'empressa de demander Faël.

— 1989... Pourquoi ?

— On doit partir, vite. Monte !

Deuxième surprise pour Charline.

— Partir ? Où allons-nous ?

— New York !

— Je ne comprends pas ! Toi qui déteste les grandes villes, pourquoi aller à New York, l'une des plus grosses de la planète ?

— Allez ! Monte ! On n'a plus une minute à perdre. À quelle heure l'avion ?

Il démarra en trombe, faisant rouler des nuages de poussières sur la route de terre battue.

— L'avion ? Mais quel avion ?

— Pour New York.

— Mais est-ce que je sais ? Pourquoi tout d'un coup on doit faire vite alors que pendant trois jours tu jouais les défenseurs de la veuve et de l'orphelin enchaîné à un arbre ?

— Les arbres... c'est ça ! Voilà pourquoi il faut faire vite. Il faut acheter un arbre...

— Tu es en plein délire... Aller à New York acheter un arbre ! Regarde ! Nous sommes entourés d'arbres ici !

Faël accéléra.

— Hé attention ! Ne roule pas aussi vite ! hurla-t-elle.

— Pas la même chose... j'aurais dû me réveiller avant aujourd'hui...

Charline se cramponna au siège.

— Ça fait des années que je m'évertue à te "réveiller"... Mieux vaut tard que jamais.

— Cet arbre est... se trouve sur un verger. Nous allons l'acheter et produire du cidre, le meilleur au monde !

Charline se tourna vers lui.

— Dis donc, ça en fait des idées en si peu de temps ! Je devrais t'enchaîner à des arbres plus souvent !

Faël resta songeur... *Les arbres... Aucun n'est semblable mais tous sont porteurs de vie.* Il appuya davantage sur l'accélérateur. *Il faut faire vite, on n'a que quelques jours avant le lancement !*

***

La passerelle violacée disparaissait dans un trou noir. Une grande partie de l'enceinte à l'unité d'application des passages cosmiques sur Inaya avait fait place à ce passage permettant de rejoindre la Terre. Ilyes s'y tenait, prêt à faire les premiers pas. Tout ce qu'il avait pour bagage était un tout petit sac.

— Tu n'auras qu'à positionner l'antenne sur le sol. Au bout de deux jours terrestres, le passage la rejoindra et nous pourrons traverser. Si jamais tu es perdu, la date et la position exacte sont inscrites au dos de l'antenne...

Ilyes y jeta un coup d'œil. *Trois septembre 1989*, lut-il, puis acquiesça.

— Si jamais je suis perdu..., murmura-t-il.

Il avança imperturbablement vers le trou béant et froid. Malgré la décision prise quelques heures auparavant, il était inquiet. C'était la première fois qu'il était pour se rendre sur cette planète et les analyses n'étaient pas pour le rassurer. *Les Terriens ont un tempérament changeant, agressif et parfois même meurtrier. Il faudra m'y faire...* pensa-t-il alors qu'il traversait le tapis violet. Il arriva à la fin de la passerelle. *Quelques pas encore et je disparais d'Inaya.* Il se retourna. Plusieurs Weenos assistaient à son départ. Tous les techniciens, parents, amis et les plus importantes personnalités se trouvaient réunis dans l'enceinte. Ils levèrent leur main. Ilyes esquissa un sourire, rendit le salut. Il leva le regard vers la haute baie vitrée du centre. Mayu occupait sa position céleste, les rayons d'Inavinha baignaient le ciel rempli d'étoiles. Un paysage qu'il voulut marquer dans sa mémoire. Il baissa le regard et se retourna. Après deux pas, il disparut de la passerelle.

— Il est passé, murmura Chem.

Il se tourna vers un technicien.

— Position, retraçage, localisation, vite !

Le technicien s'exécuta.

— Je ne vois rien pour l'instant... il n'est... une déviation est survenue.

***

Dans une petite rue banlieusarde de New York, un homme était allongé sur le sol, souffrant, ayant de la difficulté à respirer. Un autre homme, en soutane, s'approcha en vitesse, le visage préoccupé.

— Monsieur... Monsieur, est-ce que ça va ?

— Ne m'approchez pas ! cria celui étendu par terre.

— Laissez-moi vous aider, je vous en prie. Vous ne pouvez pas passer la nuit ici.

— La nuit ?

L'homme porta son regard vers le ciel.

— C'est la nuit ? Pourquoi ne voit-on pas les étoiles ?

L'autre homme sourit.

— Si vous voulez voir les étoiles, je peux vous emmener ailleurs, en montagne, loin de la ville. Là nous pourrons les voir, dit-il en acquiesçant de la tête, attendant une approbation.

Il lui tendit la main.

— Je m'appelle le père Jacob.

— Le père Jacob... Je dois me rappeler...

— Et vous mon fils, comment vous appelez-vous ?

— Mon fils ? Je ne suis pas votre fils...

— Mon frère alors, reprit le le père, affichant un léger sourire.

— Nous sommes frères ? Mais non... je suis... je m'appelle... je m'appelle Ilyes.

— Alors frère Ilyes, vous paraissez mieux vous sentir.

Ilyes se mit à respirer normalement.

— Vous m'avez fait peur, j'ai cru que vous étiez pour mourir. Alors tout est pour le mieux, allons chez moi. Nous serons plus à l'aise pour discuter qu'en plein milieu de la rue.

— Non ! Je dois aller...

Ilyes regarda le sac contenant l'antenne qu'il tenait dans ses bras. Le père Jacob y jeta un coup d'œil.

— Où devez-vous vous rendre ?

— Pourquoi voulez-vous m'aider ? Vous êtes...

— Je suis là pour vous aider, uniquement vous aider...

— Non ! Je ne veux pas d'aide, je dois me rendre... je dois partir.

Ilyes vint pour se lever mais perdit l'équilibre.

— Mais qu'est-ce qui se passe ici, pourquoi tout tourne ?

— Bien je crois que vous êtes perturbé et que... peut-être que manger vous fournira un peu d'énergie. Rien ne presse, venez chez moi prendre un peu de repos.

Le père Jacob aida Ilyes à se mettre debout.

— Allez, un petit effort, j'habite à deux pas d'ici, juste au bout de la rue, dans cette église.

Ilyes tenta de reprendre ses esprits.

— Où suis-je, demanda-t-il après quelques minutes. New York ?

— La ville de New York se trouve à 20 kilomètres d'ici. Si vous désirez vous y rendre, nous pouvons partir demain matin.

Ilyes ferma les yeux.

— Quel jour sommes-nous ?

— Bien, nous sommes dimanche... le jour du Seigneur !

— Non, la date exacte...

— Nous sommes le trois septembre.

Ilyes laissa échapper un soupir. *Encore quelques jours avant de retrouver l'autre côté...*pensa-t-il. Combien de temps pour se rendre à New York ?

— Hé bien cela dépend où à New York ! En général, quelques heures suffisent...en utilisant les transports en commun bien sûr... Ah voilà ! Nous sommes arrivés chez moi, dit le père Jacob.

Ils franchirent la porte de la chapelle. Ils débouchèrent sur un petit appartement, propre et simple. Le prêtre aida Ilyes à s'assoir sur un sofa.

— Je vais vous chercher un peu d'eau en attendant que je nous cuisine un petit repas.

— Merci, répondit Ilyes, heureux d'être tombé sur un homme aimable. Il promena son regard sur l'appartement. Des images pieuses étaient affichées sur le mur.

— Qui est cette femme ?

Le père Jacob sortit la tête de l'encadrure de la cuisinette, curieux de la question. Il tourna son regard vers l'image.

— Ah ! C'est notre sainte vierge Marie ! Je vois que vous n'êtes pas catholique.

— Euh... non... répondit rapidement Ilyes, devinant la portée de la question.

Il posa le sac contenant l'antenne sur une petite commode. Il l'ouvrit. *Me rappeler de la date et de la position exacte,* se souvint-il. Les coordonnées étaient bien inscrites au dos de l'antenne. Il se sentit soulagé. Il ne pouvait mieux tomber. *Les terriens ne sont pas si agressifs,* pensa-t-il. *Je suis près de New York et j'ai quelques jours devant moi pour retrouver l'endroit où je dois poser l'antenne réceptrice.* Il referma le sac tout en laissant son regard examiner la pièce. Une petite table, deux chaises de bois, une croix sur le mur. Il examina l'image de la femme, Marie. Une croix y figurait aussi. *Surement une sorte de croyance...* se dit-il.

— Frère Ilyes, interrompit le père Jacob, si je peux me permettre, je pourrais vous apprendre ce que la Vierge Marie nous a enseigné.

— Pardon ? demanda Ilyes, surpris du propos.

— En fait, votre venue n'est pas due au hasard.

— Ah !

— À vrai dire, j'ai prié pour que le ciel m'envoie quelqu'un et vous voilà... directement tombé du ciel !

— Tombé du ciel... c'est le cas de le dire, murmura Ilyes. Et pourquoi donc ?

— Pour me remplacer... je me fais vieux et la religion n'est plus à la mode. Les candidats se font rares et les églises disparaissent, faute de moyens financiers et de partisans.

— Pourquoi tenez-vous tant à propager ce culte... il me semble pué... dévolu serait mieux.

— Non vous avez raison, puéril est bien un bon mot mais ne sommes-nous pas tous des enfants de Dieu ?

— Qui est Dieu ?

Le père Jacob sourit.

— Voilà qui est une bonne question. Ce genre de question ne peut venir que d'un homme qui a vécu dans l'univers, qui a entrepris une quête tel un chevalier errant. C'est le genre d'homme que j'aime... c'est le genre d'homme qui peut relever une race et sauver le monde.

Ilyes le regarda.

— Vous n'avez jamais si bien dit.

— Alors laissez-moi terminer ce petit repas et nous pourrons discuter longuement. Cela fait si longtemps que je n'ai pas eu de visite aussi intéressée et intéressante.

Puis il disparut dans la cuisinette. Ilyes conserva le regard vers la chambranle, s'attendant à le voir réapparaître à tout moment. Tout ce qu'il entendait n'était que la quincaillerie de cuisine utilisée pour mijoter les plats à venir. Il reporta son regard vers les images sur le mur lorsque son attention e posa sur l'une d'elles, différente, formée de carrés et de nombres. Il se leva avec peine et avança vers elle. Un frisson le parcourut.

— Père Jacob... s'il vous plait...

Le père Jacob réapparut dans l'encadrure de la cuisinette. Ilyes pâlit.

— Qu'est-ce que c'est ? demanda-t-il en la pointant le mur.

— C'est un calendrier, répondit le père Jacob. Vous voyez bien, nous sommes dimanche le trois septembre, dit-il en mettant le doigt sur le jour avec le nombre affiché.

Ilyes souleva son regard vers lui.

— Quelle année ? demanda Ilyes, tremblant.

— Mais en 1961 bien sûr !

Ilyes défaillit.

***

Trois septembre 1990. Luigi était à bord de son bateau lorsqu'il lança un appel sur radio à ondes courtes.

— Mykonos, code bleu. Bébé enlevé. Trois suspects à bord d'un triporteur. Alerte rouge. Priorité bébé. Position sur mer, côté ouest de l'île.

Il n'avait pas besoin d'en dire plus. Il se foutait de ce qu'il pouvait arriver aux suspects, l'important était de récupérer le bébé sain et sauf. En quelques secondes, sur l'île ou dans les environs, plusieurs patrouilles s'annoncèrent, chacune ayant comme nom de code une couleur. Ils se mirent à s'annoncer.

— Code violet, position sur terre. Le triporteur a été localisé, direction héliport...

— Code orange, direction héliport...

— Code vert, la police a sonné l'alerte, l'air est surveillé, tous les transporteurs sont cloués au sol... position centre-ville...

— Code jaune. Suspects localisés. En direction du port...

— Code vert, la marine a appelé du renfort...

Luigi n'attendait que cette dernière confirmation. Il démarra son hors-bord et s'élança vers le port.

— Code bleu. En route, répondit Luigi.

— Code orange, idem sur terre.

— Code vert, identification en cours.

— Code jaune. Filature du triporteur. 200 mètres du port.

Le puissant hors-bord de Luigi ralentit à proximité du port. Les centaines de yachts, voiliers et autres véhicules marins encombraient l'accès au quai principal. Luigi monta sur le toit du hors-bord, tentant de localiser le triporteur. Au bout de quelques secondes, le triporteur fut en vue. Il descendit et ouvrit un panneau situé à l'arrière de l'embarcation, affichant plusieurs types d'armes. Il prit un revolver et deux cartouches de munitions ainsi qu'un pistolet de repérage.

— Code bleu, suspects repérés.

Il prit les jumelles accrochées au poste de pilotage et remonta sur le toit. Il suivit le déplacement des suspects. Rapidement, il localisa le bébé, Chijal. Les suspects couraient vers un bateau amarré. Un autre homme les attendait. Rapidement, il quitta le quai, se se faufilant parmi les embarcations diverses, en direction de la mer. Luigi les attendait de pied ferme. Il redescendit.

— Code bleu, position d'interception, sortie du port.

— Code jaune, triporteur immobilisé.

— Code orange, filature sur mer.

— Code bleu, gardez la distance. Il faut leur laisser croire qu'ils peuvent filer.

Allez, venez par ici, se dit Luigi. Il arma son revolver. Arrivé à proximité de la mer, l'embarcation des suspects se mit à filer rapidement. Luigi mit plein les gaz et leur bloqua l'accès. — Terminé la course ! cria-t-il vers les suspects maintenant à portée de voix, brandissant son revolver vers eux.

Un moment de silence et de surprise les figea. Le pilote mit le moteur à la renverse mais il s'aperçut que l'arrière venait d'être bloqué par une autre embarcation. Le pilote sortit et brandit aussi un revolver en sa direction. Ils étaient cernés. Un puisant yacht de la police sur mer rejoignit le hors-bord de Luigi.

— Vous êtes sous arrêt, coupez les gaz, nous allons aborder.

Au lieu de se rendre, les suspects sortirent des fusils et se mirent à tirer.

— Merda ! jura Luigi. Ne tirez pas, cria-t-il vers les policiers, bébé à bord !

Il rampa jusqu'au coffret et prit un fusil à lunette. Il visa le pilote et tira.

— Et d'un ! se dit-il.

Deux autres suspects furent abattus de la même façon par celui qui se faisait appeler Code orange. Le dernier suspect prit Chijal et la soutint à bout de bras. De l'autre main, il mit la pointe du revolver sur la tête. Luigi baissa son arme. *Impossible de tirer sans risquer de blesser le bébé.* Les policiers firent de même. Le suspect se mit à rire. Il baissa le bras lentement tout en gardant le revolver vers Chijal. C'est à ce moment qu'un coup de feu retentit.

— Merda ! Qui a tiré ? hurla Luigi.

Il vit Chijal tomber dans l'eau. Il croyait que le suspect l'avait tirée. Mais ce dernier s'écroula sur le bateau. Sans réfléchir davantage, Luigi plongea et nagea vers le bébé. Il releva la tête sans apercevoir Chijal. Il plongea et c'est là qu'il la vit, en train de couler, emportée par la lourdeur des vêtements imbibés d'eau. D'un coup de pied, il descendit plus profond et l'attrapa avant qu'elle disparaisse dans la noirceur du fond de l'eau. Il remonta à la surface et l'allongea sur le dos, prêt à lui faire la respiration artificielle s'il le fallait. *Allez, respire Chijal, respire...* Une main se tendit vers lui.

— Code orange, entendit-il en même temps.

Il sortit de l'eau et posa le bébé sur le pont. Il enleva la couverture qui lui cacha le visage. Deux yeux grands ouverts le regardaient. Elle sourit. Luigi relâcha un long soupir.

— Il ne semble pas avoir trop souffert, dit l'autre homme.

Luigi ne put qu'acquiescer, épuisé par l'intense tension pour la retrouver.

— Merci, finit-il par dire.

— De rien...

L'homme reporta sin regard vers le dernier suspect, abattu. La police avait déjà abordé et inspectait le bateau.

— Heureusement qu'il a été abattu sinon il nous aurait surement échappé.

— Qui a tiré ? demanda Luigi.

Il se remit debout, tenant Chijal dans les bras, cherchant à apercevoir le mystérieux tireur. Personne ne se manifesta. Une autre embarcation de la police approcha à grande vitesse. Nada, Adil et Maria étaient à bord. La nervosité se lisait sur le visage des parents mais Nada était sur le point de craquer. Elle tenait nerveusement la rampe du bateau et aussitôt qu'ils furent à proximité, elle sauta sur le bateau de code orange et prit Chijal. Elle ne dit rien mais pleurait. Adil la rejoignit et les serra tous deux dans ses bras. Il reporta les yeux vers Luigi, esquissant un sourire de reconnaissance. Luigi acquiesça. Il n'y avait rien à dire. Adil soutint le regard. Il fallait quitter.

Plus haut, sur le toit d'une des plus hautes maisons de l'île, un homme rangeait une arme à longue portée. Un autre homme était assis.

— Allons les récupérer, dit ce dernier. Gabriel est impatient de retrouver sa petite famille.

Sur ce, il éteignit le poste récepteur à ondes courtes.

***

Chem avait les yeux rivés sur la projection des deux planètes jumelées. La couronne violette continuait à s'échapper de la Terre par sa superposition sur Inaya. Il n'était pas le seul à y porter attention. Tous les techniciens du centre universel de recherche intemporelle attendaient que quelque chose se passe, que la seule personne qui ait réussi à traverser le passage établi puisse se manifester au travers des astres.

Soudain, une petite lumière vacilla sur la projection.

— Localisation. Onde de portée, lança aussitôt Chem.

— New York. Parallèle établi. Coordonnées ajustées. Ouverture du passage, confirma un technicien.

Des millions de particules violacées s'élancèrent et s'accumulèrent sur la passerelle. Elle s'allongea. Le trou noir devint grisâtre, puis bleuâtre. Une énorme fente le sépara en deux sections qui s'ouvrirent. Une lumière en jaillit, découpée par une silhouette vêtue d'une longue robe. Les particules cessèrent. Quelques flocons s'envolèrent sans apporter davantage de poids au passage. Chem avança à mi-chemin sur la passerelle. La silhouette fit de même, relevant la cape couvrant son visage.

— Ilyes... ?

— Oui... j'ai réussi, grâce à Dieu.

Chem le dévisagea. Il avait peine à le reconnaître si ce n'était de la même voix, la même expression, le même regard, la même vivacité, la même étincelle vivante de celui qu'il avait connu.

— Ilyes... qu'est-il arrivé...

— J'ai attendu ce moment pendant 28 années terrestres.

Chem regarda le technicien.

— La déviation a été forte.

Chem reporta son regard vers Ilyes. Il avait l'air d'un vieil homme. Il ne put croire que seul le temps était responsable du changement.

— Et Aedan ?

Ce dernier apparut sur la passerelle, suivi d'Akamai.

— Je suis ici...

Ce fut un autre choc pour Chem. Aedan paraissait beaucoup plus jeune que lorsqu'il était parti.

— Et voici Akamai.

Il s'avança au côté d'Aedan.

— Akamai d'Ischira, précisa-t-il.

Chem le salua.

— Nous avons besoin de l'activateur au plus vite, lança Aedan. Il ne nous reste plus qu'une seule journée pour activer le poste.

— Avez-vous retrouvé sa position ?

— Que très récemment, confirma Akamai. Nous devons nous y rendre sans tarder.

— C'est demain que l'accélérateur commencera ses dommages sur Inaya... ajouta Ilyes... et que Tchial disparaîtra.

Un technicien apporta l'appareil. Quoique lourd, Chem le prit et franchit le passage. Ilyes le regarda.

— Où vas-tu ?

— Je viens avec vous. Il nous faut établir un plan selon l'ordre terrestre.

Il se retourna et leva le bras. Plusieurs Weenos accédèrent à la passerelle.

— Et nous ne serons pas seuls !

Aedan se tourna vers Akamai.

— Alors voilà notre main-d'œuvre d'Inaya. Il ne reste plus qu'à attendre les Dakinis !

Tous franchirent le passage. Une fois de l'autre côté, ils se retrouvèrent dans un vieil immeuble. Seule la structure et la façade extérieure demeuraient encore debout. Les Weenos se regardèrent et dans un commun accord, commencèrent à se mettre au travail. Akamai sortit des plans de l'immeuble.

— Voilà ce qu'il faut savoir et faire sur la Terre, expliqua Akamai.

Il sortit une autre liasse d'argent de sa poche.

— La monnaie d'échange.

Il sortit des téléphones cellulaires.

— Les moyens de communication à développer.

Il sortit un petit contenant d'Itzel.

— Pour passer inaperçus pendant nos nombreux déplacements. Pour le reste, vous savez quoi faire. Nous serons rejoints très bientôt par les Dakinis. Ils sauront développer et faire de cette entreprise la seule au monde qui possèdera une technologie que tous voudront. À commencer par notre raison d'être sur Terre, le centre de l'accélérateur.

Il porta son regard vers Aedan, Ilyes et Chem.

— Il ne nous reste plus grand temps. Allons-y !

***

Trois septembre 1990. Luigi, Maria, Adil et Nada se retrouvaient dans le salon de ces derniers. Nada ne lâchait plus Chijal. La séparation avait été traumatisante. Jamais elle n'aurait pensé réagir de la sorte. Adil brisa le silence.

— Nous sommes en perpétuels dangers. Heureusement que cette fois-ci tu étais là... ce ne sera pas toujours le cas et nous ne pourrons non plus avoir ces aides que tu as pu retrouver, dit-il en regardant Luigi.

— Pourquoi ont-ils enlevé Chijal ? demanda Nada, sortant de son silence.

— Ce ne sont pas les agents du centre, sinon vous auriez aussi été enlevés, répondit Luigi.

— Alors pourquoi ? Qui ?

— La police fait une enquête, il faudra attendre...

— On en peut plus attendre, dit Adil fermement.

— Il n'y a seulement qu'une chose que je puisse dire, malgré la chance et la petitesse de l'île, je ne suis pas responsable de la mort de celui qui tenait Chijal.

— Que veux-tu dire ? demanda Adil.

— Un autre tireur a abattu le dernier suspect.

Adil ne sut que dire.

— Qui pourrait faire cela... ?

— C'est la question que je me suis posée, répondit Luigi. Et je n'ai trouvé qu'une seule réponse... Le centre.

Un silence s'abattit dans la pièce.

— Ils sont ici... comment ont-ils pu nous retrouver si vite ?

— Malheureusement, vous aviez raison... on ne peut pas passer inaperçu, pas ici. De plus, il est facile d'être à l'écoute des fréquences policières. Comme l'alerte a été donnée, il n'y a qu'un pas à faire pour lier les événements. Ils ne devaient pas se trouver loin d'ici.

— Alors il faut déguerpir au plus vite, dit Adil en se levant brusquement.

Son élan fut coupé par de brusques coups de poings sur la porte.

— Police ! Ouvrez la porte !

— La police !

— Ils ont peut-être trouvé des informations à propos de l'enlèvement ! dit Nada.

— On ne frappe pas à la porte de cette façon pour annoncer une bonne nouvelle ! répondit Luigi.

Il courut sur la terrasse et se pencha vers la rue. Quatre policiers étaient à l'entrée.

— Hé !

— Police, ouvrez la porte !

— Qu'y-a-t-il de si important ?

Le policier leva la tête.

— Vous êtes celui qui a retrouvé le bébé, c'est ça ?

— Oui sergent.

— Où sont les parents ?

Luigi se mit à penser rapidement.

— Ils sont ici. Avez-vous des nouvelles de l'enlèvement ?

— Nous devons leur parler, ouvrez la porte sinon on la défonce !

— D'accord, j'arrive !

— Alors ? demanda Adil une fois que Luigi fut rentré.

— Toute cette affaire tourne mal. Vous êtes évidemment recherchés par la police internationale. Tout ce que je vois c'est ils ont fait enquête et votre dossier est sorti. Cela paraîtra bien d'avoir arrêté deux criminels recherchés partout sur la planète.

Nada serra Chijal dans ses bras. Maria la réconforta et regarda Luigi.

— Trouve une solution pour les sortir de là en vitesse.

La porte fut défoncée. Les policiers entrèrent et montèrent rapidement l'escalier.

— Nous avons un mandat d'arrestation contre Nada Girija et Adil Rashmi.

— Qu'ont-ils fait ? demanda Luigi, innocemment.

— Ils sont recherchés pour crimes perpétrés en Suisse. Notre accord Européen nous donne le droit de vous arrêter. Vous serez reconduits en Suisse. Tout ce que vous direz...

— Ça va, on connaît l'histoire, dit Luigi, interrompant l'officier. Regardez-les, ils n'ont pas l'air de crimi...

Luigi n'eut pas le temps de terminer sa phrase que des coups de feu tuèrent les quatre policiers. Luigi prit son arme cachée dans son son dos sous sa veste. Il pointa la cage d'escalier. L'homme, connut sous le pseudonyme code orange apparut. Luigi baissa son arme.

— Tu nous as fait peur, on croyait que...

Luigi s'interrompit. Derrière code orange, deux autres hommes apparurent. Adil blêmit.

— Bonjour Adil ! Content de vous retrouver tous ici ! dit le premier homme.

Luigi se tourna vers Adil.

— Les agents de sécurité du centre, dit ce dernier.

Maria porta la main à sa bouche et ferma les yeux. Code orange désarma Luigi qui avait finalement la réponse à sa question.

— Traître, murmura-t-il.

— Si tu savais la récompense pour ces deux-là, tu ne te poserais pas autant de questions ! répondit-il. Mais si jamais tu t'en posais encore, juste le bébé vaut à lui seul des millions !

Nada recula, effrayée de revoir les agents de sécurité du centre.

— Non... non !

— Gabriel nous a passé un de ces savons suite à votre... disparition ! poursuivit le premier agent.

Il regarda le bébé.

— Il a été très intéressé par vos travaux et aimerait en voir le résultat, ajouta-t-il en pointant son arme vers le couple. Alors si on allait lui rendre visite ?

Nada s'affala sur le sofa, désespérée, épuisée d'une course qui prenait fin abruptement. Elle regarda Chijal, cherchant une solution pour fuir, s'enfuir, s'envoler, disparaître dans un endroit inconnu où personne ne les pourchasserait. Elle resta immobile, perdue dans ses pensées, sourde à tout ce qui se disait. Luigi se plaça devant Adil. Subtilement, il leva son gilet. Adil y aperçut une autre arme.

— Je suis sûr que nous pouvons prendre le temps de procéder, argumenta Luigi. Nada est dans un état dépressif et il serait bon de lui permettre de dormir un peu avant de quitter. Demain matin serait souhaitable...

— Nous partons maintenant ! ordonna l'agent de sécurité du centre.

Luigi s'approcha tout en gesticulant.

— L'enlèvement de son bébé, reprit-il, a...

Adil en avait profité pour prendre l'arme cachée dans le dos de Luigi et en criant de rage, fonça sur le premier agent de sécurité. Celui-ci perdit l'équilibre et recula jusqu'au mur tandis que Luigi se jeta sur Code orange et retourna l'arme contre lui. Il l'abattit sur le coup. Adil enfonça l'arme dans le ventre du premier agent et vida tout le chargeur. Luigi visa le second agent qui s'était réfugié dans la cage d'escalier et tira. Il s'écroula et déboula l'escalier. Adil continua d'appuyer la détente machinalement. Seuls les déclics se firent entendre. Luigi s'approcha d'Adil et lui retira l'arme des mains.

— C'est fini, dit-il tout bas. C'est fini Adil.

— Mon dieu, marmonna Maria. Qu'avons-nous fait... qu'avons-nous fait...

Elle croisa les mains et les porta sur son front tout en fermant les yeux. Luigi la prit dans ses bras, la réconforta.

— Nous avons fait ce que nous avions à faire, murmura-t-il.

Adil rejoignit Nada. Elle ne bougeait plus, silencieuse, sans gémir, sans émettre le moindre son. Elle serrait la petite Chijal contre elle. Elle était en choc. Il la prit dans ses bras. Elle laissa alors s'écouler des larmes sur ses joues, puis se mit à pleurer. Adil ne put que la bercer doucement, sans rien dire. Il n'y avait rien à dire. Après plusieurs minutes, Nada se calma. Adil l'aida à se relever.

— Nous devons partir, dit-il tout bas.

Elle acquiesça en silence.

— Luigi, on prend le bateau.

Maria aida Nada à descendre. Luigi ouvrit la porte et jeta un coup d'œil puis fit signe de sortir. Adil referma la porte sans porter le regard vers l'arrière.

Une fois rendus sur le bateau, Luigi lança les gaz et sortit du port, se faufilant entre les nombreuses embarcations. Il rejoignit la mer et partit en pleine vitesse vers l'est.

***

Cinq septembre 1989. Plusieurs soldats débarquèrent de camion blindés arrivés au centre d'expérience en accélération de particules subatomiques de Suisse, à Genève. Lucus ne voyait pas d'un bon œil tout ce branle-bas de combat.

— Est-ce vraiment nécessaire tout ce cirque ?

— Ça l'est. Notre découverte vient d'être publiée et tous veulent se l'approprier.

— Quoi ? Le Dubnium ? Les travaux sont accessibles et tout est expliqué comment le reproduire...

— Lucus... Ce n'est pas tout le monde qui a le plus grand et plus puissant accélérateur de particules au monde !

Gabriel étendit le bras vers tous les spécialistes et scientifiques qui s'affairaient aux différents postes.

Ne t'avais-je pas parlé de ce que ce genre d'investissement était pour apporter ? Regarde, la crème des scientifiques du monde entier se retrouve ici ! Demain... demain est le grand jour ! Et nous devions être prêts... et nous le serons !

— Tout de même, nous n'avions jamais besoin d'autant de monde. Nous avons aménagé le centre pour des petites équipes... plus facile à contrôler et suffisante pour extirper les données reçues.

— Nous ne savons pas à quoi ou à qui nous avons affaire, murmura Gabriel. Tu as avec toi les meilleurs de la planète pour décoder toute information enregistrée. Et c'est ce qu'ils ont fait depuis qu'ils sont ici. Alors pourquoi ne pas en profiter ? Ça fait partie du même budget et qui a le mérite en bout de ligne ?

— Toi, répondit abruptement Lucus.

Gabriel sourit.

— Je te laisse la découverte en entier.

— Et qu'en retires-tu en échange ?

— Rien, Je sais reconnaître le génie des autres.

Lucus laissa planer son regard dans le sien.

— Quoi ? s'exclama Gabriel. C'est vrai ! Tu as tout le crédit dans ce sens. Et pour ne pas prendre de chance, demain, nous utiliserons la puissance maximum.

— Mais ce sera au-dessus de la vitesse de la lumière ! Non, je refuse d'aller aussi loin sans avoir fait les tests en ce sens. Le contrôle des particules risque de nous échapper.

— Lucus... les yeux de la planète seront tournés vers nous demain. Des équipes du monde entier sont venus filmer cet événement extraordinaire.

— N'as-tu pas dit que j'étais le seul auteur de cette découverte ? Que c'était moi qui avais tous les crédits ?

Gabriel acquiesça tout en plissant le regard, méfiant.

— Alors c'est non pour cette expérience... pas demain. Tenons-nous en à ce qui a été prévu.

***

Six septembre 1989. Une voiture arriva le long d'une route, bordant un verger.

— C'est ici ? demanda Charline.

Faël descendit de voiture. Il porta son regard sur le verger, cherchant quelque chose de particulier. Il ne dit mot et avança sur le terrain. Charline ouvrit la portière et un garçon en descendit.

— Allez Iago, on va aller avec ton père faire une promenade.

Le terrain valonneux ajoutait un charme à l'endroit. Charline cueillit deux pommes au passage. Elle en donna une au petit garçon et croqua dans l'autre.

108

— En tout cas, si on vient s'installer ici, on va en manger des pommes !

Faël ne répondit même pas, préoccupé, portant attention à sa recherche.

— Qu'est-ce qu'on cherche ? demanda Iago.

— Un arbre, répondit machinalement Faël.

— Encore ? répondit-il.

— Hé oui, ça devient une obsession chez ton père ! Il est toujours entouré d'arbres et à chaque fois il en cherche un.

— Ce n'est pas pareil, marmonna Faël.

Il tourna son regard dans toutes les directions.

— Pourtant, il me semble que c'est ici.

— Peut-être sur la montagne ? lança Iago.

Faël y porta son regard. La montagne avait un versant qui qui ressemblait davantage à une falaise, surplombant plusieurs habitations.

— Ils aiment vivre dangereusement ceux-là... commenta-t-il.

Iago sortit un petit hélicoptère doté de trois hélices. Un petit écran était positionné sur le contrôleur. L'hélicoptère décolla et en quelques minutes, survola la montagne. Faël s'approcha, jetant un coup d'œil au moniteur. Aussitôt que l'hélico fut au-dessus de la montagne, s'approchant de la falaise, Faël y vit l'arbre, celui qu'il cherchait.

— Voilà ! C'est celui-là ! s'exclama-t-il en donnant une tape dans le dos de son fils.

— T'es un petit génie toi !

— Bien sûr ! dit Charline. C'est mon fils ! ajouta-t-elle en prenant une autre bouchée dans la pomme.

Faël ne lui porta même pas attention. Il s'était mis en marche vers la montagne.

— Oh! Pour ne pas que tu répondes, ça doit être sacrément important cet atbre ! lança Charline.

— Ça l'est, répondit Faël.

Ils arrivèrent au pied de la falaise. Faël regarda l'arbre perché sur la montagne, dominant la vallée, directement au-dessus également des maisons les plus fortunées de la région.

— C'est bien celui-ci, dit-il après plusieurs minutes de contemplation.

— Il ressemble à tous les autres arbres, commenta Charline.

— Mais où est-il ? se demanda Faël.

— Qui ? Quoi ? L'arbre ? demanda Charline.

— Non... Aedan... Il aurait dû être ici depuis déjà longtemps.

— Mais qui est-ce ? Pas encore un arbre ? dit-elle à la blague.

Une voiture arriva à pleine vitesse, se frayant un chemin vers la falaise. Aedan en descendit.

— C'est ici ? demanda-t-il à brûle pourpoint, sans aucune présentation.

— Oui. Là-haut, répondit Faël, reconnaissant Aedan sans peine.

— Nous ne pourrons nous en approcher, lança Chem en les rejoignant et regardant l'arbre au-dessus de la falaise. Au mieux, nous pouvons porter l'appareil jusqu'en haut, mais rendu là, quelqu'un d'autre qui devra l'activer.

— Iago le fera, annonça-t-il.

— Quoi ? répliqua Charline. C'est pour ça que tu nous as invités dans ton tour de voiture ?

— Nous achetons ce terrain, répondit Akamai en sortant de la voiture. Vous allez y rester afin de surveiller le poste et qu'il soit opérationnel en tout temps. D'ailleurs le propriétaire est déjà supposé être ici. Il n'eut pas le temps de terminer sa phrase qu'une camionnette se dirigea vers eux à grande vitesse.

Elle regarda Faël.

— C'est quoi tout ça ? demanda-t-elle.

— Charlie, je vais tout t'expliquer plus tard.

— Non ! Maintenant !

— Fais-moi confiance, nous n'avons pas le temps pour le moment. Quelque chose de grave va se jouer d'ici les prochaines minutes.

— Quoi ? La fin du monde ?

Ils se retournèrent tous vers elle. Faël s'en approcha.

— En quelque sorte oui, mais pas celui de la Terre.

Deux hommes descendirent de la camionnette.

— Propriété privée messieurs !

— Justement, je voulais vous rencontrer, lança Akamai sans plus attendre. Nous sommes très intéressés à acheter votre verger.

— Acheter ?

— Évidemment, votre prix sera le nôtre.

Chem et Faël en profitèrent pour descendre l'activateur. Ilyes avança pour donner un coup de main.

— Mais c'est lourd ! souffla Ilyes.

— C'est dû à l'effet de gravité de la Terre, répondit Chem.

Faël contourna la voiture et prit l'activateur d'une seule main. D'un élan, il le posa sur ses larges épaules.

— Je trouve que vous avez changé... Vous n'êtes plus les mêmes que ceux que j'ai connus sur Inaya. Et si je vous trouve différent, forcément je le suis aussi avec mon mètre 90 et mes 75 kilos. Je ne suis plus le garçon d'Inaya, leur dit-il en faisant un clin d'œil.

Sur ce, il entreprit aussitôt la montée.

— Alors nous sommes d'accord ! annonça Akamai. Voici l'acte de vente, avec les coordonnées du terrain, la quantité d'arbres, la montagne qui en fait partie, les bâtiments et la maison.

— Euh... Avons-nous le temps de déménager ? demanda le propriétaire.

— Prenez tout votre temps. Nous n'avons besoin que d'un accès à la montagne et bien entendu, comme vous avez dit, propriété privée !

Il sortit une liasse d'argent. Charline, qui avait assisté à toute l'opération, resta bouche bée.

— Qu'est-ce que c'est ? demanda le propriétaire en voyant l'activateur sur le dos de Faël.

— Oh ! C'est un appareil nouveau genre pour relever les coordonnées célestes.

— Coordonnées célestes ?

Charline disparut et courut rejoindre Faël à mi-chemin du sommet.

— Mais qui sont ces gens ? demanda-t-elle. Tu les connais ?

— Oui, de vieux amis.

— Wow ! s'écria-t-elle. Tu aurais dû me les présenter avant aujourd'hui. Ils sont super riches !

— Ils ne le sont pas, et ils ne sont pas plus ici pour s'enrichir également Charline.

— C'est vrai... admit-elle tout en changeant d'expression. Tu as dit que tu m'expliquerais.

Faël courbait le dos sous le poids de l'activateur afin de se faciliter la montée. Il la regarda, décontenancé.

— Ça te dirait d'attendre un peu, tu vois, c'est que c'est un peu lourd et nous devons faire vite.

— Ah oui, la fin du monde...

— Si tu veux, répondit-il, va chercher Iago, ça nous rendrait un bien grand service... histoire de...

— ... gagner du temps ! C'est ça ?

— Tu as tout compris ! dit-il.

Charline redescendit la montagne au pas de course. Iago était en pleine discussion avec Akamai.

— ... l'important est de minimiser l'apport énergétique afin de maximiser le rendement. Si tu portes attention à l'activateur...

Il s'interrompit. Charline l'observait.

— Iago, va rejoindre ton père, il a besoin de toi.

Iago partit sur le champ, gravissant la montagne au pas de course. Charline se tourna vers Akamai.

— Mais qui êtes-vous donc ?

— Je suis Akamai d'Ischira. Mes parents sont Dakinis. J'ai cru bon de partager les connaissances avec votre garçon. Nous avons besoin de tous les Dakinis pour lancer l'entreprise...

Charline recula d'un pas.

— Mais Iago n'est pas... comment ?

— Dakini... si, il l'est.

— Je reviens tout de suite, dit-elle avant de repartir à la course vers le sommet de la montagne, là où était rendu Faël.

— Nous devons relever l'activateur selon les coordonnées de la position de la Terre par rapport à Inaya, expliqua Chem. Une fois l'activateur en place, il n'y a plus rien à faire. C'est bon Faël ?

— Oui mais Iago ne pourra pas transporter l'activateur au pied de l'arbre, C'est trop lourd pour lui.

— Et aucun Weeno ne peut le faire également sans en être affecté, ajouta Ilyes.

— Faël !

Il se retourna. Charline paraissait dans tous ses états.

— Il faut vraiment que tu m'expliques, sinon je repars !

Chapitre 6

L'accélérateur de particules subatomiques avait été mis sous tension. Gabriel s'approcha de Lucus.

— Aucune erreur n'est permise, dit-il subtilement. Il en va de nos intérêts communs.

— Et aucune erreur ne sera commise également, répliqua Lucus, à moins que tu veuilles en prendre toute la responsabilité !

Lucus reporta son regard vers le moniteur central. *Je dois avouer que ce rassemblement de spécialistes nous a fait grandement gagner du temps... Et maintenant, à quoi devons-nous nous attendre ?* Il vérifia chaque secteur. Chaque département avait complété leur cycle de contrôles, mais il préféra faire une dernière vérification de visu avec certaines composantes. Il n'était plus à une minute près de réaliser un exploit scientifique de cette envergure, sachant tout aussi bien les énormes sommes englouties pour cette seule expérience. La seule chose qu'il redoutait était le pouvoir grandissant de Gabriel sur le centre. *En un rien de temps, il pourra balayer tout sur son passage pour n'être que le seul à trôner sur cet empire. Qui sont les prochaines victimes ?*

Il jeta un coup d'œil sur les capteurs, ramenant son attention sur l'expérience qui était pour débuter en un rien de temps.

— Compte à rebours, dès maintenant, murmura Gabriel.

— Quoi ? Mais... et la présentation ?

— Tout le monde est au courant de ce qui se trame ici.

Lucus lui jeta un regard noir. Il avait été doublé. Pas de présentation donc pas de prestige, pas de reconnaissance... et le lancement avait été avancé.

***

Sur la montagne newyorkaise, tous les efforts étaient faits pour amener l'activateur assez près de l'arbre. Iago était le seul à pouvoir le faire.

— Nous n'y arriverons pas, déclara Ilyes.

— Combien de temps ?

Akamai vérifia les dernières coordonnées du centre sur un détecteur. Son visage changea d'expression.

— Ils ont devancé la programmation de l'accélérateur ! Il faut agir maintenant ... on n'a que quelques secondes pour changer le cours du temps.

— Je vais y aller, annonça Faël.

— Non, s'interposa Chem.

Sentant l'urgence du moment, Charline s'approcha.

— Alors c'est moi qui y vais !

Les regards se portèrent vers elle. Faël lui sourit.

— Et tu m'expliqueras tout ça plus tard ! dit-elle à son attention avec tout le sérieux qu'elle put exprimer.

Faël effaça son sourire. Elle se tourna vers Chem.

— Que dois-je faire exactement ?

***

— Trente secondes, annonça la voix au centre de l'accélérateur de particules subatomiques.

***

Iago et Charline avaient tirés l'activateur jusqu'au pied de l'arbre.

— Plus que trente secondes ! cria Akamai.

— Lève le levier droit et vient l'appuyer sur la plaque verte au centre de l'appareil, ordonna Chem qui tentait de ne pas brusquer Iago et Charline.

Akamai fit plusieurs roulements de main afin d'accélérer le processus.

***

— Vingt secondes....

***

— Charline, tu appuies sur les deux plaques rouges simultanément.
Ça va alimenter l'activateur, et toi Iago, relève le levier droit...

***

— 10 secondes....

***

Akamai regarda Chem. Un regard qui en disait long sur les
dernières secondes avant le lancement. Chem poursuivit
rapidement.
— et abaisse-le à sa position initiale. Cela va charger l'appareil.
— Allez allez allez ! dit Akamai sans quitter le détecteur des yeux.

***

— 5 secondes...

***

— Charline, appuie de toutes tes forces sur les deux boutons situés
dans le bas de l'appareil.
— Allez... maintenant ! ordonna Akamai.

***

— Lancement !
Deux neutrons furent éjectés l'un vers l'autre frôlant la vitesse de la
lumière et franchirent 11 000 fois par seconde le parcours des
26. 659 kilomètres de circonférence du tunnel. Dès la deuxième
seconde, les neutrons se changèrent en de longs faisceaux
lumineux, faisant surchauffer les systèmes de refroidissement.

***

Charline appuya de toutes ses forces sur les deux boutons.

***

Au centre d'accélération de particules subatomiques, les neutrons éjectés deux secondes auparavant entrèrent en une formidable collision à la troisième seconde, déclenchant une réaction tout à fait inconnue et hors de contrôle. Lucus et plusieurs autres reculèrent devant l'ampleur de la puissance. Tous les détecteurs enregistrèrent plus de 500 millions de collisions simultanées. Les ordinateurs arrivaient à peine à télécharger les milliards de données recueillies.

***

Une énorme explosion souffla la fracture et le vent se leva pour la première fois dans la vallée de l'arbre, là où Mayu couvrait la terre. Le couloir intemporel laissa entrevoir une énorme ébréchure, comme si le ciel s'était déchiré. Des particules fines s'échappèrent de l'immense crevasse céleste. Une lumière intense balaya les rayons violacés d'Inavinha.

— Tchial... Tchial.... le vent murmura.

***

Six septembre 1990. Alors que le quatuor, Luigi, Maria, Nada et Adil, se retrouvait en pleine mer quelque part sur la Méditerranée, les gaz coupés, l'ancre jetée, Chijal se mit à hurler. Nada se jeta sur elle et la prit dans ses bras. Adil la regarda. Elle avait le regard apeuré, paniqué comme si quelque chose de terrible venait d'arriver. Il se leva, mit sa main dans le dos de Chijal. Elle porta son regard vers lui. Ses grands yeux demandaient protection, quémandaient une quiétude, suppliaient un répit. L'atmosphère n'avait guère changé depuis la tuerie. Tous demandaient un répit, un cessez-le-feu afin de mieux comprendre ce qui s'était passé, et le digérer. En quelques heures, ils avaient été surmenés. Depuis leur départ de l'île, chacun s'était enfermé dans ses propres déductions et compréhension des événements. Même Chijal s'exprimait à sa façon. Rien ne s'était vraiment dit durant les jours suivants. Le silence s'était taillé une place. Les plaies se refermaient tranquillement. La plupart du temps, ils s'asseyaient sur la banquette arrière du yacht, conservant le silence, se contentant de laisser leurs yeux balayer le paysage marin. De maigres victuailles composaient leur repas et les réserves étaient épuisées.

— Nous devrons aller à terre, faire des provisions, annonça Luigi.

Il tapa sur la table d'un coup sec, tirant de leur torpeur les autres passagers. Il se reprit.

— En fait... nous devons faire le point, annonça-t-il d'un ton ferme.

Maria releva le regard vers lui. Elle avait pleuré, beaucoup. Les cernes sous les yeux étaient tirés. Le manque de sommeil se faisait sentir aussi. Elle n'avait presque pas dormi depuis la terrible journée de l'enlèvement, faisant cauchemars sur cauchemars. Nada était dans un état tout aussi lamentable depuis cette horrible journée, celle où son état mental avait été mis à rude épreuve. Adil n'en menait pas large mais semblait plus résolu. Le temps avait muri son état d'esprit. Il leva la main. Il voulait parler.

— J'ai...

Il se racla la gorge.

— J'ai pensé aux possibles solutions. Peu importe où nous irons, nous serons poursuivis ou victimes d'attentats de toutes sortes. Ce que je vais dire ne va pas vous enchanter. Je ne le suis pas plus d'ailleurs...

Il ouvrit les mains en signe d'impuissance et fit une pause. Il prit une grande respiration, puis enchaîna.

— Il faut nous séparer.

Il fit une autre pause et les regarda. Luigi acquiesça lentement, se rendant à l'évidence même de la situation.

— Pour nous, je ne pense pas que nous puissions retourner en Toscane. Nous avons été mêlés à cette histoire et à l'heure qu'il est, nos têtes sont affichées comme d'importants témoins. Mais cela est plus facile à gérer. La Méditerranée est grande et j'ai des gens sur qui je peux vraiment compter. Je les connais personnellement.

Maria lui prit la main. Elle le savait de confiance.

— Je te suis, si tu veux bien...

— Mais de quoi parles-tu Maria ? Il n'est pas question que tu me lâches maintenant.

Elle sourit. Il avait su aussi détendre la tension qui régnait. Adil regarda Nada. Il esquissa un sourire.

— Quand je dis "nous", cela nous implique aussi.

Nada releva la tête subitement. Adil se baissa et l'embrassa sur le front.

— Nous sommes ceux qu'ils recherchent. Un couple. Nada Girija et Adil Rashmi. Ces deux-là sont toujours ensemble, quoiqu'il arrive. Le bébé passe plutôt inaperçu. Elle n'a pas de visage connu. Avec les différents passeports qu'elle a. il lui est facile d'aller ailleurs. Quant à nous, nous pouvons facilement attirer leur attention tout en leur échappant grâce à nos différents contacts dans le monde, ou tout simplement en nous rendant dans des endroits inusités, ou tout simplement là où ils ne penseront pas nous trouver. Nous pouvons leur échapper si nous ne sommes pas encombrés...

Nada releva la tête subitement.

— Si nous avons une plus grande liberté d'action, je voulais dire.

Elle conserva son regard vers lui, effrayée à l'idée de l'entendre dire des paroles redoutables.

— Vous, Luigi et Maria, prenez votre direction. Nous vous remercions sincèrement et nous avons une grande dette envers vous. À l'heure qu'il est, sans vous, nous serions déjà de retour au centre sans savoir ce qui nous arriverait, incluant Chijal.

Il prit une profonde respiration et poursuivit sa pensée.

— Pour la survie de tous, et surtout celle de Chijal, notre enfant, il faudra nous en séparer.

Ce fut comme un grand coup de masse tombant sur les épaules de Nada. Elle retint son souffle, suffocant tout à la fois. Elle se mit à trembler, frissonner, basculer dans le vide d'une telle décision de la part de son ami, amant, celui avec qui elle avait lié sa vie et celui qui maintenant la trahissait, l'abandonnait, la rejetait. Elle ne put que relâcher avec horreur l'idée de se séparer de sa fille adorée.

— Nooooooooonnnnnn ! hurla-t-elle de toutes ses forces.

Il avait prononcé ce qu'elle ne voulait pas entendre. Son cri se répercuta sur toute la surface de la mer et se perdit dans le clapotis des vagues. Elle s'effondra sur la banquette et lui assena des coups de poings.

— Non ! cria-t-elle sans arrêt. Non ! Pas ça ! Non ! Non ! Non !

— Nada... Nada c'est la meilleure solution. Elle grandira en paix, sans être poursuivie ou enlevée, elle grandira sereine sans avoir le souci que nous avons. Pense à elle avant tout ! répéta Adil, tentant de la rassurer et de la raisonner.

Maria versa quelques larmes. Comme elle comprenait Nada. Lui enlever son enfant était comme lui arracher le cœur. Luigi se passa la main sur ses yeux devenus humides. Adil prit Nada dans ses bras et la serra contre lui.

— Je l'aime au point que je donnerais ma vie pour elle. Mais à quoi bon être mort, je ne lui rendrais pas service, au contraire. Elle serait en perpétuel danger. Et toi aussi.

— Je ne veux pas perdre mon bébé, dit Nada en sanglotant.

— Tu ne la perdras pas, au contraire, tu lui donnes la chance de vivre. Ce n'est pas une expérience, c'est un être vivant à part entière, une fille, une femme, un être libre... si nous lui permettons de l'être. Donnons-lui cette chance... pour l'amour que tu lui portes.

Nada serra la mâchoire et les poings, sa tête contre l'épaule d'Adil. Elle refusait d'abandonner, elle refusait d'abdiquer...

— Pourquoi ?... chuchota-t-elle.

Doucement, Adil la berça dans ses bras.

— Je ne veux pas m'en séparer... Je l'aime autant que toi... je vous aime d'un amour que jamais je n'aurais cru possible. Grâce à toi et Chijal, j'ai découvert cet amour. Et parce que nous l'aimons de tout notre cœur, il faut lui donner ce qu'elle mérite d'avoir dans la vie... la chance de vivre.

— Et où ira-t-elle ? Qui peut s'en occuper sans lui faire courir de danger ? dit-elle en sanglotant.

— J'ai pensé à ta sœur.

— Ma sœur... Mizha, à New York ?

Adil acquiesça.

— Mais si nous allons la voir, ça se saura. Et ça recommencera !

— Oui, tout à fait. C'est pour ça que nous devons la confier à ceux qui sauront la mener là-bas en toute sécurité.

Il se tourna vers Luigi et Maria.

— Un dernier service ?

Luigi sourit.

— Adil, jamais je n'oublierai ce que vous avez fait pour moi. J'ai le cœur brisé de vous voir partir et surtout séparés mais en même temps, je préfèrerais mourir que de laisser Chijal tomber entre les mains des agents du centre.

Adil regarda Maria. Elle joignit les mains et les porta vers sa bouche, esquissant un sourire. Elle avait les yeux humides. Elle acquiesça fermement.

Nada les regarda, triste mais une lueur d'espoir dans le regard.

— Merci, murmura-t-elle faiblement, la gorge nouée. Merci... à vous deux... merci...

Elle prit Chijal dans les bras et la serra contre elle. Elle se remit à pleurer. Adil lui tapota le dos puis regarda Luigi et Maria.

— Il devient important maintenant que vous sachiez l'histoire de Chijal. Cela a commencé il y a plus de cinq années. Nous travaillions au projet de génétique appliquée. Ça Luigi, tu le savais déjà. Il y a 15 mois, nous avons abouti dans nos recherches et cela à l'insu du centre...

Chapitre 7

Ukraine, samedi, le 8 juin 2005.

Nada et Adil prenaient leur petit déjeuner sur la terrasse du Uyut-Kafe Burzhuyka, petit café situé à deux pas d'une plage balayée par les vagues de la Mer Noire. Leur yacht balançait sur ces ondulations qui venaient mourir sur le sable blanc. Quelques touristes profitaient du calme matinal pour se promener.

Un camion de livraison se gara près du restaurant. Des livreurs déchargèrent des caisses de denrées. Nada leur jeta un coup d'œil désintéressé. Une matinée comme tant d'autres.

— Chijal me manque, dit-elle.

Adil quitta le journal et souleva le regard vers sa femme.

— Je sais. Pas besoin de me le répéter, ajouta-t-elle aussitôt.

Adil prit une autre bouchée de son petit déjeuner. Nada porta son regard vers les vagues.

— Ça fait quinze ans que nous sommes partis... peut-être que les choses sont différentes. On nous aurait oubliés...

Adil avala la bouchée, porta la serviette de table vers ses lèvres, les essuya d'un mouvement léger, la reposa près de son assiette.

— Je ne pense pas que ce soit le cas. N'oublie pas ce que nous avons fait. Tant qu'on ne nous aura pas trouvés, on est en vie. Et tant qu'on est en vie, Chijal l'est aussi. Nous devons protéger ce que nous avons créé, nous devons la protéger jusqu'à... jusqu'à ce qu'elle s'éveille, jusqu'à ce que le centre nous oublie vraiment, jusqu'à... je ne sais pas...

Il reprit position sur sa chaise.

— Ce que tu veux dire c'est qu'elle s'éveille et prenne conscience de ses talents ?

— Oui en quelque sorte. C'est possible... c'est ce que nous avions prévu. Mais que le centre nous oublie ? Non c'est utopique. Jamais ils ne vont nous mettre à la corbeille et faire une croix sur nos noms.

Il prit une profonde respiration.

Jusqu'à ce que Chijal se manifeste au point que nous en entendions parler ? D'un côté j'aimerais bien, de l'autre, ce serait mettre sa vie en jeu... elle mettrait sa vie en jeu si elle se rendait jusque-là...

Il s'avança légèrement au-dessus de la table.

— Mais si c'était le cas, nous saurions bien si nous avions eu raison de tout lui donner, murmura-t-il.

Nada sourit.

— Je suis sure que oui mais... verrons-nous ce temps arriver ?

— Oui... elle a presque atteint l'âge de l'éclosion si tu te rappelles bien. C'est même toi qui a programmé l'âge de 15 ans comme étant l'âge idéal pour une jeune fille de manifester ses talents. Ce sera son anniversaire dans quelques jours...

— Oui, je sais. Comment le célébrer cette fois-ci ? Aller la voir ?

— Nada, répondit Adil, tu sais bien que...

Elle leva les deux mains en signe de protestation.

— Je sais ! Je sais... répéta-t-elle.

— C'est impossible...

Nada relâcha un soupir.

— Juste l'apercevoir de loin, personne ne pourrait se douter que c'est notre fille !

Adil comprenait très bien cette envie, cette curiosité intenable. Combien de fois lui-même en avait rêvé ? Mais à chaque fois, il se rappelait les scènes tragiques de la Grèce.

— Je m'en voudrais de voir d'autres événements tragiques arriver juste pour satisfaire une petite curiosité.

Nada se renfrogna.

— Mais je ne dis pas que ton idée est mauvaise pour autant.

— Alors tu es d'accord ? dit-elle en relevant la tête, un sourire commençant à se dessiner sur les lèvres.

— Avant tout, si nous voulons la voir, il faudrait bouger, ça fait déjà trop longtemps que nous sommes ici.

— New York ?

— N'oublie pas que nous devons maintenir une grande distance entre elle et nous, sinon ils risqueraient de se rendre compte de la supercherie. Si on nous trouve, ils chercheront dans la région. Avant tout, avant de nous y rendre, je pensais plutôt à la Thaïlande ou en Sardaigne...

— Un retour en Italie ?

— Hum... pas une bonne idée... plutôt la Méditerranée. Il serait bon de revoir Luigi. Aux dernières nouvelles, il était en Espagne.

Un serveur approcha le couple.

— Monsieur, on vous demande au téléphone.

Adil comprit aussitôt. Il regarda Nada. Ils étaient découverts. Ils se levèrent d'un commun accord, enjambèrent rapidement le balcon et coururent vers leur yacht en zigzaguant. Ils s'étaient maintenus en une forme exceptionnelle que pour éviter que des moments aussi tragiques survenus en Grèce surviennent à nouveau. Trois livreurs sortirent des mitraillettes des caissons de livraison et prirent position sur la terrasse. Nada et Adil avaient presque rejoint le yacht, enjambant les vagues les unes après les autres. Les livreurs firent feu sans discernement entre les deux scientifiques et les dizaines de touristes. Adil et Nada plongèrent instantanément dans l'eau, nageant sous l'eau en tentant de rejoindre leur embarcation. Sur la plage, les corps tombèrent aussi vite que les balles sortaient des chargeurs jusqu'à ce qu'un calme mortuaire s'installa. Les trois hommes mirent un autre chargeur dans les mitraillettes et attendirent. Adil et Nada remontèrent à la surface. Encore quelques mètres avant d'atteindre le yacht. Les trois hommes appuyèrent de nouveau sur les gâchettes. Un tintamarre se fit entendre à nouveau jusqu'à ce que les chargeurs furent vides.

***

Non loin de la Costa Del Sol, en Espagne, un zodiac se dirigea vers un hors-bord. Un homme et une femme abordèrent le bateau. L'homme grimpa à bord.

— Luigi, aide-moi à monter, dit Maria.

Il lui tendit la main. Dans un élan, la femme sauta sur le pont. Luigi n'attendit pas plus longtemps. Il prit le micro du radio tout en ajustant la fréquence.

— Code arc-en-ciel, aurore boréale en vue...

Maria s'approcha.

— Code arc-en-ciel, aurore boréale en vue... à vous ? répéta Luigi.

Il attendit quelques secondes.

— Allez Adil ! Répond ! marmonna-t-il.

Maria ferma les yeux.

— Code arc-en-ciel, aurore boréale en vue... à vous ? demanda-t-il à nouveau.

— Ils ont peut-être été retardé...

— Ils n'ont jamais manqué un appel. Il leur est arrivé quelque chose...

— Essaie encore, dit-elle.

— Code arc-en-ciel, aurore boréale en vue... à vous ?

Les secondes s'écoulèrent, puis se changèrent en minutes.

— Code arc-en-ciel, aurore boréale en vue... à vous ?

Maria serra la mâchoire et joignit les mains.

— Code arc-en-ciel, aurore boréale en vue... à vous ?

Luigi regarda Maria.

— Il fallait s'y attendre. Ils ont été trouvés... Il va falloir avertir Mizha.

— Attendons encore un peu... on essaiera de nouveau dans quelques minutes.

Luigi souleva le regard. Maria le supplia d'attendre. Il acquiesça subtilement. Il reporta son regard vers l'horizon. Les cumulus bougeaient à peine dans le ciel. Le soleil irradiait la mer. Le clapotis des vagues berçait le yacht. Luigi avait le regard sombre. Il ferma les yeux quelques secondes. Il prit une profonde respiration puis souleva le micro vers sa bouche.

— Code arc-en-ciel, aurore boréale en vue... à vous ?

***

Suisse. Accélérateur de particules subatomiques.

— D'ici quelques jours, les travaux seront complétés, annonça Gabriel, assis à son bureau. Devant la grande baie vitrée donnant sur le paysage majestueux des Alpes se trouvait Lucus. Il se retourna.

— Bien.

— Nous serons en mesure de reprendre les expériences à propos du Dubnium.

Lucus hocha la tête.

— Pourquoi s'obstiner dans ce sens alors que nos expériences ont toutes échouées depuis quinze ans.

Pas toutes, reprit Gabriel. Ne me dis pas que tu as oublié d'où viennent ces images ?

Il montra les différentes photos affichées sur le mur adjacent à la fenêtre. Toutes des photos au paysage féérique, de deux lunes baignant dans une atmosphère violette et flottant au-dessus d'une vallée aux hautes herbes.

— Elles ont été tirées principalement de la deuxième expérience. Par la suite, rien ! Comme si on avait érigé un mur entre nous et ce monde, ajouta Lucus.

— Supposons que ce soit le cas ! Mais ici, les travaux de rénovation ont coûté des milliards de dollars dans le seul but de reprendre ces recherches. Où se trouve ce monde et comment y parvenir ? Nous avons maintenant le plus puissant accélérateur de particules au monde et c'est maintenant ou jamais de le découvrir à nouveau et d'y accéder surtout. Nous n'aurons pas éternellement une chance de poursuivre avec une liberté d'action aussi grande. C'est maintenant ou jamais !

***

États-Unis. New York.

Chijal venait d'accueillir la nouvelle. "Tes parents ne sont plus de ce monde". Les mots résonnaient dans sa tête comme plusieurs gongs répétitifs de clocher d'église. Elle se tenait assise sur son lit, sa tante près d'elle. Celle-ci avait laissé échapper les mots comme ceux entendus quelques minutes plus tôt.

— Qui ?

— Luigi.

— Luigi ?... Mais n'est-ce pas lui qui nous avaient sauvés ? Tu m'avais dit que...

— Je veux dire que c'est Luigi qui m'a appelé... pour m'annoncer la nouvelle... C'était un grand ami de tes parents. C'est vrai... c'est grâce à lui si...

Elle s'interrompit. Elle ne voulait pas que Chijal connaisse toute la vérité sur son histoire même si elle lui en avait raconté des bouts suite aux nombreuses questions qu'elle posait régulièrement.

— Si je suis encore en vie, c'est ça ?

— En quelque sorte, oui.

Mizha ne trouvait pas les mots pour la suite. Juste l'annonce de la mort de ses parents était un choc, un énorme choc.

— Écoute... pour les prochains jours... j'aimerais que tu ne sortes pas... il faudrait rester ici.

— Enfermée ?

Mizha acquiesça.

— Je sais que tu tiens à tes amis mais... ceux qui ont assassiné tes parents sont principalement à ta recherche. C'est toi qu'ils veulent.

— Mais pourquoi ?

Mizha lui prit les mains.

— Chiti Tejal...

— Je m'appelle Chijal... dit-elle, hésitante.

Elle se mordit la lèvre. Elle savait que ce n'était pas ce qu'elle voulait dire. Il y avait un nom qui lui restait dans la tête sans pouvoir le définir.

— Je m'appelle... Chi... Chi... Chijal...

Mizha se reprit.

— Chijal... d'accord... Maintenant, écoute-moi, écoute bien ce que je vais te dire. Tu as toujours posé des questions et je crois que le moment est venu de te dire la vérité.

La jeune fille acquiesça.

— Tes parents ne sont pas tes vrais parents. Ta mère, Nada, ne t'a que portée. Elle t'a nourrie en son sein et t'a mise au monde mais elle n'est pas à l'origine de ta vie... pas directement.

— Et mon père non plus, c'est ça ?

Mizha acquiesça de nouveau.

— Et alors ? Qui m'a faite ?

Mizha avala sa salive, prit une profonde respiration.

— Je ne sais pas. Ta mère ne m'a pas tout racontée dans la lettre qui t'accompagnait. Tu es arrivée à New York avec un grand ami de tes parents. Luigi... le même qui m'a appelée. Il m'a remis cette lettre. Il n'a aussi dit qu'il restait toujours en contact avec ma sœur et son mari, tes parents en quelque sorte. Il m'avait dit qu'il me donnerait des nouvelles aussi souvent que possible mais pour notre sécurité, cela ne se ferait pas aussi souvent qu'il le souhaitait. Mais depuis ce temps, je n'en ai eu qu'une fois par année... le jour de ton anniversaire. Tes parents t'envoyaient leurs meilleurs vœux pour cette nouvelle année de ta vie. Aujourd'hui, c'était aussi pour m'annoncer cette terrible nouvelle...

Mizha fit une pause, laissant le temps à la jeune fille de comprendre la situation.

— Dans cette lettre, Nada me disait que moins j'en savais, mieux c'était pour ma sécurité... et la tienne. Je ne comprenais pas tout ce qu'elle racontait. Alors Luigi m'a parlé de toi. Je ne peux seulement dire que tu es le résultat de grandes recherches dans un laboratoire. Nada et Adil étaient de grands spécialistes en génétique...

Chijal repoussa sa tante en se levant d'un bond, dévala les escaliers et sortit au grand air en poussant un grand cri de rage. Elle voulait fuir... peu importe l'endroit, peu importe le temps... Elle voulait disparaître de ce monde. Elle voulait en finir avec cette vie misérable, perdue, inutile. Elle voulait mourir et retrouver ce monde dans lequel elle rêvait, à chaque nuit. Un monde de paix, de joies, d'amis. *Des amis...*

Elle se mit à courir à en perdre haleine. Sa peur, sa hâte, sa peine engourdissaient le temps. Elle courut sans arrêter. Elle enchaînait les enjambées les unes à la suite des autres jusqu'au parc. Le parc du rendez-vous. Ils étaient là. Quatre amis en mal de vivre, en recherche de pouvoir sur une société qui n'avait pas de place pour eux.

— Chijal ! Te voilà enfin ! lança Dominik.

Il la prit dans ses bras et vint pour l'embrasser mais Chijal le repoussa.

— Hé ! Qu'est-ce que tu fais ? demanda-t-il, choqué.

— C'est à moi à te le demander !

— On est ensemble ou non ? T'es pas ma copine ? demanda-t-il agressivement.

Chijal soutint son regard.

— Non ! Je ne suis pas "ta" copine, dit-elle tout aussi agressivement. J'ai eu une soirée de merde alors ne m'embête pas !

— Va te faire foutre alors...

Elle le retint par la manche de sa veste.

— Tu en as... j'en ai besoin.

— Oh ! Là ? T'es pas ma copine mais tu veux de ma poudre comme ça, tout de suite ?

— Oui ! Là ! Maintenant ! répondit-elle impatiemment. Je vais te la payer si c'est ce que tu veux savoir.

Il regarda ses amis, puis lui donna un petit sachet. Elle l'ouvrit rapidement, y plongea un doigt et renifla d'un coup la poudre blanche. Elle ferma les yeux.

— T'as de quoi boire ? ajouta-t-elle.

Il sortit une bouteille. Elle la prit sans même y porter attention et la porta à ses lèvres. Le liquide jaunâtre s'écoula dans la gorge lentement, chaud, bouillant, irritant, mais ô combien apaisant. En peu de temps, la sensation de flottement se fit sentir. Elle afficha un sourire de satisfaction. Son regard s'ouvrit en même temps qu'elle souleva les paupières.

— Ah ! Je vois que tu te sens mieux ! lança-t-il. Alors qu'est-ce qu'on fait pour remercier Dominik ?

— Où allons-nous ? demanda Chijal, évitant la question.

— Il y a un mur en rénovation dans le coin des riches, annonça Edvi tout en secouant un sac rempli de peintures en aérosol. Il a surement besoin d'un peu de retouches !

— Génial ! Je me sens en pleine forme pour ça ! lâcha Chijal.

Ils partirent tous à rire et suivirent Edvi qui domina la marche. Dominik resta à l'arrière du groupe. Chijal le rejoignit. Elle le prit par le cou.

— Tu n'as pas l'air de bien aller toi... Des fois on est ensemble et d'autres fois pas du tout. Je ne suis pas un phoque de cirque moi ! dit-il en enlevant le bras de Chijal autour de son cou.

— Je ne pense pas appartenir à qui que ce soit.

Dominik resta surpris.

— Alors je suis quoi alors ? Juste un fournisseur de services ?

— T'es mon ami, c'est pas suffisant ? demanda agressivement Chijal.

— Non ! Je veux plus !

— Et qu'est-ce que tu veux de plus alors ?

— Tu le sais bien, répliqua-t-il en souriant.

— Tu veux juste coucher avec moi depuis le premier jour qu'on se connaît.

— Non mais tu t'es vue dans un miroir ?

Chijal ne comprit pas ce qu'il voulut dire.

— Pourquoi ? Qu'est-ce que j'ai ?

— Tu es désirable... Tu es belle... Tu ferais sortir de leur tombe tous les macchabés de ce monde ! Tout le monde tombe en amour avec toi mais tu joues aux saintes... Pas touche ! dit-il en levant les bras pour se protéger, imitant Chijal.

— T'es juste comme les autres... Tu ne penses que par ce qui se trouve entre tes deux jambes !

— Et alors ? Je suis normal MOI !

— Ah fous-moi la paix tu veux !

Elle s'éloigna et rejoignit Edvi. Elle le prit par le cou.

— Toi tu m'aimes non ?

— Mais si ! On t'aime tous Chijal !

— Pas vrai... Dominik me fait chier.

— Il t'aime, c'est tout.

— Il veut me baiser tu veux dire.

— Hé ! C'est ça quand on aime quelqu'un Chijal, tu comprends ? Et on tient tous à toi, et toi tu as besoin de nous. C'est comme ça qu'on reste fort. Tu piges ?

— Foutaise que tout ça.

— Mais si Dominik n'est pas ton genre, je suis libre tu sais !

— Mais c'est pas vrai ! Qu'est-ce que vous avez tous ce soir ?

***

Mizha prit le téléphone pour prévenir la police, puis raccrocha. Elle ne se rappela que trop bien la conversation qu'elle eut avec Luigi quinze ans plus tôt.

— Il ne faut jamais appeler la police ou aller à l'hôpital. Chijal ne doit pas non plus participer à des concours d'art, de danse ou de chant... ou autres. Donc pas de cours non plus.

— Mais ? Et l'école ? riposta Mizha

— Pas de conservatoire, collège ou école privée.

— Mais vous voulez la rendre stupide ou quoi ?

— Chijal est spéciale et elle n'est pas stupide et ne le deviendra jamais.

— Je ne comprends pas... si elle est talentueuse, pourquoi ne pas développer ses talents avec de vrais professionnels ?

— C'est ce que feraient des parents normaux... c'est ce que je ferais. Mais Nada et Adil sont en danger de mort. Ils sont pourchassés par les agents du laboratoire pour lequel ils travaillaient. Ils ont mis au point leurs recherches et ont développé un code génétique hautement sophistiqué.

— Chijal ? demanda Mizha, estomaquée que la petite fille soit le fruit d'expériences.

— Oui. Mais il ne faut pas penser que ce n'est que cela. Ses parents ne voulaient pas s'en séparer et j'en fais le serment devant Dieu. J'y étais. J'étais avec eux tout le temps et Chijal avait failli mourir de même que ses parents. Ils te demandent de la garder pour eux. Ils comptent sur toi et Nada sait que tu sauras t'occuper d'elle comme ta propre fille.

***

Dans le rond-point d'une rue à trois voies se trouvait un immeuble de six étages. La façade vitrée était sombre. Des échafaudages étaient installés sur le mur adjacent qui se trouvait face à un stationnement désert. Aussitôt, Chijal se mit à rêver. Elle voyait les silhouettes se dessiner, les couleurs éclater, les formes s'estomper et une lumière remplir le mur vide.

— Et qu'est-ce qu'on va faire ?

Edvi lui prit la bouteille d'alcool et en prit trois profondes gorgées avant de la passer aux autres membres du gang.

— Une œuvre d'art comme jamais ils n'en auront vu ! dit-il.

Il sortit les aérosols et les distribua à chacun. Chijal en reçut quatre.

— Allez viens !

Chijal les suivit. Ils escaladèrent l'échafaudage et sans attendre, les couleurs s'épandirent sur le mur. Chijal hésita. Elle avait une image en tête et elle désirait la concrétiser sans savoir si ses amis allaient l'apprécier. Elle s'assit, face au mur.

— Chijal ! chuchota Edvi. Qu'est-ce que tu attends ? On n'a pas toute la nuit !

— Je ne sais pas quoi faire ? répondit-elle.

— Fais ce qui te passe par la tête !

Elle acquiesça, se mordit la lèvre. *Faire ce qui me plait... Personne n'aime ce qui me plait.*

— Laisse-la faire Edvi, c'est une perte de temps cette fille, commenta Dominik en appliquant de grands jets de peinture sur le mur.

Chijal plissa les yeux et lui jeta un regard agressif. Elle n'aimait pas être provoquée. Elle prit une grande inspiration et élança un grand jet de peinture violette sur le mur. La couleur encore fraîche éveilla soudainement des formes, des images, des sensations étranges. Instinctivement, les images et les sensations se changèrent en émotions. Elle fixa la couleur violacée et se sentit libre comme un oiseau s'envolant vers les étoiles. *Un rêve...* Elle vit avant même que soit matérialisées les images. L'apparence grisâtre du mur devint un ciel parsemé d'étoiles, laissant naître des astres moulant des expressions venues d'un autre monde. La pesanteur évanescente violacée laissa soudainement apparaître, sous de rapides gestes tout aussi précis que la fluidité des couleurs, des teintes mêlées d'étranges nuances. Le premier jet devint un immense cercle violacé se perdant dans un ciel étoilé et servit de toile de fond. Alors qu'elle était complètement absorbée par le charme mystérieux de matérialiser ce qui avait habité ses rêves depuis tant d'années, comme un lointain souvenir, Edvi et les autres avaient arrêté leur œuvre. Ils restèrent complètement éberlués à ce qui prenait forme devant eux en si peu de temps. Chijal ne se rendit même pas compte qu'ils étaient descendus de l'échafaudage et s'étaient rejoints devant le haut mur, dans le stationnement, médusés devant la splendeur de l'œuvre, muets de toutes formes d'expression. Sur le fond de ce qui paraissait être un soleil couchant entrecoupé d'une immense lune, un arbre s'y détachait. Il semblait vivre sous les dorures ondulantes de l'astre. Mais ce qui frappa davantage l'imaginaire des quatre jeunes hommes était la créature dessinée en avant plan sous les traits d'une jeune femme à la beauté inouïe. Son regard était d'une pureté bouleversante, la blancheur de sa peau laiteuse laissait entrevoir une déesse. Les grandes et puissantes ailes déployées la laissaient s'envoler en un instant. Une immense toge blanche épousait l'ange, ondulant sous un vent imaginaire. Elle semblait suspendue dans son mouvement, attendant celui qui la regardait. Elle semblait figée dans un temps indéterminé qu'on la suive. Elle se faisait patience, intelligence, pacifisme, détermination, candeur et douceur. Elle flottait au-dessus d'un monde étrange mais empreint de quiétude suave, un monde qu'on voulait connaître et s'y reposer comme une oasis trouvée dans le désert. Elle donnait l'impression de se détacher des deux dimensions du mur et se fondre dans le temps. Porter un seul regard sur l'œuvre stimulait la vie et permettait de penser, de seulement penser, qu'on pouvait créer la vie en un claquement de doigts. Toute autre pensée, parole ou action étaient inutiles.

Après les dernières touches de jets de couleurs, Chijal arrêta. Elle recula de quelques pas sur l'échafaudage, puis acquiesça. Toutes ces images qu'elle avait en tête furent représentées sur le mur. Elle se sentit soulagée de voir ses rêves qui l'avaient hantée depuis tant d'années prendre finalement vie dans le monde réel. Elle ne put se perdre davantage dans cette immense toile car un cri la sortit de sa rêverie.

— Hé ! Qu'est-ce que vous faites là !

Un garde de sécurité arrivait en hâte.

— Chijal ! Vite ! Descend ! Il faut partir !

Encore sous l'impression du monde imaginaire qu'elle venait de créer, elle se jeta du haut du troisième échafaudage comme pour s'envoler. Edvi la vit plutôt tomber en chute libre et l'attrapa au dernier moment, empêchant qu'elle se blesse sérieusement, impliquant une visite forcée à l'hôpital.

— Merde ! Mais qu'est-ce que tu fais ? Tu veux mourir ou quoi ?

Elle vint pour répliquer mais Edvi lui coupa la parole.

— Vite ! Par là... on se rejoint plus tard au parc !

— Se séparer ? pensa-t-elle aussitôt. Elle figea à cette seule pensée.

— Il ne pourra pas nous suivre les cinq à la fois.

Le garde comprit qu'il serait plus aisé d'attraper la fille que les garçons qui avaient déjà pris la fuite. Il l'attrapa rapidement par le bras.

— Lâche-moi ! cria-t-elle.

Elle se débattit, assénant coup de pied et de poing mais elle ne savait pas se battre. Dominik revint sur ses pas mais il entendit une sirène. Tous les projecteurs s'allumèrent, éclairant le grand stationnement. Il fila.

— Mais Chijal ? cria Edvi.

— Tant pis pour elle. Elle doit apprendre à se débrouillera seule... on se retrouve au parc !

Edvi vit Chijal repoussant d'un geste brusque le garde et s'enfuit sans se retourner. Elle ne voulait pas être prise. Elle bifurqua de façon inattendue vers une ruelle. Il était impensable qu'elle soit devenue une fugitive. Elle prit une autre allée au pas de course. Elle repensa aux paroles de sa tante. Elle enjamba une clôture et s'effaça dans l'arrière-cour d'une propriété. Il fallait qu'elle se sauve, n'importe où, mais surtout ne pas être arrêtée. Elle enjamba une autre clôture et déboucha sur une série de petites rues étroites. Sous l'effet des brusques efforts répétés, elle eut un vertige. La tête lui tournait. *La drogue... et l'alcool...Merde !* jura-t-elle. Elle ne savait que trop bien les effets du mélange. Elle se mit à tituber mais poursuivit tout de même sa folle course. Les rues étroites semblèrent plus étroites. La hauteur de quelques bâtiments prenait des dimensions gigantesques. À bout de force, elle s'effondra sur le sol. Le ciel se remplit d'étoiles, une masse sphérique apparut dans le ciel, laissant découvrir un clair de lune.

— Inaya... murmura-t-elle. Je suis revenue... enfin revenue...

Un visage se pencha vers elle.

— Faël... chuchota-t-elle.

— Ne bouge pas petite.

— Faël... J'ai fait un rêve... étrange... un monde... n'y va pas...

L'homme la releva et l'entraîna vers le fond de la rue. Un autre homme accourut pour l'aider.

— Que lui est-il arrivé ? demanda-t-il.

— Je ne sais pas... elle délire... Elle me prend pour un certain "Faël".

Le deuxième homme resta figé.

— Qu'est-ce que vous avez dit ?

Le premier homme vint pour répéter, mais il n'en eut pas le temps.

— Laissez tomber. Vite, emmenons-la, il faut s'occuper d'elle.

Les deux hommes bifurquèrent vers une porte restée ouverte.

— Allons dans la chambre...

Ils entrèrent dans une étroite pièce et la déposèrent sur un canapé.

— Allez me chercher de l'eau... et une serviette.

Le plus jeune des deux hommes sortit vers la cuisine.

— Hé petite ! demanda celui qui était resté auprès d'elle.

Chijal ouvrit à peine les yeux.

— Comment t'appelles-tu ?

Chijal ne répondit pas. Son regard était complètement hagard, sans vie, sans conscience réelle de son environnement.

— Qui est Faël ? demanda l'homme.

— Faël... oui... Faël...

L'autre homme revint.

— Parle-t-elle ?

— J'ai plutôt l'impression qu'elle délire...

— Devons-nous appeler une ambulance, je ne vois pas ce que nous pourrions faire de plus...

— Non...pas sur Inaya... pas appeler... s'il vous plaît...

Le vieil homme arrêta de respirer et devint blême.

— Père Ilyes ! Allez-vous bien ?

Celui-ci le regarda.

— Inaya, c'est bien ça ?

— Je crois que oui, c'est la deuxième fois qu'elle prononce ce mot. Que signifie-t-il ?

Le père Ilyes conserva le silence.

— C'est incroyable... Jamais je n'aurais cru... se peut-il que ce soit elle... récita-t-il lentement.

Il se pencha vers la jeune fille.

— Quel est ton nom petite ? demanda-t-il à nouveau.

Chijal le regarda, tentant de retrouver le visage du vieil homme dans sa mémoire.

— Non... Tu n'es pas Faël... Où est-il...

— Quel est ton nom ? réitéra-t-il doucement.

Chijal fit un effort. Elle ferma les yeux, fronça les sourcils.

— Il faut appeler Mizha... je ne peux pas rester ici... tante Mizha...

— D'accord, on va l'appeler mais avant, il faut que je lui dise qui l'appelle...

Elle referma les yeux. Elle respira fortement.

— Je ne sais pas... je ne sais pas... je ne sais plus...

Le prêtre mit une main sur l'épaule de la jeune fille pour la rassurer.

— D'accord... ça va aller, ça va aller. Tu es en sécurité ici, ne crains rien.

Chijal s'endormit. Le père Ilyes étendit une couverture.

— Père Sym, laissons-la dormir.

Ils n'eurent fait que quelques pas que Chijal se mit à gémir.

— Non... Laissez-le... Ne les tuez pas... Ils n'ont rien fait...

Le père Ilyes s'approcha et vint pour poser sa main sur l'épaule, pour la rassurer encore une fois. Elle ouvrit les yeux aussitôt. Le prêtre sursauta.

— Où suis-je ? demanda-t-elle brusquement, prête à se lever.

— Non, non... restez étendue, je vous en prie... supplia le père Ilyes.

— C'est une église ici, vous êtes en sécurité, ajouta le père Sym.

— Une église ? répéta-t-elle.

Le père Ilyes prit place sur le canapé.

— Tu sembles avoir repris tes esprits.

Injectée d'une forte dose d'adrénaline à l'idée d'être prise, elle garda sa position assise malgré la sympathie du prêtre. Elle était encore trop étourdie pour agir

— Comment t'appelles-tu ? demanda-t-il.

Elle ne répondit pas. Les paroles de sa tante lui revinrent en mémoire. On la cherche. On veut l'attraper et l'enlever.

— Je ne sais pas ton nom... Je m'appelle le père Ilyes et voici le père Sym.

Elle regarda les deux hommes, sans broncher mais repéra la porte. Le père Ilyes comprit qu'elle s'enfuirait à la moindre occasion. Il se leva.

— Écoute... Tu peux partir si tu veux, je ne te retiens pas. Mais je crois que tu as besoin d'un peu d'aide. Alors pourquoi ne pas passer la nuit ici, reprendre tes forces. Tu partiras demain matin, d'accord ?

Après quelques longues secondes, où elle les regarda sans savoir si elle pouvait leur faire confiance, elle acquiesça.

— Voilà qui est mieux ! approuva-t-il.

Il la regarda. Elle ne les quittait pas des yeux. Il joignit les mains pour l'aider à se faire comprendre.

— Si on faisait un peu connaissance, tu veux bien ? Tu sais qui nous sommes, exact ?

Elle acquiesça.

— Alors, pourquoi ne pas nous dire ton nom et aussi nous dire comment communiquer avec ta tante... Mizha, c'est ça ?

Elle acquiesça de nouveau. Elle prit une profonde respiration, ferma les yeux. La tête lui tournait encore. Elle appuya les pouces et index sur ses paupières. *Trop d'évènements s'étaient passés en si peu de temps. Trop d'événements... Cela lui rappela autre choses... Que s'est-il passé ce soir ?* se demanda-t-elle. Les deux hommes attendirent patiemment. Elle releva la tête. Elle acquiesça.

— Je m'appelle...

Elle referma les yeux. Tout allait trop vite. Elle se rappelait la peinture murale qu'elle avait fait quelques heures auparavant... ou plutôt, à peine une heure s'était écoulé depuis sa fuite. Le temps filait entre ses doigts. Elle ne pouvait pas le rattraper. Les événements se bousculaient trop rapidement. Pourquoi ? Fuir... il fallait fuir pour ne pas être pris... Elle tomba dans l'eau. L'air... l'air lui manquait... Garder son souffle jusqu'à... une paire de main la souleva vers l'air. Elle savait son nom, elle l'avait toujours su mais avait oublié sa juste prononciation. Encore sous l'effet du mélange drogue et alcool, le nom lui vint en mémoire, comme elle l'avait toujours vu et entendu dans ses rêves.

— Tchial, dit-elle sèchement.

Le père Ilyes reçut un choc et posa une main sur le bord du canapé pour ne pas s'écrouler.

— Oui, je m'appelle Tchial ! dit-elle fièrement cette fois-ci. Tchial d'Inaya !

Le père Ilyes la fixa, il posa ses mains jointes en travers de sa bouche. Il jeta rapidement un coup d'œil au père Sym avant de le reporter sur celui de la jeune fille. Il ne savait que dire. Il resta muet, cherchant les paroles justes.

— Le père Sym va vous aider à rejoindre votre tante. Je dois... je vais... je reviens dans quelques minutes.

Le prêtre sortit en vitesse et alla dans le bureau situé au fond du couloir. Il referma soigneusement la porte derrière lui. Il prit place au pupitre et se mit à reprendre son souffle tout en fixant le téléphone. Nerveusement, il composa un numéro. Au bout de quelques secondes, il chuchota.

—Elle est ici.

Au bout de quelques autres secondes, son interlocuteur relâcha un soupir.

— Enfin... on l'a trouvée. Quel âge ?

— Elle est très jeune... adolescente... si jeune que j'avais abandonné l'espoir de la rencontrer un jour, de mon vivant, ajouta-t-il pensivement. Jamais je n'aurais pensé que...

Mais il fut interrompu.

— Dans quel état se trouve-t-elle ? demanda l'interlocuteur.

— Agitée, perturbée, révoltée... des allures agressives. Je crois qu'elle est sous l'effet de drogues... elle sent l'alcool. Elle a dû boire. Elle avait un discours confus... du délire quasiment démentiel... elle a parlé de ne pas tuer quelqu'un, des gens, puis elle a parlé de Faël.

— Faël !

— Oui, mais je ne pense qu'elle sache qui il est vraiment. Elle semblait le chercher.

— Je vois... elle doit être perturbée pour parler ainsi.

— Elle a évoqué le nom d'Inaya. Je savais que c'était elle mais elle a refusé d'en dire davantage lorsque je lui ai demandé son nom.

— Elle a subi un choc... ce qui a provoqué le second réveil... Quelque chose de grave a dû se passer pour le déclencher...

Puis il ajouta, en murmurant à peine comme s'il évoquait un souvenir pénible.

— Comme nous tous lorsque nous sommes arrivés... Alors comment savoir si c'est vraiment elle si elle n'a pas mentionné son nom ?

— Elle a fini par le dire. C'est Tchial, ajouta le prêtre. Tchial d'Inaya.

— Tchial d'Inaya... enfin ! Plus un instant à perdre ! Je prends l'avion au plus tôt. Je vais arriver dans le courant de la journée. Fais en sorte qu'elle reste chez toi, à tout prix.

— Le père Sym est avec elle.

— Seul ?

— Oui.

— J'espère que c'est un fervent croyant sinon il va succomber.

— Succomber ?

— Ne les laisse pas seuls. Occupe-la. Occupe son esprit d'ici à ce que j'arrive.

— Ce ne sont pas quelques heures qui vont...

— On ne parle pas de n'importe qui. Je sais que tu ne la connais pas vraiment mais tu sais que le temps ne compte pas pour elle. Si en plus elle est celle que je crois, dans son état actuel, les dommages seront irrécupérables.

— Elle est si fragile ?

— Je ne parle pas d'elle, mais du père Sym !

***

L'édifice de la WSTC, le World Service Telecommunication Centre, avait quitté l'absence nocturne. Plusieurs policiers fouillaient le bâtiment à la recherche d'autres suspects alors que le garde, nerveux de voir des gens parcourir l'édifice, répondait aux questions d'un inspecteur.

— Ce n'est pas nécessaire de faire intrusion, personne n'y est entré depuis la fermeture des bureaux... Ah voilà monsieur Casal, dit-il en apercevant la voiture de ce dernier arriver devant l'édifice.

L'inspecteur avança vers le véhicule.

— Monsieur Casal...

— Chem Casal, dit-il en spécifiant le prénom. Qu'est-ce que vous faites ici ? C'est une propriété privée et un centre de recherche, répondit-il aussitôt. Vous n'avez aucun droit de vous y introduire.

— Le système d'alarme a été déclenché et nous devons faire un rapport, Monsieur Casal...

Chem jeta un coup d'œil vers le garde.

— Des jeunes ont peint sur le mur du stationnement... pas de dommage matériel mais l'alarme s'est déclenchée, dit-il.

— Alors voilà inspecteur, ce sera plutôt intéressant de voir le talent de ces jeunes plutôt que de fouiller à la recherche d'une souris dans nos bureaux !

L'inspecteur grommela. Il fit signe à un policier faisant le pied de grue devant l'entrée principale qui rappela ses hommes.

— Alors allons voir de plus près cette peinture.

L'inspecteur et le garde accompagnèrent Chem. La peinture murale, éclairée par tous les projecteurs maintenant allumés, sidéra l'inspecteur.

— Hé bien ! Au lieu de perdre leur temps à peindre sur des murs en réfection, ils feraient mieux de lancer des expositions.

Chem, de son côté, garda le silence. *C'est impossible que... qu'elle soit ici...* Il se tourna vers le garde.

— Qui a fait ça ?

— Le parking n'était pas éclairé, mais ils étaient cinq... quatre gars et une une fille. Ils se sont séparés quand je suis arrivé. J'ai attrapé la fille mais elle s'est débattue comme une sauvageonne et a réussi à filer.

Chem se tourna vers l'inspecteur.

— Ce ne devrait pas être trop difficile de les trouver, des jeunes surement tachés de peinture, n'est-ce pas ?

L'inspecteur grommela de nouveau.

— Je ne vais pas me mettre à fouiller toute la ville pour trouver des jeunes avec les mains sales !

— Si vous commencez maintenant, les chances sont assez grandes pour les trouver rapidement... particulièrement la jeune fille.

L'inspecteur jeta un coup d'œil méfiant.

— Ce n'est pas pour ce que vous pensez ! ajouta-t-il.

Mais ?

— Lui donner un travail pour peindre les autres murs de l'édifice, ça manque de couleur, répondit Chem d'un ton moqueur.

L'inspecteur rappela ses hommes et sans plus attendre, quittèrent la propriété. Chem s'approcha du gardien de sécurité.

— Si la fille se pointe le bout du nez, emmène-la au sixième étage.

***

Tchial se trouvait dans la chapelle, en compagnie du père Sym. En face d'eux, le Christ en croix.

— Nous serons plus à l'aise pour parler ici... Tu veux te laver les mains ? demanda le prêtre en voyant les nombreuses taches de couleur.

— Non... J'ai mal à la tête...

— La drogue... ou l'alcool ?

— Qu'est-ce que ça peut faire...

Le père Sym essaya d'alléger la situation.

— Tu as raison... ça ne change rien. Prendre l'un ou l'autre ne change pas plus le monde. Les problèmes restent les mêmes.

Tchial s'allongea sur un banc.

— C'est le calme total ici...

— C'est le calme de Dieu.

Elle examina la peinture de la voûte.

— Votre peinture est craquée. Bientôt elle va tomber en morceaux.

— C'est vrai. Nous manquons de moyens pour engager des restaurateurs.

Il regarda à nouveau les mains tachées de peinture.

— Peut-être as-tu ces talents artistiques pour nous aider ?

Tchial conserva le silence. Elle n'aimait pas parler pour ne rien dire.

— D'où viennent ces taches de couleur... tu peins ?

— Non... tout va mal... jamais je n'avais pensé que je me sentirais ainsi... ici... dit-elle d'un ton hésitant.

— Tu veux en parler ? demanda-t-il.

— Non... personne ne peut comprendre... mes parents sont morts... je suis seule.

— Et ta tante ?

Tchial conserva le silence. Le prêtre s'approcha d'elle. *Comment une jeune fille peut-être aussi belle*, se demanda-t-il. Un sentiment étrange l'envahit. Il la désirait.

— Je comprends, c'est un moment difficile à passer mais tu vas t'en sortir, je vais prier pour toi... dit-il, compatissant.

— Prier ? Alors prie pour que je meure au plus tôt. Je veux retourner chez moi, répondit-elle dans un murmure.

Le père Sym se mordit la lèvre. Il approcha la main vers elle.

— Ne me touche pas ! dit-elle agressivement.

— Je veux juste t'aider. Tu n'as pas le droit de mettre fin à ta vie. Dieu...

— Dieu ?

Elle s'assit aussitôt, choquée. Le prêtre fut surpris de la rapidité du changement d'humeur. *Elle est vraiment imprévisible,* pensa-t-il.

— Qu'est-ce que Dieu ? Ah ! Cet être céleste qui est à l'écoute des pauvres pêcheurs repentants de votre église et qui vient à la rescousse de votre ignorance.

Sa parole fut coupée par celle du prêtre.

— Ma fille, tu vas te retrouver en enfer si tu...

Tchial bondit et se tint droit devant le prêtre.

— En Enfer ? Mais j'y suis déjà en enfer ! Regarde autour de toi et réveille-toi. Tout est souillé, détruit, abandonné. Vous parlez de vos déserts comme un endroit vide, mais votre vie l'est. Vous êtes des milliards et pourtant êtes seuls, sans eau, sans vie, sans âme !

Le prêtre la regarda, offensé. Néanmoins, il tenta de conserver un calme paternaliste.

— Dieu est notre sauveur, seul lui peut voir en nous la quintessence suprême de son plan créateur ! récita-t-il comme un texte appris par cœur.

— Quelle quintessence ? Vous semez des cataclysmes sur votre passage. Dieu est votre sauveur, mais pour vous sauver de quoi ? De quoi avez-vous si peur ? De votre arrogance ou de votre dépendance ? Vous vous en remettez à lui pour excuser la destruction que vous cultivez dans votre propre demeure. Et vous voulez que Dieu vienne nettoyer vos souillures ?

Tchial avança vers le prêtre offusqué.

— Si j'étais Dieu, tu sais ce que je ferais ?

— Tu es vraiment effrontée pour oser parler ainsi ma fille ! Tu voudrais surement détruire le monde, agressive comme tu l'es !

Tchial ne l'écoutait plus. Elle se tourna vers l'arrière de la chapelle, faisant dos au crucifix. Elle éleva les bras comme pour s'envoler, ferma les paupières, ouvrit la bouche pour laisser planer une longue mélodie. Le prêtre ne pouvait croire qu'une fille aussi révoltée et imprévisible puisse avoir une voix si angélique. Lorsqu'elle entama un chant, il fut encore plus envoûté, autant par les paroles qui se voulaient évangéliques que l'air emprunté à l'Ave Maria, son chant favori.

— Ave Maria, J'suis faiseuse de pluie, que tombe l'eau du ciel. J'abreuve autant ces corps que ces âmes, Ave Paternus, j'suis guérisseuse et la vie j'insuffle, dans l'cœur de ces pauvres femmes et hommes. Ave Filhos, j'suis pourvoyeuse allant dans les villages, ce pain j'le donne aux enfants du monde. Ave Christos, J'leur apprends ce qu'est la vraie prière, inspirer la Vie dans leur univers.

Le père Sym était mystifié au point qu'il en oubliait les paroles profanatrices. Il sentit ce monde merveilleux non pas par la seule description des paroles, ou par l'air de l'Ave Maria, mais par la conviction et la sincérité que Tchial dégageait. Il avait le sentiment profond de vivre en image ce que Tchial psalmodiait. Il crut être en présence d'un ange déguisé sous les traits d'une adolescente à peine pubère. Il regarda les peintures plus que centenaires qui illustraient les royaumes de Dieu et chacune représentait des chérubins, des anges et archanges au visage doux, vertueux et tellement rêveur, attirant et aimant. Il porta son regard vers Tchial. Une ressemblance frappante se trouvait dans les expressions de la jeune fille, autant angéliques, douces et pures. Il comprit alors le danger que Tchial représentait tout d'un coup. Elle était le diable déguisé en jeune fille innocente venue le tenter, le faire dévier de son chemin vers Dieu.

Elle leva son regard vers la voûte où se trouvait la grande fresque représentant le souffle du Créateur animant la vie du premier homme, Adam.

— Ave Deus, Combien destructrices sont tes créations, Quelle est cette ampleur dévastatrice, Qui d'autres, Elohim, ont permis ces souffrances.

Elle regarda le père et se tourna vers la croix. Elle sut à cet instant que l'homme ne l'aiderait pas. Un autre qui la voyait comme une ennemie tout en voulant la posséder en même temps. Ce dernier approcha de la jeune fille et lui murmura quelques mots à l'oreille, quelques mots qui en disaient long sur ses intentions. Il n'était plus attiré par sa beauté. Tchial le comprit comme à chaque fois que les hommes, peu importe leur âge, l'approchait. S'ils ne pouvaient la posséder, ils la haïssaient.

— Notre Seigneur, dans son infinie bonté, t'a donné tous les talents pour montrer sa magnificence en un seul être, mais en fait tu es le diable en personne. Tu gaspilles impunément ces talents et les éparpilles aux quatre vents pour tenter les pécheurs. Seul le diable peut agir ainsi... ou sa fille.

— Les pécheurs sont tentés par ce qu'ils ne peuvent posséder.

Il était trop furieux pour tenir compte de sa remarque. Il termina en appuyant sur chaque syllabe.

— Tu. Lui. Est. Re-de-vable. Et. Tu. vas. Pour-rir. En. En-fer.

Elle ferma les yeux et récita, telle une prière.

— Deus ou Elohim, Sivha, Allah ou Bouddha, chez moi on t'appelle Inavinha, l'apprenti. En tant que ta création, ta sœur, ta fille...

Elle regarda le prêtre.

— ... je te pardonne... Va et ne pêche plus.

— Amen ! ajouta sèchement le père Sym.

***

Chem Casal sortit de l'ascenseur au sixième étage de l'édifice, le dernier. Il prit place dans le fauteuil de la réception et regarda une peinture couvrant un mur. Il se perdit dans les couleurs et les formes, les mêmes que celles qui maintenant se trouvaient sur le mur extérieur de son édifice, le même arbre sur le même fond de soleil couchant. Il n'y manquait que l'ange.

— Tchial... où que tu sois, ne te perds pas.

— ... Oui tante Mizha, je vais bien. Je suis...

Tchial regarda le jeune prêtre. Ce dernier avait perdu toute forme paternaliste.

— Je suis dans une église. Je ne sais pas où...

Elle tendit le téléphone au père Sym.

— Elle veut vous parler.

— Bonsoir Madame... je suis le père Sym... oui elle va bien... bien sûr... non, il n'est pas trop tard, nous pouvons vous attendre. Bien... nous sommes au 524 rue...

Il n'eut pas le temps de terminer sa phrase qu'une main venait de couper la ligne. Il se retourna et vit le père Ilyes devant lui. Ce dernier prit le combiné et le reposa sur l'appareil.

— Personne ne doit savoir qu'elle est ici.

Le père Sym souleva un sourcil. Le père Ilyes ne répondit pas.

— Tchial, tu vas rester ici ce soir et demain, un bon ami à moi viendra te visiter. C'est quelqu'un qui te connaît bien, dit-il.

— Je ne connais personne ici sauf Faël. Nous étions supposés... Je dois le retrouver... Je ne sais pas s'il a réussi à passer.

— À passer ? Passer où exactement ? demanda le père Sym.

Tchial se rendit compte qu'elle venait de trop parler. Elle le regarda. Son animosité grandissait à son égard. Elle savait qu'elle était maintenant en danger. C'était toujours ainsi. On voulait toujours se débarrasser d'elle, où qu'elle soit où qu'elle fut. Elle chercha un moyen de s'enfuir, échapper de cet endroit au plus vite et ne jamais y revenir. C'était... ce que son père lui avait appris. Elle n'en avait aucun souvenir, mais elle savait qu'il ne fallait jamais revenir au même endroit.

— Faël a réussi, répondit le père Ilyes, tentant de capter son attention.

Tchial resta surprise. *Comment connaît-il Faël ?*

— Écoute Tchial, mon ami connaît bien Inaya et plusieurs personnes de là, ajouta le père Ilyes. Moi aussi je connais ce monde. Je connais bien Faël également.

À ces mots, elle le fixa dans les yeux.

— Personne ne connaît Inaya !

— Pourtant c'est toi qui nous en parlé Tchial, souleva le père Sym.

— C'est faux ! Je n'ai rien dit, je n'ai pas parlé d'Inaya...

— Et comment connaissons-nous ce mot alors ? répliqua-t-il.

Le père Ilyes intervint, sentant que Tchial chercherait à fuir à nouveau si elle était contredite. Il jeta un air sévère vers le père Sym, lui demandant à quel jeu il jouait.

— Tchial, calme-toi. C'est un peu délicat à discuter en ce moment. Tu as prononcé les mots Inaya et Faël, restons-en là pour l'instant, d'accord ? répondit-il pour la rassurer.

Avant même que les deux hommes réagissent, elle s'esquiva et partit à courir vers les grandes portes situées à l'arrière de la chapelle. Elle tenta en vain de les pousser. Elles étaient barrées. Elle se retourna. Le père Sym s'avança vers elle pour l'attraper. Elle enjamba les bancs et se mit à courir sur leur dossier.

— Elle va nous échapper, bloquez la sortie vers les bureaux ! hurla le père Sym.

— Tchial ! ordonna le père Ilyes. Pour l'amour d'Inavinha, Tchial, calme-toi !

Tchial arrêta sa course momentanément. *Comment connaît-il le nom de l'astre lumineux ?* Elle reprit sa course et plongea vers le sol, échappant à l'emprise du père Sym. Elle rejoignit les bureaux et s'échappa par la seule porte visible. Elle sourit.

Elle se retrouvait une fois de plus libre. Elle se retourna tout en courant. Personne ne la poursuivait, personne ne sortait de l'église non plus. Elle conserva son sourire. Elle était imprenable. Elle saura échapper à tous ses poursuivants. Elle releva la tête vers le ciel. Les étoiles lui rappelèrent Inaya. Elle reporta son regard vers l'avant, vers sa course. Deux lumières l'éclairèrent soudainement. *Je vais m'envoler encore une fois et personne ne saura m'attraper*, se dit-elle. Elle poursuivit sa course devant elle, vers les lumières et en une minuscule fraction de seconde, une voiture la heurta de plein fouet. Elle fut projetée à plusieurs dizaines de mètres. Des milliards d'étoiles apparurent. Elle s'envola vers le ciel lézardé des dorures du soleil couchant d'Inaya. Tout en survolant l'arbre, elle s'écria : *Faël ! Regarde ! Je suis revenue !*

Chapitre 8

Gabriel faisait les cent pas dans son immense bureau. Sa fenêtre donnait sur le magnifique paysage montagneux suisse, situé juste au-dessus du centre de l'accélérateur de particules. Les murs étaient illustrés des fameux clichés tirés lors de la deuxième expérience de l'accélérateur. Il les examinait. Des paysages d'un autre monde, une immense lune au-dessus d'une vallée n'ayant qu'un seul arbre. Mais ces images ne changeaient pas son humeur. Il ruminait contre le mauvais sort. Rien n'allait plus.

— Ça fait quinze ans que nous n'avons pas progressé, murmura-t-il à lui-même. Aucun autre cliché de ce monde parallèle... et aucune autre nouvelle ni de contact. Notre dernière expérience d'hier a été un autre cuisant échec. Aucune image ne fut enregistrée vers les capteurs, des capteurs supposément les meilleurs au monde.

Un homme, celui des services de sécurité attendait. Gabriel se tourna vers lui.

— Et j'imagine que vous m'apportez une bonne nouvelle pour compenser les multiples autres mauvaises... oui ?

L'homme déglutit.

— Adil Rushmi et Nada Girija ont été retrouvés...

Gabriel sourcilla puis attendit la suite.

— Et... Ils ont été descendus...

Gabriel prit une profonde respiration. Les secondes s'écoulèrent. Il se tourna vers la fenêtre, laissant vaguer son regard vers les montagnes comme s'il espérait y trouver une réponse.

— Ces deux scientifiques sont à l'origine des plus grandes percées scientifiques extraordinaires concernant la génétique.

— Je sais...

— Comment suis-je supposé accueillir cette nouvelle alors ?

— C'est l'équipe sur place, ils ne voulaient pas...

— Ils ne voulaient pas... ?

— Ils avaient lu les rapports. Chaque fois que Nada et Adil avaient été aperçus, ils disparaissaient sans laisser de trace... laissant derrière eux les cadavres de ces agents, éliminés de la plus simple façon. Alors, ils n'ont pas pris de chance... ils n'ont pas voulu subir le même sort...

— Et l'enfant ?

— Rien... Ils n'ont trouvé aucun enfant, aucune fille avec eux, ni où ils vivaient. Ils sont à élargir le périmètre des recherches...

Gabriel se mit à ruminer de sombres pensées.

— Elle n'est surement pas là... ils sont trop intelligents pour l'avoir gardée avec eux s'ils se savaient recherchés... Ils l'ont cachée ailleurs, surement très loin d'où ils se trouvaient... mais où ?

Il se tourna vers l'homme qui se tenait toujours dans le bureau.

— Lorsqu'ils seront de retour, emmenez les corps à la fourniture et voyez ce qu'ils peuvent faire.

— Mais ils sont morts... répliqua l'homme.

— Personne ne leur apportera de fleurs. Ces deux scientifiques ont une clé que l'on ne retrouve pas, ni dans leurs dossiers, ni dans leurs ordinateurs. Cette clé est l'avenir des laboratoires d'expertise en génétique appliquée ! Cela fait plus de 15 années qu'on recherche ces deux petits génies et une fois trouvés, on les abat ! Génial !

Gabriel s'assit.

— Surement qu'on pourrait avoir accès à leurs mémoires via les régénérateurs... murmura-t-il.

Un bip se fit entendre sur son ordinateur. Il venait de recevoir un courriel. Seules quelques personnes y avaient accès. *"Cela pourrait t'intéresser !"*, lut-il comme entête. Il l'ouvrit et une photo d'une peinture sur un mur d'édifice représentait exactement la même image que celles affichées derrière lui. Il tourna son regard vers les images, puis vers l'homme.

— Fichez le camp, j'ai autre chose à faire.

Il se leva, approcha du mur et retira d'un coup sec une des affiches. Il la compara avec l'image du courriel. Les deux images étaient effectivement identiques sauf la présence d'une femme, d'un ange.

"Comment est-ce possible ?" Il prit son cellulaire et appuya sur une touche.

— D'où vient cette photo ? demanda-t-il d'un ton sec.

— Depuis une heure qu'elle fait le tour du monde sur Internet. Tout le monde en parle. Ce serait un immense graffiti peint sur un mur d'un immeuble de la banlieue newyorkaise.

— Ceux qui l'ont peint savaient ce qu'ils faisaient. Nous avons des agents à New York ?

— Je savais que ça t'intéresserait ! Je les ai déjà contactés. Ils sont sur le coup. La police est intervenue et a le dossier en main. Il s'agirait de cinq jeunes ayant plusieurs graffitis à leur actif sauf que cette fois-ci, le style est différent. Quatre ont été arrêtés.

— Où ont-ils eu l'idée de peindre ça ?

— Le rapport n'en fait pas mention. Des charges de troubler l'ordre public ont été retenues contre eux...

— Qu'on les cautionne et qu'on les sorte de là. Il faut savoir pourquoi ils ont peint cette image en particulier. Que les agents s'en chargent avant qu'autre chose arrive !

***

Ilyes était arrivé dans la chapelle en trombe. Rapidement, il s'était rendu dans sa chambre. Il empoigna un sac de voyage et y engouffra quelques vêtements. Le père Sym entra à ce moment.

— Vous partez en voyage ?

— Non, pas tout-à-fait... je quitte, répondit-il en le regardant dans les yeux.

— Quitter ?

Le père Sym resta estomaqué. Il reporta son regard sur la table de chevet. Le chapelet et la bible y étaient. Ilyes y jeta à peine un coup d'œil.

— Je n'en ai pas besoin... plus besoin, dit-il. En fait, jamais eu besoin.

— Mais le chapelet ?

— Pas plus... complètement inutile... dit-il d'un ton tout à fait détaché.

— Mais... comment... pourquoi ? Vous ne pouvez pas... vous ne pouvez pas quitter, abandonner votre église ! C'est... c'est renier vos vœux !

— Je n'ai jamais prononcé de vœux... Et je peux partir quand je veux.

Le père Sym le regarda, interloqué. Soudain il en comprit la raison.

— C'est cette fille n'est-ce-pas ? C'est elle qui vous fait partir !

— Ce n'est pas "cette" fille comme vous dites, père Sym. Mais disons que son apparition n'est pas un hasard. Il est temps pour moi d'accomplir ma vraie mission...

Il releva la tête vers le père Sym.

— Une mission beaucoup plus importante où un autre monde est en jeu.

Le père Sym était devenu sourd à toute explication.

— Père Ilyes, cette fille est la fille du diable. Elle va entraîner la perte du monde !

— Pourquoi dites-vous cela ? Tchial est la pureté même...

— Vous ne la connaissez pas comme je la connais alors, déclara le père Sym d'un ton solennel.

Ilyes arrêta de compléter ses bagages. Il regarda le père Sym et tenta de comprendre le sens de ses paroles.

— Alors voilà la raison de sa fuite de l'église ! Que s'est-il passé ?

— Il suffit de la regarder pour comprendre. Aucun être sur la Terre ne peut prétendre posséder la connaissance, avoir une voix aussi pure et une beauté à l'image de la Vierge Marie à moins d'être envoyé par le démon !

Ilyes soupira.

— Père Sym... venez, allons dans le bureau.

Il l'entraîna par le bras. Il servit deux verres d'eau, en tendit un au père Sym.

— Écoutez-moi.

Le père Sym prit une gorgée. Lorsqu'Ilyes s'assura de son attention. il posa un bras sur le sien.

— Tchial, vient d'un autre monde. C'est vrai que c'est une jeune fille étonnante et on est toujours surpris lorsqu'on la rencontre pour la première fois. Mais si vous plongiez votre regard dans le sien, non comme un adversaire, vous y verriez un autre univers, vous sentiriez la puissance et la pureté de ce monde et vous voudriez y être.

— Inaya ?

— Oui. Inaya.

— Comment pouvez-vous dire que c'est vrai ? C'est une machination tout autant diabolique que celle qui en parle, déclara-t-il en se levant d'un bond.

— Père Sym... je viens aussi d'Inaya.

Ce fut comme une pierre s'écroulant sur les épaules du père. Il retomba sur sa chaise. Ilyes poursuivit son discours.

— Je ne suis pas un "père" comme vous le pensez. Je ne suis pas un religieux. Ce monde d'où je viens est en péril depuis une cinquantaine d'année. Nous sommes ici pour prévenir de perdre notre monde... tout comme vous êtes ici pour sauver les âmes de votre monde. Nous faisons le même travail. Nous sommes des missionnaires.

— Je suis missionnaire au service de Dieu...

— Oui je sais, dit Ilyes, l'interrompant, et je suis sûr que Dieu est fier de vous et de votre dévouement au sein de l'église.

Le père Sym ne semblait pas pour autant convaincu. Les paroles du diable se font toujours douces à celui qui s'éloigne du droit chemin. Il reprit position sur la chaise.

— Vous êtes alors plusieurs...

— Effectivement. Ce "nous" implique une grande part de notre communauté, tout comme la vôtre.

— Cela ressemble à un envahissement...

— Non, pas d'envahissement. Nous repartirons une fois notre mission accomplie.

— Et Tchial ?

— Elle partira aussi.

Ilyes se leva et alla prendre son sac. Le père Sym le regarda quitter. Ilyes lui jeta un dernier coup d'œil.

— Vous allez la rejoindre, c'est ça ?

— Oui... en espérant la retrouver au plus vite avant...

Le père Sym sentit qu'il cachait quelque chose.

— Avant ? Où est-elle ?

— Je ne sais pas mais il ne reste plus grand temps... Prenez soin de vous père Sym, se contenta d'ajouter Ilyes.

Ce dernier acquiesça. Ilyes ouvrit la porte et quitta.

***

L'inspecteur regarda Ilyes sortir de l'église au moment où une ambulance quittait la petite rue. Leur regard se croisa.

— Mon père ? cria l'inspecteur.

Ilyes s'approcha alors que l'inspecteur sortit sa plaque de policier.

— Oui ?

— Avez-vous aperçu une jeune fille ce soir ?

— Nous voyons beaucoup de monde, inspecteur.

— Je vois... les mains tachées de peinture, cheveux blonds... elle pourrait ressembler à ça ?

Il sortit une photographie prise par les caméras de surveillance. La photo était floue et sombre sans pouvoir distinguer la couleur des cheveux. Ilyes y porta attention.

— Non, je ne me rappelle pas avoir vu une jeune fille avec les mains tachées de peinture.

— Bien... répliqua l'inspecteur.

— Un problème ?

— Je patrouillais à sa recherche lorsqu'une jeune fille sortant de l'église courait éperdument sans regarder où elle allait. J'ai tenté de l'éviter mais elle se dirigeait directement sur la voiture comme si elle voulait être frappée. Le choc a été assez violent.

Ilyes porta la main à la bouche.

— Mon Dieu ! Est-elle...?

— En vie ? Oui.

— Où est-elle ?

— À moins d'être une connaissance, je ne peux vous en dire plus mon père ! répondit mesquinement l'inspecteur.

— Je me rappelle la visite d'une jeune fille... elle avait besoin d'aide mais... elle s'est enfuie.

— Ah bien voilà ! La mémoire vous revient !

— Quel crime a-t-elle commis pour être recherchée par la police ?

— Aucun en fait sauf celui d'avoir peint sur un immeuble privé.

— Peint ?

— Et le propriétaire la recherche activement.

Ilyes serra les lèvres.

— Elle s'appelle Tchial, répondit Ilyes. Je ne... je la connais, elle est... ma nièce. Où se trouve-t-elle ? Je dois la voir au plus tôt.

— Votre nièce ? Tiens donc... C'est étrange, je viens justement de parler à sa tante. Ne me dites pas qu'en plus vous êtes marié ?

Ilyes ne sut que répondre.

— C'est ma sœur... dit-il rapidement.

— Mon père, ce n'est pas dans votre religion de mentir ainsi !

— Je vous demande pardon inspecteur, mais elle a semblée très perturbée et je la crois dans de sérieux problèmes pour être venue me rencontrer. Il m'est donc difficile d'en dire plus, je suis sûr que vous me comprenez.

— Disons qu'aussi invraisemblable semble votre histoire, et comme rien n'est retenu contre elle, je vais laisser passer cette fois-ci...

— Alors, comme elle n'a commis aucun crime...

Ilyes haussa les épaules tout en ouvrant les mains, attendant que l'inspecteur l'aide. Ce dernier soutint son regard.

— À l'hôpital général, plutôt mal en point je dois dire mais elle survivra, finit-il par dire.

Ilyes se mit à marcher rapidement en direction d'une grande rue pour y dénicher un taxi. Au bout de quelques minutes, il sortit son portable.

***

Tchial ouvrit les yeux. Le décor blanc lui sembla complètement étranger. Elle tourna la tête. Différents appareils d'où sortaient des fils affichaient différentes données : pulsations cardiaques, circulation sanguine, pression. Un sac branché à un tube laissait s'écouler goutte à goutte un liquide transparent. Elle le suivit et le tube se dirigeait à l'intérieur de son bras. Elle vint pour l'enlever mais sa tête lui fit terriblement mal. Elle la laissa retomber doucement. Elle la tourna de l'autre côté. Un homme, assit sur une chaise, l'observait. À ses côtés, sa tante. Elle s'efforça de sourire lorsqu'elle vit Tchial, puis ferma les yeux tout en joignant les mains devant son visage.

— Quelques meurtrissures aux jambes, éraflures aux bras, un peu de perte de sang, deux côtes fracturées, égratignures à la tête... heureusement, elle tient toujours sur tes épaules... Tu as eu de la chance ! dit l'homme.

Malgré la présence de sa tante, elle examina l'homme. Une courte barbe enrobait le bas de son visage, dégageant toutefois ses lèvres. Une paire de lunettes à verres fumés empêchaient de discerner les yeux. Il portait un habit simple de couleur bleue, une chemise blanche sans cravate.

— Même si je ne crois pas du tout à la chance, ajouta-t-il. Mais il semblerait y avoir traces de drogues et d'alcool dans ton sang.

L'homme s'approcha de son visage.

— Tchial... La drogue ne t'approchera pas de ce que tu recherches, pas de cette façon, et l'alcool non plus. Tu es mieux de te concentrer sur ce que tu veux réellement. Le sais-tu ?

— Rester... seule... répondit-elle avec effort.

Elle put à peine terminer sa phrase qu'elle se mit à respirer fortement. Elle ferma les yeux et se concentra sur sa respiration. Ses côtes brisées l'empêchaient de respirer à fond. Elle réfléchit et vint pour ouvrir la bouche mais elle sentit qu'elle était pour étouffer, manquer d'air, suffoquer. Elle se concentra sur sa respiration à nouveau. Inspirer... Expirer... Inspirer... Expirer... Elle comptait les secondes, prenant de plus en plus de temps pour chaque cycle de respiration. Elle se calma. *Que m'arrive-t-il ? Où suis-je ?*

— Tu es à l'hôpital, répondit l'homme, ayant deviné la question.

Tchial ferma les yeux. *Pourquoi ?*

— J'imagine que tu te demandes bien pourquoi... Laisse-moi te raconter. Tu as eu un grave accident hier. Tu te rappelles ?

Tchial ouvrit les yeux, hocha à peine la tête.

— Tu t'es enfuies de l'église où tu te trouvais. Le père Ilyes t'avait pourtant demandé de rester. Il ne voulait que te protéger et il savait que je te cherchais.... Qu'on te cherchait... C'est moi qu'il avait appelé.

Tchial ne détacha pas son regard de l'homme. Il avait quelque chose de mystérieux, d'intrigant. Elle ressentit une impression de déjà vu.

— Je crois que tu as eu peur.

À ce mot, Tchial devint interloquée. *Peur ?* Ce mot résonna en elle, réveilla soudainement de vieux souvenirs, enfouis, lointains, provenant de rêves, d'un autre lieu, d'un autre temps, d'un autre monde. L'homme sourit.

— Bien... Il paraît même que tu as réveillé tes talents artistiques. J'imagine que tu aurais pu peindre autre chose que ça !

Il sortit une photo de l'immense graffiti. Tchial pouvait à peine ouvrir les yeux mais reconnut l'image. *C'est exactement comme je l'imaginais,* se dit-elle. Il lui laissa la photo entre les mains et approcha sa chaise plus près du lit.

— Tchial, je vais te raconter une histoire. Je voudrais que tu m'écoutes attentivement, d'accord ?

Elle acquiesça doucement tout en respirant fortement. *Inspirer... Expirer...*Elle ferma les paupières quelques instants. Sa tante lui prit la main. Elle ouvrit les yeux. Sa tante acquiesçait. L'homme lui porta un regard, puis le reporta vers Tchial.

— Il y a 11 ans, j'ai rencontré un couple extraordinaire. Ils avaient mis au point un code génétique idéal. Ils voulaient une fille. Cette fille a été conçue en laboratoire si je peux m'exprimer de cette façon et ils avaient tout prévu, modifiant les gènes de cette enfant pour lui donner des qualités hors du commun, incluant celles d'un système immunitaire exceptionnel et une régénération cellulaire rapide. C'est inscrit dans le code génétique. Mais ce qui n'avait pas été prévu, c'est que ces scientifiques sont réellement tombés en amour, l'un envers l'autre, et beaucoup plus envers leur unique enfant. Ils s'étaient mis d'accord pour que cette fille naisse à l'hôpital, qu'elle subisse les tests de naissance habituels et commence à vivre presque normalement jusqu'au moment où les qualités programmées commenceraient à voir le jour, à la puberté. Mais dès le sixième jour après la conception, alors que la membrane pellucide de la petite gélule contenant les premières cellules se rompit et que les cellules libérées s'incrustèrent dans la paroi utérine, l'administration du centre pour lequel ils travaillaient a commencé à avoir des doutes. Trois mois plus tard, le programme en question a été découvert. Avant que le centre puisse en comprendre toutes les implications, ils s'enfuirent. Ils ont parcouru la planète afin de se cacher, et surtout protéger le fœtus et plus tard, la petite fille. Ils avaient peur, oui peur, que les scientifiques du centre l'enferment dans une vie de laboratoire comme un rat pour le restant de sa vie.

Tchial écoutait tout en se concentrant sur sa respiration.

— Ce couple a ainsi mis au monde leur fille dans un endroit fort éloigné du centre, en dehors des laboratoires et des hôpitaux. Elle est née en Italie, en Toscane plus précisément en plein milieu de la nuit dans des conditions difficiles. Mais ce bébé voulait vivre... et les parents la désiraient. Une fois née, ils ont tout fait pour préserver cette enfant de la peur, des dangers de notre monde, des accidents et lui donner une enfance la plus normale possible, comme tout parent le fait. Chaque jour, ils notaient les progrès tout en découvrant les merveilles qu'ils lui avaient inculquées grâce à la science. Nada et Adil avaient tout prévu...

Tchial ouvrit les yeux subitement.

— Oui, tes parents, ajouta-t-il.

***

L'inspecteur entra dans la centrale de police.

— Où sont-ils ? demanda-t-il brusquement.

— Ils sont... partis inspecteur, répondit le policier de garde.

— Comment ça partis ?

— Quelqu'un est venu signer leur cautionnement avec un avocat.

— Ça fait à peine quelques minutes qu'ils ont été arrêtés, comment quelqu'un peut-il déjà être au courant de leur arrestation ? Merde... marmonna-t-il. Pourquoi personne ne veut inculper ces voyous qui se croient tout permis !

Il donna un coup de pied dans le mur.

— Merde !... Quand ?

— Il y a environ dix minutes inspecteur.

— Et donc déjà perdus dans la nature... Qui est-ce ? demanda-t-il tout en prenant le dossier d'un coup sec.

Sans attendre de réponse, il se rendit à son bureau et ouvrit le dossier d'un coup sec. Il entra le nom de celui qui avait payé la caution. Plusieurs recoupements se firent puis une photo apparut. Il l'imprima et alla la placer sous le nez du policier de garde.

— C'est lui ?

— Euh... non inspecteur, il était plutôt...

— Laisse tomber ! soupira l'inspecteur. Ils ont filé en douce et surement impossible de les retrouver à l'heure qu'il est.

Une fois de retour à son bureau, il s'affala sur la chaise. *Pourquoi se préoccuper de petits voyous et d'un horrible graffiti ?* se demanda-t-il.

***

Dominik, Edvi et leurs deux amis se retrouvaient dans un petit appartement. En face d'eux, deux hommes étaient assis à une table. Dominik était assis en début de rangée tandis qu'Edvi occupait la quatrième chaise. Entre eux, leurs deux autres amis qui avaient participé au graffiti.

— Alors si on reprenait cette histoire depuis le début ?

— Mais on a déjà tout raconté à la police, c'est dans le rapport... argumenta Dominik.

Le deuxième homme se leva et lui assena un coup de poing au visage. Il fut projeté au sol.

— Non mais t'es malade ! cria Edvi.

Sans attendre, l'homme enjamba les deux autres garçons et envoya un coup au visage d'Edvi, l'envoyant également au sol. Les deux autres amis restèrent bouche bée et n'osèrent ajouter quoi que ce soit.

— Un commentaire ? leur demanda le premier homme.

Ils hochèrent rapidement la tête. Après quelques secondes, Dominik reprit ses esprits.

— Assis ! ordonna l'homme.

Le sang coulait de sa lèvre fendue. Il s'essuya tout en reprenant sa place. Edvi se releva à son tour, la bouche en sang.

— Disons que c'était une pratique. Maintenant on va faire ça pour vrai, dit l'homme tout en sortant un revolver de sa poche et le posant sur la table.

— Qu'est-ce que vous voulez savoir lança Dominik, conservant les yeux sur l'arme, visiblement impressionné.

L'homme sortit une photo du graffiti mural.

— Ça ! D'où ça vient ? Qui l'a fait ou plutôt qui en a eu l'idée ? Combien de temps... et qui est la fille qui s'envoie en l'air sur l'image ?

Son comparse se mit à ricaner.

Edvi eut à peine le temps de jeter un coup d'œil vers Dominik, que le second homme prit son pistolet et tira entre lui et Dominik. Leur ami de la troisième chaise s'écroula sur le sol. Dominik se leva d'un coup sec mais le deuxième homme appuya aussitôt son revolver sur sa tempe.

— Calme tes ardeurs petit... sinon ton tour viendra plus vite que tu ne penses...

— Disons que c'était un exemple... ajouta le premier homme. Maintenant, on ne va plus perdre de temps et on va tout raconter en détail... oui ?

Les trois jeunes hommes acquiescèrent en silence. L'homme pointa le revolver en direction de Dominik.

— Comme tu as l'air de vouloir parler, on va commencer avec toi. Je t'écoute.

Dominik avala sa salive. Il cligna des yeux, Il avait l'impression de faire un cauchemar. Il regarda l'homme en face de lui qui attendait. L'autre homme le dévisageait.

— On était parti pour faire un graffiti comme d'habitude mais ce soir-là, Chijal est venue avec nous...

— Et qui est Chijal ?

— C'est ma... une copine.

— Une fille... quel âge ?

— Je pense qu'elle a 14 ou 15 ans... peut-être 16.

Les deux hommes s'échangèrent un regard. Un autre coup de feu partit entre Dominik et Edvi. Leur autre ami s'écroula sur le sol à son tour, un trou en plein centre du front.

— Non mais arrêtez de tirer, que voulez-vous savoir au juste ? cria Edvi, paniquant.

L'homme pointa le revolver en sa direction.

— Il faudrait être plus précis, répondit l'homme.

Dominik cria en gesticulant.

— 15 ans, oui 15 ans.

— Tu es sûr ?

— Oui oui... je suis sûr, cria-t-il.

— Alors c'est ta copine ou non ?

Dominik hésita, sans savoir si la réponse signerait sa mort. Le revolver pointa en sa direction.

— Oui, oui... c'est ma copine mais hier soir ça s'est mal passé... on s'est disputé...

— Et pourquoi ?

Dominik prit une profonde respiration mais savait très bien qu'il devait donner une réponse rapidement.

— Parce que je me suis fâché car elle refusait de m'embrasser.

Les deux hommes sourirent.

— Elle disait que sa soirée s'était mal passée et voulait avoir la paix... Ensuite... Elle a dit que je voulais juste coucher avec elle... mais elle n'a jamais voulu... et elle disait qu'elle était juste une amie et qu'elle ne m'appartenait pas... voilà...

— Comme c'est charmant, dit le premier homme en reposant le revolver sur la table.

— Ensuite ?

— Ensuite... elle voulait un peu de poudre... et de l'alcool. Je lui en ai donné. Ensuite on est allé au mur.

— Au mur ?

— Oui, au mur pour peindre un graffiti.

— Sans préparation... juste comme ça ?

— Oui, c'est comme ça qu'on fait. Edvi emporte les cannettes de peinture et on part. On avait trouvé ce mur parfait à cause des échafaudages déjà placés. On n'avait qu'à les escalader et peindre. Rien de trop compliqué.

Le premier homme regarda la photo.

— Tu appelles ça rien de trop compliqué ?

— Ça ce n'est pas nous qui l'avons fait... je veux dire pas nous quatre. C'est Chijal qui a peint tout ça elle-même. Nous on n'a rien fait, je vous jure !

— Elle a peint tout ça elle-même ? Sans aide ?

— Oui... Chijal est bourrée de talents mais elle ne le montre jamais.

— Comment tu sais ça ?

— Parce que... parce que j'ai vu ses dessins...

— Quand ?

— Quand nous allions chez elle...

— Qui ça "nous" ?

— Edvi et moi... il n'y avait que nous deux qui pouvaient y aller... à cause de sa tante.

L'homme regarda Edvi.

— Toi ! Continue ! ordonna-t-il à Edvi.

— Ben... c'est vrai qu'elle dessinait tout ce qui lui passait par la tête et à chaque fois elle nous montrait ce qu'elle avait dessiné. C'était fantastique... Vraiment ! Je voulais qu'elle participe à des concours mais elle refusait. Elle ne pouvait pas qu'elle nous disait, à cause de sa tante.

Edvi fit une pause. L'homme regarda Dominik, puis leva les paumes vers le plafond, attendant la suite. Dominik prit une respiration.

— Elle... elle chantait aussi. À chaque dessin, elle nous racontait son histoire. Cette histoire devait être chantée. À chaque fois, on était complètement renversé comment sa voix était belle. Elle était émouvante et... et...

Il regarda nerveusement Edvi, roulant les mains signifiant de l'aider.

— Charmante et... nous charmait de sa voix, ajouta Edvi.

— Charismatique peut-être ? demanda l'homme.

— Euh... oui, oui, confirma Dominik. C'est ça, c'est le mot que je cherchais. Elle était charismatique ! On aurait voulu tout lui donner... et quand elle chantait, je l'aimais encore plus.

— Mais dis donc, tu es un tendre dans le fond !

Le second tira sur Edvi. Dominik paniqua et se mit à crier. L'autre homme le frappa en plein visage de la paume de la main. Le premier homme soupira.

— T'aurais pu attendre non ?

— Il ne semble pas nous servir plus que les autres, répondit-il. Mais toi, dit-il en regardant Dominik, tu sembles en savoir beaucoup.

— S'il vous plait, ne me tuez pas... je veux vivre, dit-il en sanglotant.

— Quels autres talents ? demanda le premier homme.

— Je... je ne sais pas... mais elle était très intelligente. Elle savait tout.

— Comme ?

— Ben... tout... elle savait le nom des planètes, des astres, des plantes, des arbres, pourquoi notre air était comme ça... comment fabriquer des trucs difficiles comme une bombe ou un robot... elle était super bonne en classe et nous aidait à comprendre nos cours... maths, géographie, physique, chimie, bio... on révisait ensemble mais elle n'étudiait jamais. Elle passait son temps à dessiner... Elle pourrait devenir une scientifique ou docteur, n'importe quoi, elle est super douée...

— Quelle est sa date de naissance ? demanda l'homme en sortant un calepin.

— Je crois que c'est...

L'homme releva la tête subitement.

— Non, je veux dire c'est le 12 juin... non le 13 juin, oui c'est ça, le 13 juin.

— L'année ?

— 19... 1990, dit-il nerveusement tout en prenant une grande respiration.

Il ferma les yeux, doutant qu'il se ferait tirer. Rien ne vint. Il les ouvrit. L'homme écrivait et se mit à compter.

— Ce pourrait être elle, les dates coïncident. C'est Gabriel qui sera content, dit-il. Où est-ce qu'elle demeure ? ajouta-t-il.

— Pas très loin d'ici, dans le quartier résidentiel, à côté du parc, à deux minutes du mur, répondit Dominik en gesticulant, décrivant et pointant dans différentes directions.

— Bon... tu vas nous y conduire, si tu veux vivre. Après on te laissera partir.

Dominik ferma les yeux, soulagé.

***

Tchial prit une profonde inspiration, expira fortement. Ses yeux exprimaient avec émotions ce qu'elle aurait voulu dire. Ses parents... *assassinés*. Elle le savait par sa tante mais en entendre parler encore fut comme faire remonter plusieurs souvenirs, confus pour la plupart mais ils semblaient mieux se dessiner, devenir plus présents et frais à sa mémoire.

— Même si tu te souviens d'eux, tu les as quittés assez jeune pour venir habiter ici, avec ta tante, la sœur de ta mère. Ils voulaient te protéger, protéger ton identité. Ils craignaient d'être retrouvés par des gens qui t'auraient enlevée. Plusieurs mois plus tard, lorsque j'ai réalisé que tu étais probablement celle que je recherchais aussi, j'ai parcouru la planète pour retrouver ce couple. Mais ils étaient toujours en mouvement, jamais ils ne restaient au même endroit plus que quelques mois. Lorsque j'ai pu finalement les retrouver, tu n'étais plus avec eux. Jamais ils n'ont voulu me dire où habitait cette tante. Moins on en savait, mieux c'était pour toi, disaient-ils.

Il reprit position sur la chaise.

— Je crois que ta tante t'a aussi expliqué un peu qui tu es, donc je ne t'apprends rien de nouveau. Quoiqu'il en soit, je voulais te retrouver, au moins pour savoir si tu étais celle que je pensais. Je suis donc parti à ta recherche... Oh oui ! Je t'ai toujours cherchée. Tu dois certainement te demander pourquoi ?

Tchial ferma les yeux et plissa les lèvres. *Inspirer... Expirer...*

L'homme se tourna vers Mizha.

— J'aimerais poursuive la conversation avec votre nièce en privé, si vous n'y voyez pas d'inconvénient.

— Oui bien sûr.

Elle se tourna vers Tchial.

— J'attends à 'l'extérieur... dit-elle tout en lui touchant le bras.

Tchial ouvrit les yeux en esquissant un sourire. Une fois que la porte fut refermée, l'homme poursuivit.

— Ce qui m'amène à une autre histoire, différente. Tes parents t'avaient nommée Chijal, et tu sais ce que ça veut dire même si tu avais toujours trouvé que ce n'était pas exactement le bon mot ou la bonne prononciation pour te nommer, jusqu'à hier. Il a fallu la formidable combinaison de deux éléments pour que tu y arrives. Le premier vient de tes parents. Ils avaient inclus dans ton code génétique un programme qui favorise la mémoire, c'est pourquoi tu te souviens parfaitement d'eux même si tu les as quittés à un très jeune âge... tu n'étais encore qu'un bébé. Mais hier fut une journée spéciale. Sans même savoir ce que tu faisais, tu as déclenché le second réveil.

Tchial haussa légèrement les épaules, exprimant son ignorance à ces propos.

— Si je te disais que tous les rêves, les pensées, les dessins et les chants t'ont été inspirés par Inaya...

Malgré la douleur pulmonaire, elle serra la mâchoire.

— Qu'est-ce que tu connais d'Inaya ? laissa-t-elle échapper entre ses lèvres crispées.

— Tout, répondit-il simplement.

Elle prit une seconde profonde inspiration.

— Alors pourquoi je ne m'en rappelle pas ? dit-elle en expirant avant de reprendre une autre grande inspiration.

— Tu ne t'en rappelles pas consciemment... Mais comme je disais, les dessins, les chants, les images qui te venaient et te viennent encore en tête, tes désirs de t'envoler... tout ça font partie de ta mémoire cellulaire qui est restée imprégnée dans ton code...

Tchial le regarda fixement. *Comment peut-il savoir tout ça ?* se demanda-t-elle.

— Parce que tu es née sur la Terre. Depuis ta conception jusqu'au dernier jour de ta vie utérine, tu te souviens de tout incluant ta vie sur les autres mondes, là d'où tu es venue avant de t'incarner, la vie avant la vie ! Mais, le passage de la naissance est difficile. Lorsque le premier souffle entre dans tes poumons, en cet instant précis, ta mémoire s'efface. C'est le transfert temporel. Pour un Weeno, heureusement, ce n'est que temporaire.

— Weeno ?

— C'est ainsi qu'on appelle ceux qui viennent d'Inaya. Tu es une Weena !

L'homme se pencha vers elle. Il retira ses verres et la regarda dans les yeux. Tchial resta pétrifiée devant le regard. *Qui ? J'ai déjà vu ces yeux !* Des images se formèrent à sa mémoire. Une montagne... un ciel aux couleurs dorées...   une lune gigantesque toujours présente dans un ciel étoilé... un homme sur la montagne, inquiet... un éclat dans le ciel... comme une fracture céleste... les yeux de l'homme... son expression... *Toi qui a vécu sur d'autres univers...* s'entendit-elle dire. Elle releva son visage vers les yeux rouges.

— Aedan ?

— Je suis enfin heureux de t'avoir retrouvée, Tchial d'Inaya.

— Mais comment... comment...

Tchial arrêta de respirer. Les réponses aux nombreuses questions s'imbriquèrent les unes aux autres. Elle devait reprendre son souffle. L'excitation et le bouleversement de cette nouvelle lui avaient redonné des forces mais elle était encore faible.

— Lorsque nous avons su que tu avais été prise dans l'angle de l'incarnation, nous avons décidé de venir à ta rescousse sans même savoir où tu te trouverais. Nous avons alors précipité la mission et couvert un angle d'incarnation assez large. Personne ne voulait te perdre.

Tchial ne sut que répondre.

— Ton second réveil a été provoqué par ta peinture murale... cet immense graffiti... cette sensation en toi de peindre un autre monde, des souvenirs enfouis que tu as laissé remonter à la surface. C'était programmé, c'est ta génétique psychique.

Tchial ne semblait pas comprendre.

— Souviens-toi de cela : nous, Weenos, sommes les artisans des mondes.

Elle fronça les sourcils.

— La génétique psychique est ce code que tu transporte avec toi tout le long de tes incarnations. Tu es ce que tu es. C'est la mémoire de ton identité en tant qu'âme. Tu ne peux devenir quelqu'un d'autre... tu te souviens de ton pouvoir, celui de déplacer des montagnes, les tiennes, et de matérialiser la réalisation de ton être, Tchial d'Inaya !

Elle se souvenait de chaque moment où elle désirait fortement quelque chose, elle y arrivait. Elle tenta de se relever. Aedan lui replaça l'oreiller sous la tête.

— Repose-toi...

— Je veux retourner sur Inaya !

— Nous n'y retournons pas, dit-il doucement.

— C'est ce que je veux...

— Je sais que tu penses que parce que tu le veux, tu vas y arriver. C'est vrai, tu vas réussir, mais ça ne veut pas dire que c'est ce qui est planifié. Ton code te donne plusieurs choix et chaque choix apporte des résultantes différentes. Pour éviter de perdre du temps et de l'énergie, pose-toi la vraie question. Que veux-tu réellement ?

— Mais pourquoi ? Tu as dit que tu m'avais cherchée... tu m'as trouvée alors on quitte la Terre !

— Non... pas maintenant. Je t'ai cherchée pour ne pas te perdre. Maintenant, on doit accomplir notre mission. On retourne ensuite.

— Mais je ne veux pas rester !

Aedan la regarda. Tchial était perdue, désemparée et une grande tristesse remplissait ses yeux.

— Tchial... on ne peut pas quitter maintenant, lui dit-il le plus doucement possible. Nous devons sauver Inaya. Tu t'en souviens, n'est-ce pas ?

Elle laissa retomber la tête sur l'oreiller.

— Je sais que tu t'en souviens, et je sais aussi combien tu aimes Inaya. Rappelle-toi la vallée, celle où tu aimais t'envoler... C'est cet endroit que nous devons sauver, c'est cette planète...

— Le mur...

— Le mur ?

— C'est ce que j'ai peint sur le mur... la vallée.

— Quel mur ?

— Dans le quartier industriel...

Aedan retint sa respiration.

— Un édifice donnant sur un grand stationnement ?

— Oui... le mur est en restauration avec des échafaudages... ajouta-t-elle.

— C'est l'édifice du WSTC...

— Je sais pas...

Aedan serra légèrement la mâchoire.

— Qu'est-ce que tu as peint au juste ?

— La vallée baignant dans les rayons d'Inavinha... et Mayu, la magnifique Mayu... Oui je me souviens... et cette brise chaude qui souffle tout le temps... c'est ce que j'ai peint. Je me sentais si bien, j'avais l'impression d'être de retour... je voulais m'envoler à nouveau... je me suis peinte aussi juste pour montrer comment je me sens lorsque je m'envole...

Aedan lui tapota le bras.

— J'espère que ce ne sera pris que comme un graffiti de plus sur les murs d'une industrie.

— Pourquoi ? Personne ne connait Inaya.

— Tchial... sais-tu... non... te rappelles-tu pourquoi nous voulions venir sur la Terre ?

Elle devint triste sans pour autant se rappeler.

— Tu as dit que nous devons sauver Inaya... mais je ne sais pas pourquoi.

— Cette entreprise où tu as fait cette peinture est celle de Chem Casal... Chem...

Elle fronça les sourcils. *Chem...*

— Tu te souviens de lui, n'est-ce pas ?

Elle ferma les yeux. D'autres images affluèrent à sa mémoire... la fracture dans le ciel... Aedan la regarde... *Allons voir Chem, lui seul saura nous dire...* Elle vit une scène... des images d'Inaya... un homme, grand, teint basané, regard perçant mais sombre... *Nous sommes présentement dans un couloir de transition cosmique avec un monde qui nous ressemble... ils y ont pénétré de force.*

— Ils ont trouvé un moyen de traverser le temps, créer cette faille et découvrir un monde parallèle, le nôtre, récita Tchial, reprenant les paroles du grand Weeno.

Aedan approuva. Tchial se demanda si elle avait bien fait de révéler Inaya au monde, aux Terriens.

— Repose-toi, dit Aedan. Nous ne serons pas loin. Et je veux que tu restes ici, d'accord ?

Tchial acquiesça, puis ferma les yeux. Elle ne voulait plus penser. Elle voulait oublier. Elle voulait fuir le cauchemar qu'elle était en train de vivre.

***

Dans un arrondissement parsemé de cottage, une voiture se gara devant l'un d'eux.

— C'est ici, mentionna Dominik à l'attention des deux hommes.

Comme ils ne s'étaient pas présentés, il avait décidé de les appeler monsieur A, celui qui posait les questions, et monsieur B, celui qui frappait et tirait.

— Ça semble désert, répondit monsieur B. tout en sortant son revolver et vérifiant le chargeur.

— C'est ici, je vous jure ! répéta Dominik.

Monsieur A prit son cellulaire et le donna à Dominik.

— Appelle !

Dominik s'exécuta. Le transfert d'appel se rendit au cellulaire de Mizha.

— Madame Girija, ici Dominik. Est-ce que je pourrais parler à Chijal ?

Monsieur A sortit son calepin.

— Chijal est à l'hôpital Dominik. Elle a eu un grave accident hier soir.

— Un accident ? Hier soir ? Mais c'est impossible, elle était avec nous !

— Ce n'est pas ce qu'elle m'a dit, elle était dans une église. J'ai même parlé avec le père Sym...

— Chijal dans une église ? Parlant avec un prêtre en plus !

Monsieur A l'interrompit.

— Quand tu auras fini de faire le perroquet, demande-lui où se trouve la fille.

— Euh, Madame Girija, j'aimerais la voir, à quel hôpital se trouve-t-elle ?

— Attends, je vais voir si elle peut te recevoir...

Puis la ligne coupa.

— Allo ? Allo ? Madame Girija ?

Il attendit quelques secondes de plus sans pour autant entendre quoi que ce soit.

— La ligne a coupé, dit-il en redonnant le téléphone à monsieur A.

Monsieur B prit le téléphone des mains de Dominik.

— Avant que l'on aille à cette église, il faut clarifier un point. La tante s'appelle Girija ? demanda monsieur A.

— Oui... Madame Girija, répondit Dominik. Mizha de son prénom je crois...

Monsieur A porta les yeux vers Dominik, s'assurant de la véracité de ses dires.

— Mizha oui... c'est vrai... se reprit-il en paniquant.

— Alors tout va bien, répondit monsieur A.

Ce fut le seul commentaire qu'il fit avant de sortir de la voiture. Monsieur B l'imita, puis reporta son regard vers l'intérieur du véhicule. Dominik sortit en vitesse.

— Ils ne sont pas ici... on ne pourra pas entrer.

Il dut suivre les deux hommes. Ils montèrent les quelques marches du balcon avant, puis monsieur B donna un solide coup d'épaule dans la porte qui s'ouvrit. Il regarda Dominik.

— Euh... c'est en haut, à gauche.

— Montre-nous le chemin, demanda monsieur A.

Une fois dans la chambre, Dominik sortit les cahiers à dessin. Monsieur A les ouvrit. Un visage souriant avec des yeux rayonnants se trouvait dessiné sur la première page.

— C'est elle ? demanda-t-il.

— Oui... c'est elle, affirma Dominik.

MOnsieur A jeta un coup d'œil à monsieur B.

— Si tu veux mon avis, on ne se dispute pas avec une fille comme ça.

— On la saute ! ajouta monsieur B.

— Idiot, lui répondit monsieur A.

Il tourna d'autres pages et y aperçut plusieurs images similaires à la peinture en plus de croquis de lunes, de ciel, d'arbres avec différents angles, d'un temple, d'une petite ville, de villages, d'un jeune garçon. Monsieur A prit un autre cahier. Cette fois-ci, des croquis et même une peinture d'un couple.

— Intéressant, dit-il en reconnaissant Nada et Adil.

Il prit son cellulaire et prit plusieurs photos de croquis, puis les envoya à un autre numéro.

— Cette fois-ci, Gabriel va jubiler.

Il prit le cahier contenant l'autoportrait de Chijal.

— Allons-y.

Ils descendirent en vitesse et entrèrent dans la voiture. Il embraya et décolla à toute vitesse.

— Où est cette église ?

— Mais je ne sais pas...

Monsieur B se retourna vers lui, jonglant légèrement avec le revolver.

— Bon d'accord... je sais, je dois réfléchir.

— Tu as 10 secondes, c'est-à-dire le temps que je me rende au coin de rue. Idéalement, il faudrait que je sache avant si je tourne à droite ou à gauche.

— D'accord d'accord d'accord... à droite, dit Dominik en se raidissant sur la banquette arrière. Elle est sûrement allée à l'église qui se trouve pas loin du centre industriel.

Il se laissa retomber sur le siège et se mit à penser tout haut.

— Quand même, qu'est-ce qu'elle est allée foutre dans une église ?

— Pourquoi pas ? demanda monsieur B.

— Ben parce que Chijal déteste tout ce qui est conforme, l'école, les gouvernements, les églises surtout...

— Tu disais qu'elle était bonne à l'école...

— Oui mais elle détestait ça. Tout était trop facile pour elle... Puis elle n'aimait pas les profs. Elle disait qu'ils utilisaient de vieilles méthodes d'enseignement, que le directeur était depuis longtemps dépassé, que les étudiants étaient plus bêtes que les dinosaures... bref elle n'aimait personne... Ouais, tout était trop facile au point que pour elle, tout le monde se compliquait la vie pour rien.

Monsieur B le regarda.

— Tu sais ce que tu racontes au moins ? Tu sembles radoter n'importe quoi.

— On est arrivé, dit aussitôt Dominik, écourtant la conversation qui risquait de mal tourner pour lui.

La voiture se gara devant l'église. Les deux hommes sortirent du véhicule.

— Jamais je n'aurais pensé mettre les pieds dans une église, marmonna monsieur B.

— Il ne faut jamais dire jamais, lui répondit monsieur A.

Chapitre 9

Gabriel était dans son bureau, les yeux rivés sur l'écran de son ordinateur. Le téléphone sonna.

— De bonnes ou mauvaises nouvelles ? annonça-t-il.

— De bonnes nouvelles, répondit la voix. C'est une fille qui a fait la murale.

Gabriel jeta un coup d'œil au moniteur. La vidéo prise par les caméras de surveillance faisait la fureur sur Internet. On n'y voyait que Tchial peignant le mur à une vitesse hors du commun.

— Ça fait vingt fois que je visionne une vidéo des caméras de surveillance du WSTC et effectivement, je me suis rendu compte que c'est une fille... imbécile. Tu as de meilleures nouvelles ?

— Euh oui... Nos agents de New York sont sur les traces de cette fille. Ils ont déjà recueilli pas mal d'informations et selon les rapports, sa date de naissance et les talents qu'elle possède... et je garde le meilleur pour la fin, car elle habite avec sa tante qui s'appelle Mizha Girija... elle a même peint le portrait de Nada et Adil. Donc... elle serait vraisemblablement la fille de Nada Girija et Adil Rashmi.

Gabriel reprit tranquillement position sur son siège. Plusieurs secondes s'écoulèrent alors qu'il absorbait la nouvelle. Cela venait de changer la mise, après tant d'années de recherche, d'attente, d'espoir. En l'espace de quelques heures, les parents et la fille se retrouvaient entre ses mains. Malheureusement, les parents avaient été abattus. Il se mordit la lèvre.

— Est-il possible qu'ils ne la tuent pas, j'aimerais beaucoup l'avoir vivante avec tous ses morceaux en plus, incluant les cheveux. Autrement dit, on ne la touche pas !... Évidemment, si ce n'est pas trop demander ! dit-il sarcastiquement.

***

À l'hôpital, dans le corridor adjacent à la chambre de Tchial, Ilyes redonna le téléphone cellulaire à Mizha.

— Personne ne doit savoir où elle se trouve.

— Mais c'était son copain...

— Personne, confirma de nouveau Ilyes. C'est une question de vie ou de mort.

Mizha acquiesça.

— Comment va-t-elle ? demanda-t-il.

— Beaucoup de contusions mais votre ami est confiant qu'elle sera sur pied rapidement... à cause de... de ce qu'elle est.

— Oui, je comprends, mais pour nous, elle est plus qu'une expérience.

— Pour vous ? Qui êtes-vous donc pour la vouloir à ce point ? Qui est-elle pour que tous veuillent même l'enlever ? Votre ami parlait qu'il la cherchait depuis sa naissance, et vous, vous semblez la tenir au secret !

Ilyes la regarda.

— Imaginez comment sa mère voulait la protéger. Au-delà de l'expérimentation, elle était son enfant, n'est-ce pas ? Et vous, vous l'avez surement élevée comme votre propre fille !

— Je l'ai surprotégée... à cause de sa mère. J'aurais voulu qu'elle ait une enfance normale.

— Mais elle ne l'aurait pas eue longtemps... justement à cause de ce qu'elle est.

Aedan sortit de la chambre. Il regarda Mizha et Ilyes.

— Elle vient de s'endormir. Laissons-la se reposer. Allons discuter plus loin.

— Je veux rester ici, dit Mizha. Je ne veux pas la laisser seule.

— Bien, répondit Aedan après quelques secondes de réflexion. Nous ne serons pas loin s'il jamais elle avait besoin de nous. Nous ne quittons pas l'hôpital, pas sans elle.

— Vous n'êtes pas pour l'emmener loin d'ici ? Elle n'est qu'une enfant !

— Non... nous... venez, allons discuter dans un endroit plus approprié, dit Aedan tout en prenant le bras de Mizha, l'invitant à aller à un petit boudoir.

— Ne me l'enlevez pas, s'il vous plait.

— Mizha, nous n'avons aucune intention de l'enlever. Voyez-vous, Tchial, de son vrai nom, s'est réveillée. Je parle d'une prise de conscience de ce qu'elle est. Ce qui veut dire que dès maintenant, elle fera ce qu'elle a en tête, malgré tous les avertissements ou interdictions, elle ne fera qu'à sa tête. Elle est comme ça, c'est dans sa nature. De plus, ce qu'elle connait principalement, c'est la liberté. Elle ne connait pas, ou ne reconnait pas, le principe d'être emprisonnée, retenue contre son gré.

— Elle a toujours été comme ça... c'est une rebelle mais je l'aime comme elle est.

— Nous aussi Mizha, ajouta Ilyes.

Ils arrivèrent dans le petit boudoir, au bout du corridor. Aedan regarda Ilyes. Celui-ci hocha la tête. Aedan pencha la tête. Il réfléchit à comment expliquer à la femme qui était Tchial sans révéler l'existence de l'univers parallèle. Il souleva son regard vers Ilyes. Il acquiesça. Il reporta son regard vers Mizha.

— Mizha, nous venons d'ailleurs, la planète Terre n'est pas notre planète mère.

***

Dominik entra dans la chapelle située sur le côté de l'église, suivi des deux hommes de main du centre. Le père Sym, vêtu d'une chasuble d'office se retourna.

— La messe commence dans 45 minutes, dit-il à leur endroit.

— Êtes-vous le père Sym ? demanda Dominik.

— Lui-même, répondit-il.

Monsieur B sortit son revolver et tira dans le genou droit du prêtre. Monsieur A soupira tout en jetant un coup d'œil à son compagnon.

— Quoi ? demanda ce dernier. Il va se mettre à parler rapidement, tu vas voir !

Monsieur A reporta son regard vers le prêtre qui se tordait de douleur au sol.

— Parlez-nous de la fille ?

— Mais quelle fille ?

Monsieur B vint pour tirer mais monsieur A le retint.

— On peut attendre avant ?

— Mais si, mais si on peut... répliqua monsieur B. On a toute la journée.

— La fille qui est venue hier soir, précisa monsieur A.

— Chijal, ajouta Dominik.

Le père Sym sembla perdu en plus de la douleur qui le terrassait.

— Chijal ou Tchial ?

Dominik sortit une photo.

— Oui c'est elle. C'est la fille du Diable en personne !

Monsieur A prit la photo des mains du jeune garçon.

— Voilà qui est d'un grand secours, dit-il. Encore mieux qu'un dessin.

Monsieur B le tira. Dominik s'écroula sur le plancher. Une tache de sang se mit à se répandre sur le plancher de marbre blanc.

— Non mais t'as bientôt fini de tirer sur tout le monde ! cria impatiemment monsieur A.

— Je pensais qu'on n'en avait plus besoin.

— Oui mais on lui avait dit qu'on le laisserait vivre.

— Oh... j'avais oublié.

Le père Sym paniquait. Il essayait de s'échapper en rampant vers le confessionnal.

— Alors ? demanda monsieur A.

— Elle n'est pas seule, dit-il en se retournant, le visage apeuré. Le père Ilyes est parti à sa recherche. Il a également appelé un de ses amis, ils veulent l'aider. Elle vient d'Inaya et doit sauver sa planète. Elle parlait même d'envahir la Terre... et voulait sauver tout le monde...

— Où se trouve l'hôpital le plus près ? demanda monsieur A après avoir pris une profonde respiration.

— À... À cinq minutes d'ici... vers l'est...

Monsieur A quitta. Monsieur B le regarda.

— Et lui ?

Une fois sorti, monsieur A entendit la détonation. Il hocha la tête. Il prit la photo de Tchial et la posa sur le capot de la voiture. Il sortit son téléphone cellulaire. *Un message ?* Il l'ouvrit. *Ramener la fille vivante à tout prix !* C'était clair. Il retourna l'appareil et copia la photo de Tchial. Il l'envoya aussitôt.

***

Dans sa chambre d'hôpital, Tchial était absorbée par tous ses souvenirs. Ils l'avaient rendue mélancolique. Ses yeux étaient humides. Elle les referma. Elle voulait se perdre dans des souvenirs, dans les souvenirs d'Inaya, de la vallée, de l'arbre, du ciel, des rayons du soleil, des étoiles... elle voulait s'y retrouver, là, maintenant, plus que jamais, et ne plus avoir à souffrir, à sentir la peur, la faim, la douleur du monde.

Cela ne fit qu'ajouter davantage de larmes à ses yeux, maintenant baignés dans les pleurs qu'elle laissait échapper. Elle semblait inconsolable. Chem... *l'être irremplaçable d'Inaya.* Si jamais il lui arrivait malheur qu'adviendrait-il de notre monde ? *Irremplaçable...* le mot fit remonter d'autres souvenirs. *Tous ont une importance pour le juste équilibre du monde.* Elle regarda sa chambre, son lit, le regard vide. Elle était ailleurs, dans les souvenirs qui étaient imprégnés dans sa mémoire. "*Si je décide d'y aller, c'est que je connais les principes régisseurs de nos deux mondes. Je construirai un passage que seul un Weeno saura utiliser. Il servira de pont,* " se souvint-elle. C'est ce qu'il avait dit. Elle ouvrit les yeux. *Et dire que j'étais là, si près. Comment n'ai-je pas pu sentir ça ?*

Elle prit une profonde inspiration. La douleur avait disparu mais ses côtes l'empêchaient de bouger normalement. Elle expira, inspira, expira. *Je vais mieux... Je vais mieux... je le veux...* Elle tenta de se lever mais ses côtes la terrassaient. Elle retomba sur le matelas. *Je vais mieux... je le veux.* Elle roula sur le côté pour ne pas forcer l'abdomen et mettre de pression sur ses côtes. Elle remonta ses genoux puis bascula à la verticale, sur le bord de son lit. Elle réussit à s'assoir. Légèrement étourdie, elle s'appuya sur la table posée devant elle.

— Le passage... Je dois me rendre au passage...

***

— Chef !

— Quoi ? répondit brusquement l'inspecteur.

— On a retrouvé les jeunes...

— Bien. Qu'on me les amène ! Je vais les interroger.

— Euh... c'est que, ils sont morts... assassinés.

— Assassinés? Pour une peinture sur un mur? Mais qu'est-ce c'est que cette histoire ?

— Il y a plus... un prêtre a été trouvé assassiné aussi dans une église, et le corps d'un des jeunes à ses côtés.

L'inspecteur passa la main dans le peu de cheveux qu'il lui restait. Il leva les yeux vers le plafond crasseux de son bureau, puis les ferma. *Le ménage se fait mais pour quelle raison ?* Il se mit à réfléchir. *Si vous trouvez la fille, amenez-la moi...* avait dit Chem Casal. *Elle était perturbée, c'est pour ça qu'elle était venue me voir !* avait déclaré le prêtre. *Et l'accident, elle s'était jetée volontairement sur la voiture.*

— La fille... Surement que les assassins sont à sa recherche, c'est la seule qui reste à avoir fait le graffiti. Vite, à l'hôpital ! s'écria-t-il en sortant en vitesse de la centrale.

***

Monsieur A et monsieur B entrèrent à l'hôpital.

— Va acheter quelque chose, lança monsieur A en désignant la boutique de l'hôpital.

— Quoi ? demanda monsieur B.

— Des fleurs ou une boite de chocolat...

Monsieur B le regarda étrangement.

— Ça va aider à passer pour des visiteurs, expliqua péniblement monsieur A.

Il se dirigea vers la réception.

— Nous venons visiter Chijal Girija, quelle chambre s'il vous plait ?

Monsieur B était de retour, un bouquet de fleur à la main. La réceptionniste leur jeta un coup d'œil.

— Vous êtes de la famille ?

— Non, répondit monsieur B.

— Nous sommes de proches amis de la famille, rectifia aussitôt monsieur A. Ses parents vont venir d'ici quelques heures et ils nous ont demandé de venir la voir. Ils sont inquiets.

Elle souleva les sourcils. Les deux hommes avaient davantage l'air de tueurs que d'amis.

— Chambre 2036, leur dit-elle néanmoins.

Ils prirent l'ascenseur jusqu'au vingtième étage, juste en face du boudoir où Mizha sortit.

— Je vais aller voir si Chijal s'est réveillée, dit-elle à Aedan et Ilyes.

Monsieur A et monsieur B échangèrent un regard. Ils suivirent la femme. Mizha ouvrit la porte de chambre et resta figée. Les deux hommes la poussèrent à l'intérieur. Elle tomba sur le sol. Monsieur A balaya la chambre du regard. Le lit était vide.

— Où est-elle ? demanda-t-il brusquement.

— Qui êtes-vous ? répliqua-t-elle tout aussi directement.

Soudain son regard fut attiré vers la fenêtre de la porte. Chijal la regardait. Les deux hommes se retournèrent. Chijal eut un choc. *Je me rappelle d'eux...* Elle s'efforça de se remémorer les visages. Elle remonta dans le temps, les visages prirent lentement forme dans ses souvenirs... plus jeunes... une île... *Ils suivaient... Ils suivaient sa mère. Chijal était appuyée sur son épaule, face vers l'arrière. Elle les regardait... Ils parlèrent à trois autres hommes. Ceux-ci lui jetèrent un coup d'œil puis se mirent à lui emboiter le pas. L'un d'eux assomma son père puis un autre l'enleva des bras de sa mère... puis sa mère fut projetée au sol, gémissante alors qu'elle était dans un véhicule, s'éloignant de ses parents. Elle pensait qu'elle ne les reverrait plus.* Dans la chambre d'hôpital, l'un des deux hommes vint pour ouvrir la porte mais Chijal la poussa, arrêtant d'un coup sec l'élan de l'homme puis se sauva. Il perdit l'équilibre mais se reprit. Il se remit sur pied mais il trébucha. Mizha venait de le faire tomber. Il se retourna vivement. L'autre homme lui assena un coup de poing. Mizha fut sonnée. Les deux hommes ouvrirent la porte et furent aussitôt dans le corridor, regardant autant à gauche   qu'à droite.

— Où est-elle ?

— Là ! dit monsieur A.

Monsieur B sortit son revolver et la pointa lorsqu'il fut projeté sur le mur du corridor. Mizha venait de lui foncer dessus. Il la prit par les cheveux et la tira vers l'arrière.

— Toi tu n'as pas envie de vivre !

Elle se débattit et lui assena un coup de pied entre les deux jambes juste avant que l'arme fut pointée en sa direction. Monsieur B lâcha le revolver qui roula sur le sol. Il tomba sur les genoux. Monsieur A assena un coup de poing dans le ventre de Mizha. Elle se courba en deux sous la douleur. Elle releva les yeux. Chijal avait rejoint les ascenseurs. Avec un dernier effort, elle s'agrippa à monsieur A et lui enfonça les doigts dans les yeux. Il se mit à rager et lui donna un autre coup de poing et l'atteignit au visage. Mizha fut projetée au sol. Monsieur B prit son revolver.

— Fait de bons rêves, dit-il en grimaçant.

La détonation se répercuta sur tout l'étage. Mizha tourna la tête vers le bout du corridor. Avec le regard qui s'embrouilla, elle vit Chijal qui la regardait.

— Sauve-toi ! murmura Mizha en balayant l'air de la main.

Chijal entra dans l'ascenseur en même temps qu'Ilyes et Aedan sortirent du boudoir. Les portes se refermèrent sur son visage affolé alors que plusieurs patients et infirmières couraient dans tous les sens. Aedan tourna son regard dans la direction opposée. Mizha s'effondra sur le sol. Des policiers firent irruption des ascenseurs et coururent vers Mizha, l'arme au poing. Elle reporta son regard dans l'autre direction. Les deux hommes disparaissaient dans la cage d'escalier. Sa tête se mit à tournoyer. Ilyes se pencha vers elle.

— Mizha... Mizha... entendit-elle comme un lointain écho.

— Sau... vez...la...

Puis elle ferma les yeux. Tout fut calme.

***

Tchial se trouva devant l'édifice du WSTC, World Service Telecommunication Centre. Plusieurs curieux s'étaient donné rendez-vous pour voir de visu l'immense graffiti qui avait rejoint des millions d'internautes. Des policiers avaient érigé un barrage. Le gardien de sécurité était posté devant le bâtiment, empêchant d'éventuels curieux d'y entrer. Elle se dirigea vers le stationnement. L'immense graffiti qu'elle avait peint la veille la fit sursauter. *Inaya...* L'image était exactement celle de ses souvenirs. Tout était là. *Mayu...* C'est à ce moment que le garde l'aperçue.

— Hé toi ! cria-t-il à l'attention de Tchial.

Elle recula, prête à déguerpir mais le garde lui fit signe de rester. Elle ne sentit aucune animosité dans le geste, au contraire. La foule se tourna vers elle. Elle avança lentement. Plusieurs admiraient sa beauté et la comparaient à la femme peinte sur le mur, d'autres surent à sa démarche qu'elle semblait souffrante. Au fur et à mesure qu'elle avançait, les gens s'écartèrent à son passage. Plusieurs murmures se firent entendre mais personne ne la bouscula. Le garde l'attendit à l'entrée de l'édifice. De la cohue et des bavardages qui sévissaient à son arrivée, ne restait qu'un perceptible silence. À quelques pas de l'entrée, le gardien de sécurité la prit par le bras, l'aidant à marcher.

— Je dois vous emmener dans le bureau du directeur.

— Chem ?

— Oui, monsieur Casal veut que vous y alliez.

Tchial l'accompagna sans ajouter quoique ce soit d'autre. Lorsque les portes de l'ascenseur s'ouvrirent au sixième étage, elle fut autant choquée, fascinée et stupéfiée à la fois. Devant elle se trouvait une reproduction exacte de ce qu'elle avait peint sur le mur extérieur, à l'exception de l'ange. Le gardien la regarda.

— Je ne sais pas si vous aviez vu cette peinture ici avant de faire la vôtre sur le mur du stationnement, mais vous êtes douée, ça c'est sûr !

Elle approcha du mur, y frôla la main, seulement pour ressentir les couleurs, les formes. *Inaya...*

180

— Je dois... retourner... euh, en bas...

Le garde ne savait comment formuler sa phrase. Il se reprit.

— Bon, bien... ne touchez à rien... J'espère que monsieur Casal sera de retour bientôt et vous... sera avec vous.

Sur ces derniers mots, il s'éclipsa dans l'ascenseur. Les portes se refermèrent. Tchial se retrouva seule.

— *Si je décide d'y aller, c'est que je connais les principes régisseurs de nos deux mondes. Je construirai un passage que seul un Weeno saura utiliser. Il servira de pont,* se rappela-t-elle les paroles de Chem sur Inaya.

Quel est ce passage... se demanda-t-elle. *"Seul un Weeno saura l'utiliser."* Elle frôla la main encore une fois sur le mur et sentit une ondulation se former. *"Souviens-toi de cela : nous sommes les artisans des mondes",* avait dit Aedan.

— Nous sommes les artisans des mondes, dit-elle à haute voix.

À ces mots, les formes sur le mur se détachèrent et s'étirèrent comme si Tchial se trouvait réellement sur Inaya. Les couleurs se mirent à respirer, à être plus éclatantes. Mayu, l'immense lune violacée, se trouvait devant elle alors que les montagnes et l'arbre semblaient plus près. Les dorures d'Inavinha éclatèrent à son regard. Elle sentit la brise si commune, celle dans laquelle elle aimait s'envoler comme un oiseau, glisser sur ses ondulations invisibles et se laisser tomber comme une feuille virevoltant dans l'air frais. Elle avait franchi la dimension du temps et de l'espace. Elle partit à rire. *Le passage... je suis revenue chez moi !* Elle se mit à marcher vers l'arbre. Elle voulait revenir dans son monde, quitter la Terre, hostile, inhospitalière, dangereuse. Quitter le mal de vivre, quitter la douleur, quitter la haine qui sévissait. Elle voulait revenir vivre sur Inaya.

— Je suis réellement revenue ! cria-t-elle en levant la tête vers les étoiles. Je suis rentrée chez moi !

Elle leva les bras vers le ciel, voulant atteindre les rayons dorés d'Inavinha.

Complètement perdue dans ses pensées, entièrement absorbée par son monde, elle poursuivait sa marche. Encore quelques pas et elle aura rejoint l'arbre de la vallée. *L'arbre... Enfin... chez moi...* Des souvenirs resté vagues prirent une autre tournure. *L'arbre...* Elle se rappela appuyer sa tête contre celle d'un garçon.

— Faël, tu te souviendras de moi ? dit-elle.

— Comment t'oublier ?

Elle ouvrit les yeux et s'accroupit.

— Regarde-moi, regarde-moi bien, dit-elle soudainement.

Le garçon la fixa.

— N'oublie jamais ce regard. Quand tu penseras à moi, tes souvenirs te reviendront, Tu te rappelleras d'Inaya, de Mayu et des beautés de notre monde et tu sauras quoi faire.

Elle laissa retomber sa tête sur la pelouse.

— Moi je ne t'oublierai jamais.

Elle arrêta sa marche. *Faël...* Elle recula légèrement. *Faël...* Elle ne pouvait pas oublier, ne pouvait pas l'oublier. Elle se retourna. *Mais je suis revenue... là le village....* Elle se tourna vers la montagne, vers l'arbre. Elle hocha la tête. *Je ne veux pas... quitter...* Elle recula... s'éloigna de l'arbre. Les couleurs persistèrent puis redevinrent fades, presqu'inertes. Le monde d'Inaya se referma. Elle se retrouva dans la réception du sixième étage, devant une reproduction de son monde. Sa gorge se serra. Elle se laissa tomber sur le sofa. Elle posa les mains sur son visage et ferma les yeux. Une grande tristesse l'envahit à ce moment. Elle voulait pleurer. Crier. Mourir. Disparaître à jamais afin qu'elle oublie l'existence. Son existence. Sa vie.

Une main se posa sur son épaule. Elle tourna la tête en levant le regard.

— Salut Tchial... dit Chem qui prit place à ses côtés.

La présence du grand Chem fut de trop et elle laissa échapper la pression qu'elle avait sur les épaules. Ses yeux laissèrent échapper des larmes longtemps retenues. Chem la prit dans ses bras.

— Allons... tu es la plus courageuse fille que je connaisse.

— Non... je suis si faible... tout le monde meurt autour de moi... on me déteste pour ce que je suis, on me pourchasse... et je ne sais même pas pourquoi... Je n'ai rien fait de mal... je voudrais retourner chez moi et même ça, je n'en ai pas le courage...

— Tu y étais pourtant, non ?

— Oui... j'y étais...

— Pourquoi n'es-tu pas restée ?

— Parce que... parce que j'avais fait une promesse...

— Et respecter ses promesses est signe de grand courage même si on s'est trompés.

Elle leva les yeux vers lui.

— Et maintenant ? Que va-t-il se passer ?

— Nous avons nous aussi fait une promesse...

— Sauver Inaya... je me souviens. Comment y arriver ? Cela semble si difficile de seulement vivre ici...

— Il faut y arriver. Il faut juste réfléchir. La solution est souvent plus simple qu'on ne pense.

— C'est ce qu'on dit mais je n'arrive plus à penser... je suis si fatiguée...

— Je comprends... On dit ici, sur la Terre, que la nuit porte conseil.

Il lui sourit.

— Allonge-toi, je t'apporte une couverture.

— Ici ?

— Oui... tu vois, lorsque je me sens las, épuisé ou ayant le mal de vivre, je viens ici et je m'allonge. Le paysage d'Inaya m'aide à me revigorer. C'est notre monde et nous l'aimons.

Elle esquissa un sourire.

— Tu voudrais sentir l'air d'Inaya ? demanda-t-il.

Elle acquiesça. Chem se leva et ouvrit le passage. Une brise d'air chaud envahit la réception du sixième étage. Tchial sourit et ferma les yeux. Elle s'endormit rapidement.

***

Lorsque Tchial ouvrit légèrement les yeux. Elle était encore étendue sur le sofa. Sentant une présence, elle tourna la tête, s'attendant à voir Chem. Assis dans un fauteuil, le gardien de sécurité regardait la télévision. Elle y reporta son regard. Des nouvelles s'enchaînaient les unes à la suite des autres. On parlait encore de l'entreprise de Chem. Elle s'assit.

— Ça va mieux ? demanda le gardien.

Elle ne répondit pas. Elle n'allait pas mieux. De grandes émotions l'envahissaient. Elle se souvenait très bien de ce qui s'était passé. Avoir été à quelques secondes de revenir dans son monde, elle avait décidé de revenir, de rester sur Terre... et Chem ?

— Où est Chem ? demanda-t-elle subitement.

— Il est parti... il m'a demandé de veiller sur toi.

— Mais où ? Où est-il parti ?

— Je ne sais pas... il a parlé de mission importante...

Tchial resta pensive. *Que reste-t-il à faire maintenant que je suis ici ?* Nonchalamment, machinalement, elle laissa aller son regard vers le téléviseur, espérant y trouver une réponse.

— ... l'attaque à l'hôpital. Une enquête est ouverte. Les auteurs du meurtre de Mizha Girija serait probablement les mêmes que les meurtres survenus plus tôt dans la journée. Le père Sym a été sauvagement abattu sans merci de même que quatre jeunes hommes identifiés comme étant Dominik Turkanis, Edvi Senpardy, James Canaan et Alonso Lortiman. Ces quatre jeunes hommes auraient été, selon l'inspecteur chargé de l'enquête, à l'origine de cette immense fresque exécutée pendant la nuit passée sur l'immeube du WSTC, le World Service Telecommunication Centre...

Tchial se sentit envahie d'un grand malaise. Elle voulut vomir devant l'horreur qu'elle semait sur son passage.

— Ma tante... mes amis... le père Sym aussi... tous assassinés...

— Tout ça juste pour un graffiti ?

— À qui le tour maintenant ? dit-elle en fermant les yeux et ne répondant pas à la question. Il faut que cela cesse...

Le son de la télé envahit le silence de la pièce.

— ... cette immense peinture serait devenue virale sur Internet. Plus de 25 millions de personnes ont été recensées jusqu'à maintenant. Au rythme actuel, plus de 30 millions de terriens auront vu cette fresque à caractère évangélique en moins de 24 heures. Si on nous avait dit que les anges existaient, ça en serait l'œuvre ! Un autre cas relié à cette peinture serait...

Tchial n'écoutait même plus les nouvelles. Trop de souvenirs la préoccupaient. Chem était synonyme de son retour et de la libération d'Inaya... Un retour compromis à cause de son incarnation sur Terre, une libération devenue maintenant tout aussi compromise pour la même raison. La mort de ses amis à cause de la fresque... la mort de sa tante, à cause de son séjour à l'hôpital... La mort du père Sym, surement à cause de son emportement... La mort de ses parents, tout autant assassinés. Elle ne voulait plus y penser. Elle ferma les yeux. Les nouvelles se poursuivaient à la télévision.

— ...l'entreprise faëlienne bien connue pour les qualités insurpassables de son cidre fait encore les manchettes avec l'histoire de son arbre millénaire juché à flanc de montagne. Les pommiers exposés à des vents favorables et dû à un climat exceptionnel ont fait la réputation de ce cru de plus en plus recherché et attendu. Cependant, les histoires et légendes entourant le succès de cette entreprise familiale auraient pour origine un arbre que l'on dit millénaire. Retrouvons Marie Kovak pour en savoir davantage.

Elle posa les yeux vaguement sur l'écran et l'image lui donna un choc.

— Cet arbre à flanc de montagne se trouve sur le bord de la falaise et risque de chuter à tout moment. Les éboulis entrainés atterriraient sur les richissimes propriétés de la vallée...

L'image de l'arbre était exactement le même que celui peint la veille sur le mur de l'entreprise de Chem... et le même que celui représenté sur la peinture dans la réception du sixième étage. Elle reporta toute son attention vers le téléviseur.

— Nous avons rencontré monsieur Carol, l'auteur du vin nommé Faël...

Tchial était complètement perdue dans ses pensées. Des souvenirs restés vagues prirent une autre tournure. Les mêmes souvenirs que ceux qu'elle se rappela quelques minutes auparavant.

Elle appuya sa tête contre celle d'un garçon.

— Faël, tu te souviendras de moi ? dit-elle.

— Comment t'oublier ?

Elle ouvrit les yeux et s'accroupit.

— Regarde-moi, regarde-moi bien, dit-elle soudainement.

Le garçon la fixa.

— N'oublie jamais ce regard. Quand tu penseras à moi, tes souvenirs te reviendront, Tu te rappelleras d'Inaya, de Mayu et des beautés de notre monde et tu sauras quoi faire.

Elle laissa retomber sa tête sur la pelouse.

— Moi je ne t'oublierai jamais.

Elle reporta son attention vers le téléviseur. Un homme, âgé, était interviewé. L'instant d'une seconde, il porta les yeux vers la caméra. Tchial reconnut immédiatement l'intensité du regard. *Faël...* Ses yeux devinrent humides.

— ... cet arbre est l'ancêtre de ces vignes. Et cet ancêtre a su élever notre monde à ce qu'il est aujourd'hui ! Je lui porte toute ma reconnaissance et ma gratitude. Au lieu de le charcuter et le jeter au feu, nous devons, au contraire, le garder pour services rendus à l'humanité !

À ces mots, et il n'y avait plus de doute, Tchial sourit et émit un petit gloussement. Elle se mit à rire mais des larmes s'écoulèrent sur ses joues.

— Il n'y a qu'une personne qui puisse s'exprimer comme ça, dit-elle tout haut.

Le gardien resta surpris.

— Tu le connais ?

Tchial se leva et quitta sous le regard abasourdi du gardien.

— Non tu ne dois pas partir. Monsieur Chem m'a bien recommandé de veiller sur toi !

Les portes de l'ascenseur se refermèrent sur la jeune fille.

***

Une foule était amassée à l'orée du verger lorsque Tchial arriva. Le reportage avait moussé sa marque, mais plus encore, tous voulait voir l'arbre, l'ancêtre de la civilisation comme le nommait maintenant les médias. Elle se fraya un chemin jusqu'à parvenir à son ami. Elle le regarda. Tous les gens l'appelaient par son nom et il était occupé à répondre à chacun. Lorsque Tchial l'appela, la seule sonorité et la particularité de la voix détourna son attention de la foule. Il la regarda. Il plongea son regard dans le sien. Il sut. Il eut peine à prononcer son nom, mais elle put le lire sur ses lèvres qu'il remua à peine.

— Tchial... balbutia-t-il.

Elle sourit et se jeta dans ses bras. L'étreinte fut grande, longue, chaleureuse comme des amis qui ne s'étaient pas vu depuis une éternité.

— Je ne t'ai jamais oublié, dit-il, la gorge serrée.

Elle le serra encore plus fort.

— Tchial... laisse-moi te regarder.

Elle tenta de sourire. Au-delà du regard, elle le vit tel qu'il était réellement.

— Qu'est-ce qu'il y a ? Tu ne sembles pas heureuse...

— Non... Je suis heureuse de te voir, très heureuse... si tu savais comme tu m'as manqué...

— Et moi... Je... je t'ai cherchée. Chaque personne que j'ai croisée dans ma vie, je la regardais, je regardais son regard, ses yeux et y cherchait... te cherchais mais aucun de ces regards n étaient toi.

Elle était au bord des larmes.

— Je ne peux pas dire la même chose Faël... je ne me suis rappelé de toi qu'qu'aujourd'hui.

Il la prit dans ses bras pour la consoler.

— Allez... ne t'en fais pas pour ça... Quel âge as tu ? demanda-t-il en la regardant.

— Quinze ans.

— Alors tu as dû n'avoir le second réveil que récemment... c'est pour ça, exact ?

— Selon Aedan, oui.

— Tu as vu Aedan ?

— Il m'a retrouvé ce matin. Il est avec Ilyes.

— Où sont-ils ?

— Je ne sais plus... Tout s'est passé si vite ce matin... j'étais à l'hôpital...

— Oui je suis au courant, tu as eu un accident hier...

— Je me suis sauvé... on a voulu me tuer !

Faël hocha la tête.

— Ces terriens sont... dangereux.

— Mais il faut faire quelque chose... et retourner au plus vite sur Inaya !

— Nous savons comment y retourner. Tu veux partir ?

— Je sais comment... j'ai...

— Oui ?

— J'étais... j'ai accédé au passage.

— Et pourquoi n'es-tu pas restée ?

Elle hésita.

— Je me suis rappelé ce que je t'avais dit... là-bas, sur Inaya... que je me rappellerais toujours de toi.... je n'ai pas pu te laisser ici... seul.

Elle le regarda, posa la main sur le visage de l'homme.

— Le Faël que je connais, celui d'Inaya est le même que celui qui se trouve devant moi, mais le visage est différent. Que t'est-il arrivé ?

— Que veux-tu dire ?

— Ta peau est si...

— Ridée ?

— Oui, avoua-t-elle.

Il prit une pause. Même s'il le savait, il comprenait une fois de plus combien le temps passait vite sur Terre.

— C'est le temps, une autre chose qui nous arrive lorsqu'on vient sur cette planète. En arrivant on oublie. Quand on repart, on se rappelle mais le corps a subi tellement de changements. Tous subissent ces effets du temps, ils appellent ça la vieillesse. Mais peu importe où que tu ailles...

Il se donna un coup sur le cœur.

— Ca, ça ne change pas !

Il fit quelques pas, tournant le dos à la jeune fille. Il avala sa salive.

— Malheureusement pour moi, le temps m'a rattrapé avant même que je puisse remplir la mission. Tchial, c'est pour ça qu'il ne faut pas le perdre. Il nous échappe si facilement.

— Faël...

Il se retourna vers elle.

— Merci... dit-elle humblement.

— De quoi ?

— De m'avoir cherchée...

Il sourit. Il vint pour répliquer mais elle l'interrompit.

— Je ne sais plus où j'en suis... j'ai voulu fuir alors que toi tu n'as pas arrêté de me chercher.

— Lorsque tu as disparu, nous avons changé l'ordre de la mission. Il fallait te retrouver à tout prix.

Tchial se rendit compte pour la deuxième fois en quelques heures que la mission risquait d'être un échec à cause d'elle.

— Ce n'est pas de ta faute si c'est ce que tu penses. Une Weena est très importante, plus importante que ce que tu ne crois... mais nous sommes réunis maintenant. Nous avons la mission à remplir, celle de notre raison d'être ici.

— Nous sommes bien peu pour y arriver.

— C'est vrai mais nous avons des alliés de taille. Iago ! cria-t-il à l'attention d'un jeune homme situé un peu plus loin.

Ce dernier se tourna vers l'appel. Lorsqu'il aperçut son père en compagnie de Tchial, il fut bouleversé. Il s'approcha au pas de course, gêné mais souriant.

— Je te présente Tchial, dit Faël à l'attention du jeune homme. Iago, c'est mon fils, dit-il à la jeune fille.

Tchial fut surprise.

— Tu es père ?

Faël partit à rire. Tchial le regarda. Elle avait toujours connu un jeune garçon et l'imaginer père était tout nouveau pour elle, mais elle reconnut le rire. Le même qu'elle avait toujours entendu sur Inaya.

— Oui, je suis père de deux enfants. Ma fille s'appelle Niao. Je suis sûr que vous vous entendrez très bien. Elle est un peu plus âgée que toi.

Entretemps, Iago n'avait pas détaché son regard de Tchial.

— Mais si tu es père... tu as donc une compagne ?

— Oui, j'en avais une. Malheureusement elle n'est plus de ce monde.

— Tu veux dire qu'elle est décédée ?

— Oui. Une longue histoire et une plus longue maladie. Mais il me reste ces deux grands enfants ! lança-t-il en tapant dans le dos de son fils.

Iago réagit à peine au commentaire, hypnotisé par Tchial.

— Iago, que se passe-t-il ? demanda Faël. Tu n'as jamais vu de fille avant aujourd'hui ? dit-il dans un grand éclat de rire.

— Je... oui...

Il donna une bourrasque à son père.

— Elle ressemble à un ange !

Faël la regarda.

— Mais qu'est-ce que tu racontes ? Tchial est un ange !

Elle regarda son grand ami. Elle ne regrettait pas d'avoir rebroussé chemin dans le passage. Il était bon de le revoir, elle se sentait revivre.

— Tchial ! ajouta Faël, Iago est un petit génie dans son genre. Je n'aurais pas pu avoir mieux comme fils. C'est un Dakini, tout comme Niao. Dans cette mission, ils seront irremplaçables. Avec l'aide d'Aedan, ils ont déjà localisé la source de la faille. Pour y parvenir, il va falloir jouer serré.

— Jouer ? Quel jeu ?

— Celui qui se joue présentement. Inaya est en grand danger !

Tchial ressentit cette étrange sensation qu'elle avait toujours détestée depuis son incarnation. Chaque fois qu'une situation représentait un danger, des malheurs s'abattaient. Que ce soit changer de maison, changer de pays, changer d'apparence, changer pour survivre, fuir, partir, la peur l'envahissait Et la peur la paralysait.

— Mais... cela fait plus de 15 années que vous êtes tous sur Terre ! Je... n'y avait-il... Depuis toutes ces années, ils ont surement essayé de nouveau à créer cette porte ! Que va devenir Inaya ?

— Nous avons installé une ancre.

— Une ancre ?

Faël prit Tchial par la main et l'emmena sur la montagne. À la vue de la cime des branches de l'arbre, elle se sentit mal.

— Iago ! Aide-la.

Il la soutint jusqu'à une certaine distance de l'arbre.

— L'arbre dont tout le monde parle... l'ancêtre de la civilisation, commenta Tchial.

— Exactement.

— Alors ? demanda Tchial, sachant très bien qu'il y avait une raison particulière pour que son grand ami tienne à le conserver.

En disant cela, elle tenta de s'approcher pour le voir de plus près mais devint étourdie et faillit trébucher à nouveau. Iago la retint.

— L'ancre... la réponse à ta question. Lorsque nous avons subi le second réveil, nous nous sommes rappelé notre mission. Nous devions te trouver avant tout mais cela ne nous a pas empêchés de faire quelques progrès. Chem, Aedan et moi, ainsi que quelques autres, sommes venus ici, sur cette montagne. Nous avons activé cet arbre, créant les perturbations qui ont empêché les Terriens d'atteindre Inaya. Cet arbre retient les ondes sur Terre, comme une ancre retient le bateau...

Faël fit une pause avant de poursuivre.

— L'ultime essai des Terriens remonte à celle où tu as été aspirée dans le vide de l'incarnation, provoqué par eux. C'est pour cette raison que nous sommes intervenus plus tôt dans le temps, mais malheureusement, notre tentative a échoué. Il s'est passé plusieurs jours avant que nous puissions activer le champ...

Il fit quelques pas vers l'arbre tout en conservant une distance raisonnable.

— Cet arbre maintient ces perturbations. Le détruire ouvrirait une porte pour les Terriens vers notre monde. De l'autre côté de cet avantage, si nous nous en approchons, nous serons tout autant retenus dans ce monde sans possibilités de retour sur le nôtre. La raison de ton malaise n'est due qu'aux perturbations générées.

— Cet arbre est identique à celui qui se trouve dans la grande vallée, à l'ombre de Mayu, murmura-t-elle.

— Parce qu'il est de la même origine. Un Weeno a entrepris le voyage sans passer par l'incarnation. On l'appelait le Semeur. Il est venu ici-même sur cette montagne il y a de cela bien longtemps et a créé les racines de cet arbre, l'a nourri, lui a donné le souffle. C'était sa mission. Pour nous. Pour ce moment présent.

— Le Semeur !

Faël regarda l'arbre.

— Et depuis, il a vécu sur Terre mais le regard tourné vers Inaya, ses centaines de bras ouverts, à l'écoute de nos chants, à l'écoute de nos vibrations. C'est ce qui le maintenait en vie.

— Le maintenait en vie... donc jusqu'à maintenant, c'est ça ?

— Oui... un dernier service. Cela veut dire qu'il n'en a plus pour très longtemps. Nous avons trop attendu avant d'agir.

Tchial comprit la tristesse qui l'envahissait, lui, l'amoureux des arbres... et comprenait que d'avoir trop attendu voulait dire qu'ils ont mis toutes ces années à la rechercher, elle, Tchial d'Inaya. Elle se sentit désolée.

— Il y a surement un moyen d'arranger tout ça...

Elle se tourna vers Iago.

— Tu sais où se trouve la source de la faille... dis-moi où ?

— Sur un autre continent... Ils appellent cet endroit l'accélérateur. Il est situé en Suisse.

D'autres souvenirs refirent surface.

— La Suisse... Genève... et dans le même complexe il y a le centre de génétique appliquée, c'est ça ?

— Oui tout à fait ! Tu connais cet endroit ?

— Oui... oui... je le connais...

Elle se tut. Elle s'enferma dans un mutisme que personne ne put percer. Iago la regarda. Un frisson lui parcourut le dos alors qu'elle semblait absente, le regard tourné vers autre chose que personne ne pouvait apercevoir. Elle comprit que cette chasse dont elle était la proie ne cesserait jamais. Elle avait commencé le jour même où elle disparut d'Inaya. Elle se poursuivait le jour même de sa naissance sur la Terre... et elle se poursuivait inlassablement encore aujourd'hui. Les souvenirs de ces chasses refirent surface. Le visage de sa mère, pleurant suite à sa disparition, le visage de son père, angoissé. La peur se lisait sur les visages de ceux qui avaient de l'affection et de l'amour pour elle.

— Tchial... je ne sais pas ce que tu as en tête mais je t'en prie, reste avec nous, chuchota Iago.

Tchial ne l'avait même pas entendu. Ses souvenirs remontaient loin, jusqu'aux temps où elle se sentait libre et heureuse sur Inaya. Son avenir était en jeu. Il fallait faire quelque chose pour le sauver... *l'accélérateur... l'engin destructeur à mettre hors d'état de nuire. Comment s'y rendre ? Nous sommes les artisans des mondes...* se répéta-t-elle. Elle releva son regard vers la plaine, vers la ville, au-delà de ce que tout être vivant pouvait percevoir. *Les Terriens... sont des êtres dangereux,* Elle se leva et partit.

Chapitre 10

Tchial se retrouva face à l'édifice du WSTC. Une foule était toujours présente, admirant la fresque, se prenant en photo devant cette peinture devenue célèbre en quelques heures, donnant leur commentaire à qui voulait bien les entendre. Toute cette agitation se retrouvait automatiquement sur Internet. Elle se traça un chemin entre les gens jusqu'au pied des échafaudages qu'elle se mit à escalader aussitôt.

Une fois qu'elle rejoignit le milieu de la fresque, elle sortit une canette de peinture en aérosol, puis signa son nom au pied de l'arbre. Tous les gens applaudirent. Elle se retourna et leva les bras.

— Tchial ! Tchial ! Tchial ! scandaient tous les gens présents.

Elle descendit et sans attendre, la multitude se rua vers les échafaudages, criant et quémandant l'attention. Elle put à peine rejoindre les derniers échelons.

— Tchial, une photo avec moi !

    — Tchial, depuis combien de temps fais-tu des murales ?

    — Tchial, où as-tu pris tes idées pour cette fresque ?

    — Tchial, était-ce un contrat avec l'entreprise ?

Elle sauta à terre et se prêta au jeu des nombreux admirateurs. Un peu plus vers l'arrière de la foule, deux hommes la regardaient. L'un d'eux mit sa main dans la poche intérieure de son veston. L'autre homme arrêta son geste.

— Non, pas de ça !

— Et pourquoi pas ? Tu veux encore courir après elle ?

— Mais qu'est-ce que t'as à vouloir descendre tout le monde ? Réfléchis un peu avant de tirer ! Si tu tires et la descend, de un, ça va créer la panique.

— Et de la panique vient le chaos et c'est dans le chaos que se trouve la lumière.

— La lumière... en plein jour oui !

Le meilleur moyen de l'enlever.

Monsieur prit une profonde respiration.

— De deux, tu la descends devant tous ses admirateurs et ils braqueront aussitôt leur caméra sur nous. Tu veux te retrouver en un clin d'œil sur Internet et avoir toutes les polices du monde à tes trousses ?

— C'est tout ?

— Tu ne pourras pas descendre tout le monde pour l'éviter ! Et de trois, que crois-tu que Gabriel va nous faire alors qu'il avait spécifié clairement qu'il la voulait avec tous ses morceaux, intacte et vivante.

— Ah... Il aurait fallu que tu me le rappelles. J'ai tendance à oublier quand je perds patience.

— Bien justement, essaie d'être patient ! Si tu fais ce que tu veux, ne m'implique pas... je n'ai pas l'intention de me retrouver dans la fourniture, baignant pour le restant de ma vie en attendant que quelqu'un ait besoin de mes morceaux de viande.

— C'est un point qui se vaut. D'accord. Alors on attend ?

— On essaie de réfléchir surtout.

Ils reportèrent leur regard vers Tchial qui était en plein interview. Ils se frayèrent un chemin parmi tous les jeunes en admiration pour la jeune fille.

— Qu'est-ce que représente ce paysage ?

— C'est un paysage quelconque, j'aime dessiner et j'avais envie de faire ça, répondit-elle.

— Y-a t'il un message que tu voudrais transmettre avec ce gigantesque graffiti ?

Tchial se mit à réfléchir.

— Oui ! Vis comme si c'était ta dernière année sur Terre !

— Tous crièrent de joie.

— Génial !

Une jeune fille se fit prendre en photo avec Tchial.

— D'où vient ton nom Tchial ? Je trouve ça super !

— Tchial, qu'en pensent tes parents ?

Tchial redevint sérieuse.

— J'ai appris que mes parents ont été assassinés hier.

Un silence s'installa sur la foule.

— Et je voudrais dire que les assassins sont des scientifiques, des gens en lesquels nous croyons et voulons leur appui, leurs efforts, leurs recherches afin de pouvoir avoir une meilleure vie, en santé !

Le silence persista. Tous écoutèrent.

— Nous voulons une vie meilleure et plus confortable, mais à quel prix ? Savons-nous ce qui se passe réellement ? Si les découvertes présentes créaient des problèmes ailleurs, voulons-nous toujours de ces inventions ? Si ces découvertes détruisaient votre monde, les voudriez-vous toujours ?

***

À des centaines de milliers de kilomètres, Gabriel suivait le déroulement des événements à New York. Il rageait. Le superviseur de la sécurité au centre était assis en face de lui et suivait tout autant ce qui était diffusé en direct sur Internet. Le compteur des visiteurs qui se branchaient sur le canal augmentait à une vitesse vertigineuse, dépassant rapidement la côte virale. Des millions de visiteurs écoutaient la jeune fille.

— Je sais que plusieurs Weenos se retrouvent ici, parmi nous en cet instant. Nous avons besoin de vous ! Vous qui êtes à l'écoute, venez nous rejoindre et allons crier d'une seule voix notre désaccord. Marchons ensemble contre cette science destructrice !

— Mais Tchial... que veux-tu combattre ?

— Il y a un institut dans le monde qui est un danger pour nous... répondit-elle.

Elle fit une pause. Elle hésita puis se reprit.

— Pour l'avancement de la population et pour l'avancement de la connaissance.

— Que veux-tu que nous fassions ?

— Quel est cet institut ?

— Que font-ils ?

Tchial fut prise au dépourvu. Il y avait tant à faire et tant de questions dont elle ignorait les réponses qu'elle ne savait pas comment procéder.

— Si vous voulez changer de vie et redonner un visage à votre planète... à notre planète, il est temps d'agir. Que tous ceux qui veulent changer de vie nous fassent signe. Nous sommes ici pour vous aider ! lança-t-elle comme message.

— Que se passe-t-il de si grave Tchial ?

Elle prit une profonde respiration.

— Un monde est en perdition si nous n'agissons pas bientôt, dit-elle.

— Quel monde Tchial ?

— Viens-tu d'une autre planète ?

— Tchial, qui a assassiné tes parents ?

— Tchial, veux-tu changer l'éducation et que nous arrêtions d'aller à l'école ?

— Que penses-tu des dangers de la pollution et de l'air que nous respirons ?

— La science crée de graves problèmes, crois-tu que nous devrions détruire tous les laboratoires du monde ?

— Est-ce pour ça que tu as peint sur cet édifice qui est une des entreprises les plus renommées au monde ? Un message à lancer à l'humanité ?

Gabriel se tourna vers l'homme.

— Quelle est cette entreprise ?

— Je vais vérifier et je vous reviens.

***

Non loin du WSTC, d'autres personnes portaient une grande attention à ce que Tchial racontait. Chem, Ilyes, Aedan, Faël et plusieurs autres s'étaient réunis en vue d'interrompre les activités de l'accélérateur de Suisse lorsque la jeune fille apparut sur Internet.

— Elle a au moins le courage de dire les choses, commenta Faël.

— Oui, mais pas de la meilleure façon, répondit Aedan. Elle est trop émotive et je ne suis pas sûr que les gens vont la suivre.

— Elle n'a eu le second réveil qu'il y a très peu de temps... Je suis sûr qu'elle va récupérer assez vite.

— C'est peut-être de notre faute, ajouta Chem.

— Comment ? répondit Ilyes.

— Je crois que nous lui avons tous dit que la mission a été retardée parce que nous la cherchions.

— Oh ! Voilà pourquoi elle a dit ça avant de partir ! murmura Faël.

— Qu'est-ce qu'elle a dit ? demanda Aedan aussitôt.

— Je lui ai parlé de l'arbre et qu'il faiblissait depuis toutes les années qu'il retenait les multiples émissions des Terriens pour rejoindre Inaya... nous avions trop attendu.

— Évidemment, nous avons attendu parce que nous la cherchions, ajouta Chem. En plus de tous ce qui est arrivé dans son entourage... la mort de ses parents, sa tante, ses amis, en plus de cette incessante poursuite, elle n'est qu'en mode survie depuis qu'elle est née. Oui elle va récupérer mais elle va aussi brasser tout le monde. Il ne faut pas réveiller le lion qui dort.

— Alors elle a dit qu'elle voulait arranger ça... poursuivit Faël.

Aedan releva le visage. Il devint blême.

— Qu'y a- t-il ? demanda Ilyes.

— Pourquoi n'ai-je pas vu ça avant ! Il faut faire vite avant qu'il ne soit trop tard. Chem et Iago, retournez au WSTC en vitesse. Faites une recherche pour la retracer. Ilyes, viens avec moi. Akamai et Faël, retournez à la montagne au cas où qu'elle y retourne. Il faut la retrouver.

***

Tchial se trouvait toujours au WSTC. Des centaines d'autres jeunes avaient rejoint le stationnement après avoir vu où elle se trouvait. Ils étaient maintenant des milliers.

— Tchial, nous avons des millions d'internautes qui te posent plusieurs questions ! Est-ce que tu crois que les humains devraient déménager sur une autre planète ?

— Non... pas du tout... votre planète est belle et vous devez en prendre soin. C'est votre demeure... mais ces gens veulent envahir la mienne et les dommages qu'ils causent deviendront irréparables s'ils continuent...

Tchial s'interrompit. Elle se rendit compte que son message ne touchait pas les gens. Tout ce qu'ils voulaient était du fantastique, de l'imaginaire, si elle était une extra-terrestre venue les délivrer... tout comme le père Sym qui priait pour qu'un sauveur vienne le sortir de sa propre misère, de celle qu'il avait créée lui-même. *Pourquoi ne voient-ils pas ce qui arrive ?* Elle aperçut deux hommes parmi la foule qui la regardaient. Elle les reconnut. *L'hôpital...* se dit-elle. Elle savait que tôt ou tard, ils la rattraperaient. *Je ne suis pas cet oiseau libre, prêt à m'envoler... Je ne suis pas sur Inaya, mais la Terre.* Elle regarda les centaines de jeunes gens en face d'elle attendant une autre déclaration enlevante.

— Là sont ceux qui me cherchent. Là sont ceux qui font partie des destructeurs.

Tous se tournèrent vers les deux hommes. Les gens se mirent à reculer, s'éloigner des deux destructeurs comme les avait nommés Tchial. Ils formaient presque un chemin, un chemin où des humains formaient les rives. Celle-ci écarta ses admirateurs et marcha jusqu'aux deux hommes. Tous les jeunes la regardaient se déplacer avec assurance. Ses cheveux flottaient librement, son regard se faisait sûr et dur. Son assurance en était presque provocante. Elle arriva à leur hauteur. Tous les regards étaient rivés sur les hommes et Tchial.

— Vous me cherchiez, me voilà.

Un silence suivit.

— Te voilà enfin devenue raisonnable ! dit monsieur B.

Et il la gifla de toutes ses forces. Tous les gens restèrent surpris et scandalisés de ce geste si brutal et inattendu. Tchial s'écroula sur le sol. Sa tête heurta la chaussée. Les images furent aussitôt diffusées sur la toile mondiale.

— J'espère que ça t'a soulagé... mais je ne peux pas dire que ça a été très intelligent de la frapper, surtout devant tout le monde.

***

Gabriel, assis dans son bureau, se croisa les mains.

— Effectivement, te voilà enfin rendue raisonnable, répéta-t-il.

Il prit le téléphone.

— Oui ? entendit-il.

— Cet idiot qui l'a giflée, je ne veux plus en entendre parler. Quant à l'autre, qu'il attende les ordres.

— Bien monsieur.

***

Tchial reprit légèrement conscience. Des échos de voix, de paroles, d'émotions lui parvenaient en fragments d'espaces. *Ça t'a soulagé... t'es enfin rendue raisonnable... Cet idiot qui l'a giflée...Je ne veux plus en entendre parler...* Elle se sentait flotter, libre de toute entrave terrestre. *M'envoler... Suis-je revenue...?* Les souvenirs se croisèrent à sa mémoire. *Toi qui as vécu sur d'autres univers... C'est l'un des mondes parallèles...Ave Deus, Combien destructrices sont tes créations ! Elle se retourna. Le père Sym lui fit face, enragé. Dieu est notre sauveur, seul lui peut voir en nous la quintessence suprême de son plan créateur !... Tu es une Weena et nous sommes les artisans des mondes... Les artisans des mondes... Le passage... Inaya... Nous devons forcer le passage, il est question de milliards de dollars.* Des bribes de mémoire resurgirent d'un lointain passé. *Je me souviendrai toujours de toi... toujours de toi... toujours...*

Elle déglutit. Des gens, des amis, des ennemis... Tout s'entrecroisait à sa mémoire... des mots, des phrases, des expressions, de la rancœur, de la condescendance, de la pitié, de la colère, de l'amour. *Nous chevauchons le temps... Nous chevauchons le temps... Nous devons nous incarner avant que l'accélérateur ne soit en service... Tchial ? Tchial est disparue ?... Quel est ce bâtiment au juste?... Ne me dis pas que cette fille lit les vieux Times Magazines et copie parfaitement ce qui n'existe même pas sur les photos.... Chem Casal... On va lui rendre visite ?*

Tchial ouvrit les yeux. Elle regarda deux hommes en train de discuter fortement. *Monsieur A et monsieur B, dit Dominik... Si tu savais la récompense pour ces deux-là, tu ne te poserais pas autant de questions !... Le bébé vaut à lui seul des millions !... Des millions...*

Tchial referma les yeux. *Que m'arrive-t-il ?* se demanda-t-elle, étourdie. Elle reporta son regard vers l'édifice, puis vers le ciel. *Il me fera plaisir de t'accueillir personnellement lors de ton arrivée au centre. Soudain un immense jet descendit sur elle. Des hommes armés tirèrent sur tous les gens*

— Non ! cria-t-elle.

***

Gabriel reporta son regard vers l'homme dans son bureau.

— Alors quel est ce bâtiment au juste ? Quelques liens en rapport avec cette peinture ?

— Pas vraiment.

Gabriel le regarda.

— Une réponse claire, courte et sensée si possible. Je ne suis pas d'humeur à attendre.

— Alors voilà, il s'agit de l'édifice du WSTC, le World Service Telecommunication Centre. Ils ont la haute côte, des clients parmi les plus grosses entreprises au monde avec des affiliations de haute technologie. Ils créent des appareils, créent les services qui utilisent ces appareils et exploitent les réseaux de télécommunication pour vendre ces services. Depuis sa création, elle est devenue multimilliardaire en quelques mois.

Gabriel souleva les sourcils.

— En creusant un peu plus sous cette carapace d'entreprise florissante, je dois dire que ses innovations technologiques est assez avancées, difficiles à suivre et surtout devancer au point que c'est d'ailleurs cette entreprise qui a créé les capteurs que nous avons toujours utilisés et que nous utilisons encore sur l'accélérateur. Aucune autre entreprise n'a pu produire un matériel aussi sophistiqué et d'aussi haute qualité.

— Drôle de coïncidence... On dirait que des pièces d'un immense casse-tête semblent se mettre en place sans qu'on ne le veuille. Des noms ?

— Un seul. Celui qui est à la tête de l'entreprise est un cas spécial. Chasse gardée ou exclusivité entrepreneuriale, personne ne le sait. Son président et fondateur est Chem Casal. Il emploierait des sous-contractants pour développer son marché et ses appareils de haute technologie. Il a créé cette entreprise juste un peu avant que nous exploitions le tube.

— Donc depuis une quinzaine d'années. Girija et Rashmi ont disparu depuis 15 ans aussi... ce qui fait que cette fille a 15 ans... et ça fait 15 ans que nous utilisons leur matériel alors qu'il venait de créer son entreprise.

Il se mit à réfléchir à toutes ces coïncidences.

— Et cette même fille a peint un paysage tout aussi génial que nos photos prises de l'accélérateur d'un autre monde, il y a 15 ans... que personne n'a pu voir avant aujourd'hui, sur un immeuble d'une entreprise qui a aussi 15 années d'existence.

— Euh... nous avons permis au Times de publier quelques photos.

— Il y a 15 ans aussi... Ne me dis pas que cette fille lit les vieux Times Magazines et copie parfaitement ce qui n'existe même pas sur les photos.

Il fit une pause.

Et pourquoi la fille de Girija et Rashmi a peint cette image tirée des photos prises de l'accélérateur sur le mur de l'entreprise qui a créé et vendu ces capteurs ?... Et qui se trouve à la vue de tout le monde sur Internet ?

— Pure coïncidence ?

— Les coefficients nécessaires pour créer des coïncidences ne peuvent être aussi nombreux. Face à la quantité de coïncidences qu'on a maintenant devant nous, on parle d'avantage de concomitance cohérente. Et ce n'est qu'aujourd'hui que cette cohérence nous apparait. Le sable dans le sablier a fini de s'écouler.

Il souleva les sourcils et sourit. Il se sentit satisfait de sa théorie. Il joignit les mains qu'il porta devant sa bouche.

— Que savons-nous d'autres sur ce monsieur Casal ?

— Que des banalités... pas de femme, pas d'enfants, pas de vie sociale ou privée. Il ne semble pas avoir grands choses à cacher si ce n'est cette entreprise qui semble tout droit sortie du néant.

— Tout le monde a quelque chose à cacher, mais celui-là doit en savoir un peu plus sur ce qui nous intéresse.

— On va lui rendre visite ?

— Oui... envoyez l'équipe de récupération. En attendant, occupez-vous d'elle. Il faut s'assurer que c'est bien le prototype de Girija et Rashmi. Il nous faut en être sûr.

***

Tchial comprit subitement ce qu'elle venait de faire. Malgré qu'elle se débattait, elle fut emmenée de force dans la voiture de messieurs A et B. et projetée violemment à l'intérieur. La foule se dressa en face du véhicule, toutes caméras braquées sur eux. Dans cet affolement, Ilyes et Aedan arrivèrent dans le stationnement. Rapidement, ils aperçurent le véhicule. Monsieur B sortit tranquillement de la voiture et se mit à tirer au hasard sur les gens. Des cris, des hurlements se mêlèrent à la rage de plusieurs. D'autres cherchaient un moyen de fuir mais la foule était trop nombreuse pour quiconque voulait s'en échapper. La panique commença à s'installer. Plusieurs se mirent à courir et même à grimper sur d'autres jeunes pour s'échapper du stationnement.

— Là ! cria Ilyes en pointant la voiture.

Aedan courut vers la voiture ennemie cherchant à se frayer un chemin parmi les gens paniqués mais avant qu'il l'eut rejoint, monsieur A avait mis les gaz et heurté ceux qui se trouvaient sur son chemin. Ilyes mit les gaz également en enfonçant le klaxon. Tous les gens reculèrent pour le laisser passer. Aedan le rejoignit et sauta dans le véhicule.

— Suis-les, il ne faut pas les perdre de vue ! dit-il en sortant son cellulaire.

— Chem, Tchial est avec eux !

Chem regarda Iago. Ils débouchèrent sur le sixième étage.

— Il faut faire vite, lui dit-il.

Il ouvrit le passage. L'air d'Inaya s'engouffra dans le bureau. En quelques secondes, ils se retrouvèrent dans le monde parallèle. Iago resta surpris.

— Je pensais que la peinture n'était qu'une interprétation mais...

Puis il aperçut la fracture céleste.

— C'est l'accélérateur qui en est la cause ?

Chem approuva tout en continuant sa course.

— Je comprends l'importance des enjeux, ajouta Iago.

Chem se rendit rapidement au centre universel de recherche intemporelle. Il franchit les unités jusqu'à celle sur l'application des passages cosmiques.

— Nous devons retracer Tchial, annonça-t-il d'emblée à l'équipe de l'unité.

Iago leva le regard vers la voûte. Des multitudes de points et de lignes se dessinaient sur toute la surface de la planète Terre. Au bout de quelques secondes, des points de conjectures s'affichèrent, se démarquant des autres.

— Elle est encore à New York, annonça Chem. Localisation...

Au milieu de l'unité, une image tridimensionnelle apparut. Tchial était à bord d'un véhicule.

— Planification évolutive, demanda-t-il de nouveau.

Plusieurs sauts dans le temps de plusieurs minutes furent exécutés. La voiture arriva à un laboratoire. Tchial y fut emmenée et attachée à un lit. Sa chemise fut découpée et des électrodes autocollantes apposées sur le torse. Une aiguille fut introduite dans le bras gauche et aussitôt du sang en fut retiré. Le tube fut branché à un appareil. Un autre appareil enregistrait déjà les pulsations et les autres données des électrodes.

— Arrêt ! ordonna Chem.

Il se mordit la lèvre.

— Il faut la sortir de là au plus vite. Une idée ?

— Pouvons-nous changer la direction du passage ? On pourrait se rendre directement là où ils sont et la ramener ici, sur Inaya.

— Non... pas en si peu de temps.

— C'est assez loin... je ne sais pas si nous pourrons arriver à temps. Ils semblent pressés de lui faire subir des tests...

— Oui... Tchial a été conçue dans un laboratoire situé à proximité de l'accélérateur responsable de la détérioration d'Inaya. Elle est est le fruit de longues expérimentations sur le code génétique. C'est pourquoi ces hommes sont à sa recherche. Pour eux, elle représente la quintessence de la création génétique... et pour nous, la raison ultime pour la sortir de là.

Iago se mit à réfléchir.

— Je ne vois qu'une façon, utiliser de l'Itzel.

— Comment ?

— Pas le temps de tout expliquer. Il m'en faut une certaine quantité. Je vais m'y rendre avec Niao. Elle saura s'occuper de Tchial tandis que nous essaierons de la sortir du laboratoire.

— Aedan et Ilyes y sont surement.

— Et pour l'Itzel ?

— Je vais contacter Akamai, il en a.

— Je pars tout de suite, Qu'il nous rejoigne au laboratoire.

***

Dans son bureau, Gabriel assistait en direct au déroulement des opérations au laboratoire d'expertise génétique de New York. Tchial fut attachée de force au lit.

— Étonnante cette fille, marmonna-t-il. Je veux lui parler directement, dit-il à voix haute.

Le personnel du laboratoire leva la tête vers la caméra.

— Bien monsieur, vous pouvez lui parler directement, les haut-parleurs sont actionnés.

Un des appareils fut également actionné et placé près de Tchial. Elle put voir le visage de celui qui tirait les ficelles de tout le centre. Ce fut un autre élément déclencheur de sa mémoire. Elle fut projetée dans le temps... bien avant sa naissance alors qu'elle était en gestation dans l'utérus de sa mère.

— *Alors il parait que vous avez fait de nouvelles découvertes ?* lança Gabriel.

— *Nous sommes en train de travailler sur un nouveau prototype,* répondit Nada.

— *Ah ! Et quel est-il ?*

— *Nous avons réussi à épurer certains codes. Nous sommes à les juxtaposer avec d'autres gènes pour édifier une ADN complète et sans tares. Il y a certains problèmes car lorsque nous les combinons, certains gènes détruisent les premiers.*

— *Incompatibilité ? demanda Gabriel.*

— *Probablement, laissa-t-elle sous-entendre.*

— *Et Adil ?*

— *Il travaille sur le procédé et analyse les composantes des échantillons en notre possession. Nous pensons que ce n'est pas une incompatibilité reliée à l'assemblage.*

— *Donc, on progresse ?*

— *Oui, tout à fait. C'est long mais les résultats sauront compenser ce temps et cette énergie.*

Gabriel la regarda. Il semblait douter des dires de la femme.

— *Donc tout va...?*

Nada soutint son regard.

— *Oui... tout va...*

— *Aucune répercussion quant à l'essai de l'accélérateur sur vos travaux ?*

— *Non... Nous devrions ?*

— *J'aurais voulu que les différents départements du centre puissent travailler de concert et apporter de nouveaux débouchés du travail commun.*

— *Comme utiliser le lancement de particules au niveau de la génétique ?*

— *Oui... ?*

Nada ne répondit pas à la question et se leva, signifiant la fin de la conversation.

— *En passant, félicitations pour votre mariage, ajouta Gabriel.*

— *Merci ! Oh! En parlant de ça... Nous voulons prendre quelques vacances d'ici peu mais nous en profiterons aussi pour participer à la conférence sur la génétique appliquée qui aura lieu au Japon en janvier.*

— *Et vous serez de retour par la suite... n'est-ce pas ?*

Nada le regarda avant de répondre.

— *Oui... bien sûr !*

— *Je sais que la question est un peu hors contexte et personnelle, mais... est-ce que vous prévoyez avoir une enfant ?*

Nada figea à la question.

— *Pourquoi ? demanda-t-elle froidement.*

— *Bien comme vous êtes des experts en génétique, peut-être voudriez-vous utiliser vos connaissances et le laboratoire pour avoir un enfant spécial !*

— *Non... non... pas du tout... bredouilla-t-elle. Peut-être... je ne sais pas... nous verrons mais ce n'est pas dans non plans pour le moment.*

— *Je comprends... mais si jamais vous voudriez en avoir un, pourquoi justement ne pas en profiter ?*

— *Je ne pense pas que nous irions jusque-là... c'est... nous ne voulons pas... c'est, je veux dire, trop risqué...*

— *Vraiment ?*

— *Euh... Je dois partir. Si tu veux, nous pouvons en reparler plus tard !*

Gabriel acquiesça.

— *Bien sûr.., cette idée me plaît !*

Elle lui sourit maigrement et quitta rapidement. Une fois hors du bureau, elle frissonna. Elle se rendit directement rejoindre Adil.

— *Il faut partit Adil, je suis sure que Gabriel est au courant !*

— *Que s'est-il passé ?*

— *Je ne sais pas ce qui s'est passé... juste une rencontre informelle mais on dirait qu'il sait. Il me fait peur et j'ai peur de ce qu'il pourrait faire au bébé.*

L'image de Gabriel sur le moniteur remplaça son souvenir. Tchial le regarda. Elle fixa son regard dans le sien.

— Tu sais, tu sais, tu ressembles à ta mère ! dit-il.

— Impossible que je lui ressemble... Je ne possède pas ses gènes physiologiques...

— Ah ! dit Gabriel en souriant. Je crois donc que tu connais ton histoire. Intéressant car justement je me demandais si tu étais sa fille... ou plutôt sa créature !

Tchial soutint son regard.

— Je ne serai jamais ton rat de laboratoire.

— Il me fera plaisir de t'accueillir personnellement lors de ton arrivée au centre.

Il se tourna vers les médecins.

— Qu'on la prépare. Un transport est en direction de New York. Il devrait arriver sous peu, ordonna-t-il.

Un des médecins inséra une seringue dans le soluté. Alors que la drogue parcourut son organisme, Tchial se remémora l'instant qui venait d'avoir lieu. *Il me fera plaisir de t'accueillir personnellement lors de ton arrivée au centre,* se répéta-t-elle. *J'ai entendu ça... je n'ai pas rêvé, j'ai vu ce qui est en train d'arriver.* Elle ne put poursuivre sa pensée, elle perdit conscience sous l'effet du puissant sédatif.

***

À l'application des passages cosmiques du centre universel de recherche intemporelle, un signal d'alarme retentit. Chem leva la tête. Un point franchissait à grande vitesse l'océan Atlantique en direction de New York, ayant pour objectif le WSTC.

— Qu'est-ce que c'est ? Identification... demanda-t-il.

Une image tridimensionnelle se forma. Sa transparence les surprit.

— Mais qu'est-ce ? Analyse vibratoire ? demanda-t-il de nouveau.

— C'est un avion supersonique terrien, répondit l'analyste. Il utilise l'Itzel pour se camoufler.

Chem eut un frisson dans le dos. L'alarme continuait de retentir.

— Il se dirige directement ici, ajouta l'analyste. Il faut refermer le passage par mesure de sécurité.

— Non ! Si nous le refermons, plus aucune chance d'accomplir la mission en plus de nos amis qui resteront pris sur Terre.

De sourdes vibrations se firent entendre. Les perturbations commencèrent à effriter la passerelle qui conduisait vers la Terre, Chem courut et sauta. Il déboula dans le hall du sixième étage. Il regarda aussitôt par la fenêtre. La foule était toujours massée dans le stationnement. Soudain, dans un vacarme assourdissant, un jet apparut soudainement au-dessus de l'édifice. Il amorça sa descente verticale vers le stationnement où tous les jeunes gens, encore à proie à la panique générée par les deux tueurs, crièrent d'effroi, de peur de se faire écraser par le jet. Les centaines de caméras des plus braves étaient braquées sur l'aéronef qui poursuivait sa descente. Il se tailla une place sur le stationnement. Un silence parcourut la foule, anxieuse. Une porte s'ouvrit et une palissade tomba sur le sol. Quatre hommes lourdement armés apparurent et descendirent le long de la passerelle au pas de course, bousculant et écartant les jeunes de l'appareil. Le dernier homme, une fois arrivé au WSTC, se retourna et appuya sur la détente de la mitraillette, lançant une rafale vers la foule. Plusieurs victimes tombèrent sur le sol. La panique s'empara à nouveau de l'attroupement des jeunes qui, devenus incontrôlables, partirent à courir dans toutes les directions, affolés et effrayés de se faire tuer.

Le garde du WSTC appuya sur l'alarme qui retentit. Les trois autres hommes mitraillèrent la vitrine de l'entrée. Le garde fut tué sur le coup. Toujours aussi rapidement, ils pénétrèrent dans l'immeuble. Deux hommes empruntèrent les escaliers au pas de course alors que le troisième prit l'ascenseur.

***

À la centrale de police, l'alarme fut aussitôt recensée.

— Chef !

— Qu'est-ce qu'il y a ?

— Le WSTC est attaqué... des hommes armés tirent sur la foule. Plusieurs blessés !

— C'est quoi ça encore ? En plein jour ?

— oui... C'est là où la peinture avait été faite la nuit dernière.

— Je sais où est le WSTC... Merde ! C'est n'importe quoi ! Qu'est-ce qui se passe là-bas ? jura-t-il en se levant d'un bond et courant vers la sortie. Alerte tous les véhicules ! Qu'on se grouille le cul.

— Il faut avertir les hélicos, un jet est dans le stationnement !

— Un jet ? On sait d'où il vient ?

***

Les portes de l'ascenseur s'ouvrirent sur le sixième étage. Chem était là, désemparé par la vitesse d'exécution. L'homme s'avança vers lui. Deux autres hommes sortirent de la cage d'escaliers.

— Chem Casal ? demanda le premier homme.

— Oui...

L'homme sortit une photo pour s'assurer de son identité, puis lui assena un coup de mitraillette au ventre puis un autre sur la tête.

— Pour être sûr de se faire comprendre, dit-il. Tu nous suis ou tu te retrouves comme une passoire, dit-il en mettant la pointe de la mitraillette sur la joue de Chem.

Il acquiesça doucement, sans geste brusque. Les deux autres hommes l'encadrèrent. Les portes de l'ascenseur s'ouvrirent. Ils descendirent en silence jusqu'au rez-de-chaussée. Le quatrième homme tira une autre rafale. Les balles en touchèrent plusieurs autres. Chem ferma les yeux, terrassé par une telle violence. Un autre coup dans les côtes les lui fit ouvrir à nouveau.

— Allez ! On file !

Il fut trainé malgré lui jusqu'à l'aéronef et forcé de monter à bord. Des sirènes le firent se retourner. Une vingtaine de voitures de police arrivèrent en vitesse à l'entrée du stationnement. Deux des hommes du jet vidèrent leur chargeur vers les policiers. Tous les gens se jetèrent au sol, essayant d'éviter la fusillade. Les deux tireurs lancèrent trois grenades vers les voitures des policiers. Les explosions firent diversion. L'un des hommes leva la main en la tournant.

— On décolle, cria-t-il en même temps.

Le jet s'éleva rapidement. L'inspecteur bondit hors de son véhicule. Plusieurs policiers tirèrent vers le jet sans pouvoir l'atteindre. Il était déjà haut dans le ciel. L'inspecteur jeta un coup d'œil rapide autour de lui. Plusieurs corps gisaient, inertes ou d'autres se tordaient de douleur. La plupart pleuraient alors que certains étaient encore incontrôlables, hurlant tout en se recroquevillant. L'inspecteur s'adressa aux policiers.

— Trouvez-moi des témoins qui sont capables de s'exprimer, il faut savoir ce qui s'est passé !

Il prit son micro sur le tableau de bord.

— Un jet vient de quitter le WSTC, New York Il est à 400 mètres au-dessus du sol, direction est. Qu'on l'identifie ! D'où vient-il et où va-t-il ? hurla-t-il dans le micro.

Un policier lui amena trois témoins.

— Ils ont enlevé un homme !

L'inspecteur reporta son regard vers le sixième étage.

— Surement Chem Casal. Il reporta son regard vers le jet qui continuait sa montée, puis soudainement, le jet disparut.

Il le chercha des yeux.

— Je n'ai pas rêvé quand même ! Où est-il ?

Une voix se fit entendre sur sa radio.

— Inspecteur, aucune identification de jet sur nos radars. Veuillez confirmer les coordonnées, répondit l'agent des services aériens. Je répète, demandons confirmation visuelle et nouvelles coordonnées.

— Merde, maugréa-t-il dans le micro. Y-a-t-il eu intrusion d'un jet sur notre territoire depuis les deux dernières heures ?

Aucune identification, aucune entrée illégale sur nos territoires.

— Re-merde alors...

***

Dans le bureau de Gabriel, Lucus avait suivi l'opération sur le moniteur central. L'immense graffiti couvrant le mur ouest de l'édifice le rendit nerveux. *Comment se trouve-t-il peint alors que l'on parle d'un autre monde... Qui peut avoir eu connaissance, à moins d'être né là...* Il reporta son regard sur les photos. . La comparaison était frappante.

— Sommes-nous sûr qu'il sait quelque chose ? demanda-t-il nerveusement.

— Tu ne vois aucun lien entre cette peinture sur le mur de l'édifice et celles qui proviennent de l'accélérateur ?

Lucus soupira.

— Ce n'est surement pas lui qui s'est levé un matin et s'est mis à la peindre ou a demandé d'exécuter cette œuvre d'art !

— Alors qui l'a faite ? Et dans quel but ? Un de ces petits extraterrestres venu de ce monde parallèle, juste pour nous narguer ? Nous faire un pied-de-nez en nous montrant qu'ils ont débarqué ici, la preuve est "là", et qu'ils sont les plus forts parce qu'on ne peut aller sur leur planète ?

Gabriel s'était emporté encore une fois. Cela faisait plus d'une dizaine d'années que Lucus ne pouvait plus le supporter, depuis le jour où Gabriel avait accédé au poste de président du centre. Ses exigences avaient fait fuir plus d'un et les meilleurs étaient achetés avec un gros salaire. Il tenait coûte que coûte à établir un lien avec ce monde et la facture s'élevait à plusieurs milliards de dollars.

— On parle d'enlèvement et séquestration d'un homme en territoire étatsunien. Ça va coûter cher !

— Si ça paie, on se fout de la facture.

Lucus regarda le graffiti et reporta son regard sur les photos, étalées sur la table. La ressemblance n'était pas à nier, l'évidence ne pouvait être due au seul hasard.

— La suite ?

— Il faudra s'adapter à ce que monsieur Chem voudra bien nous dire. Essayons d'être constructifs et inventifs. Dans le pire des cas, il ira rejoindre l'unité de génétique neuronique.

Lucus ne pouvait en croire ses oreilles.

— Tu ne vas quand même pas...

Le regard de Gabriel lui coupa la parole.

— Et pourquoi pas ?

— Parce que ce n'est pas encore au point, voilà pourquoi ! Se lancer dans l'exploration neuronique risque d'aggraver le cerveau et de...

— Et de...? En faire un légume ? dit-il en affichant un sourire mesquin.

Lucus préféra se taire.

— Selon les rapports de Nada et Adil, poursuivi Gabriel, nous avons en main tous les éléments. Malheureusement, ils ont quitté avant de nous faire part des principaux... disons déclencheurs, pour avoir un lien direct avec les neurones et leur contrôle. Le cerveau est une banque de donnée et de prise de décision qui influencent nos comportements. Comme il serait intéressant de modifier certains paramètres pour devenir plus... influents.

— Ce n'est encore qu'une théorie.

— Cher Lucus, tu es le meilleur pour ce qui est des particules de nos univers. Pour le reste, tu es un vrai néophyte !

— Il est humainement impossible d'utiliser cette pratique... c'est de la torture !

— Je suis d'accord avec toi... c'est humainement impossible. C'est une question d'éthique mais lorsqu'on parle de pouvoir et d'accéder à des connaissances jusque-là hors de portée, je crois qu'il faut mettre sa conscience de côté et aller de l'avant.

Lucus relâcha un soupir. Il ne savait pas jusqu'où irait Gabriel pour la question de pouvoir.

— Mais parlons-nous d'humains de ce que nous avons aperçu là-bas ? dit Gabriel en pointant les photos de l'autre monde.

Lucus se rendit à l'évidence. Il ne savait effectivement pas jusqu'où irait Gabriel pour s'approprier plus de pouvoir. Il en était devenu dangereux.

— Un peu plus et je penserais que tu voudrais me vider le crâne juste pour en savoir plus et me jeter aux poubelles ensuite

— Allons Lucus, pourquoi ferais-je ça ?

Lucus préféra conserver le silence. Gabriel s'approcha.

— Ne me dis pas que tu t'es posé toutes ces questions alors que tu poursuivais tes recherches sur le Dubnium ? Qui nous dit que tu n'as pas détruit des mondes entiers en lançant l'accélérateur ? Parce que créer ou plutôt se procurer le Dubnium, il faut le prendre quelque part... et ce quelque part s'en trouve départit maintenant...

Lucus se tourna vers lui.

— Rien ne se perd, rien ne se crée.

Un signal sonore retentit sur con cellulaire.

— Oui ?

— L'équipe est au rapport.

Gabriel se tourna vers le moniteur.

— J'écoute !

L'image s'anima, parsemée de parasites.

— Nous avons recueilli le principal intéressé.

La caméra se tourna vers Chem, assis sur un des bancs longeant le flanc de l'aéronef.

— Voici le rapport vidéo des opérations.

Gabriel porta attention aux images tournées à l'intérieur du bâtiment. Lorsque la caméra arriva au sixième étage, Lucus s'approcha du moniteur.

— Impossible ! murmura-t-il.

— En arrivant au sixième étage, le bureau principal de Chem Casal, une peinture murale couvre toute la superficie murale de la réception. Cette peinture est exactement la même que celle peinte su le mur extérieur à part l'ange. Monsieur Casal n'a émis aucun commentaire à ce propos, tout comme il n'a offert aucune résistance active. Mes hommes ont procédé à une fouille minutieuse mais nont rien trouvé d'important ou même de coffre-fort. On dirait que la base de son entreprise se trouve ailleurs et que cet édifice n'est qu'une "façade" si je peux m'exprimer ainsi".

— Où se trouve donc la force de son entreprise alors ? murmura Gabriel.

Lucus conserva le silence mais se rendit compte qu'il ne pouvait plus y avoir de hasard entre cette peinture, le graffiti mural et les photos tirées des capteurs. Gabriel lui jeta un coup d'œil.

— On dirait que finalement, l'étau se resserre et que la vérité va finalement tomber du bout de l'entonnoir.

Lucus ne sut s'il devait acquiescer ou refuser d'aller plus loin dans l'expérimentation.

— Et comme une nouvelle n'arrive jamais seule, on a retrouvé Adil et Nada. Ils sont en route. Nous devrions les recevoir d'ici quelques heures. Que de belles retrouvailles ! Aujourd'hui est finalement une belle journée, ajouta Gabriel, dans un grand sourire de satisfaction en croisant les bras.

Lucus fronça les sourcils. Comment se faisait-il que les deux chercheurs se soient enfuis et que maintenant ils soient de retour ?

— Et l'enfant ? demanda-t-il.

Gabriel conserva effaça son rictus.

— L'enfant... Effectivement, nous l'avons aussi retrouvé. Cette équipe est en route pour sa récupération. J'ai hâte de la voir... Imagine un potentiel infini, des connaissances illimitées s'il faut en croire ceux qui ont creusé le peu d'information accessible des ordinateurs de Nada et Adil. Ils ont réussi l'impossible avec cette expérience excessivement intéressante. C'est dommage qu'ils soient partis... cela nous a que trop retardé dans nos découvertes. Mais bon ! Tout revient à la normale... après tant d'années.

— Et pourquoi reviennent-ils justement après tant d'années d'exil ? demanda directement Lucus.

— Bien... C'est une bonne question, Lucus, très bonne question. Pourquoi ne pas la leur poser lorsque vous les verrez ?

Puis Gabriel éclata d'un grand rire. Lucus en eut un frisson dans le dos.

Chapitre 11

Akamai attendait près du laboratoire lorsqu'un grand bruit sourd se fit entendre au-dessus de lui. Il leva la tête et soudain un jet apparut en descente vers le stationnement. Il n'eut pas le temps d'avertir les autres que quatre hommes apparurent dans la porte arrière du jet qui tournoya, offrant la queue de l'appareil vers lui. Aussitôt qu'il fut en leur présence, les hommes le mitraillèrent sans répit. Il succomba au bout de quelques secondes. Le jet se posa et les hommes coururent vers le laboratoire.

Au son des mitraillettes, Iago leva la tête et regarda Niao.

— Vite, plus de temps à perdre ! murmura-t-il.

Niao plaça deux bracelets aux poignets de Tchial et les actionna.

Des pas de course se firent entendre dans le couloir.

— Combien de temps ? demanda Iago.

Niao regarda le compteur des bracelets.

— Deux minutes...

— Trop long...

Il déplaça un des cabinets sur la porte et s'y appuya. La porte fut forcée. Iago tenait bon.

— Ils vont tirer... déplace Tchial sur le côté pour éviter qu'elle soit touchée.

Un des hommes plaça son doigt sur la gâchette lorsqu'un des médecins intervint.

— Ne tirez pas, vous risquez de la blesser.

L'homme hésita.

— Merde ! Toi, va chercher la voiture.

L'homme courut et se rendit dans le stationnement. Il prit la voiture d'Akamai et fonça dans le laboratoire.

— Mais vous êtes malades ? s'écria un médecin.

Il fut enlevé brusquement devant la porte par l'un des hommes et la porte barricadée fut défoncée sous le choc. Le mur entier se fracassa. Les trois autres hommes pénétrèrent en vitesse à l'intérieur de la chambre. Ils figèrent devant le lit vide.

— Où est-elle ?

Les médecins et infirmières entrèrent à leur suite.

— Ce n'est pas possible, elle est sous l'effet de puissants sédatifs... elle n'a pas pu...

— On est venu la chercher alors, interrompit l'un des hommes.

— Mais personne n'est venu ici... la porte a été close tout le temps en vous attendant.

Dans un des coins, loin des hommes et de toute possibilité de contact physique, Iago soutenait Tchial sur ses épaules. Niao se trouvait à ses côtés, une main sur le dos de Tchial. Elle tourna lentement la tête vers Iago.

— Elle est encore endormie.

— Bien... Ne bouge pas... il ne faut pas qu'ils nous repèrent. Restons encore un peu, le temps qu'ils partent.

Niao regarda la voiture utilisée pour pénétrer dans la chambre.

— C'est la voiture d'Akamai...

— Oui... malheureusement...

Elle voulut sortir mais Iago la retint.

— Non, pas tout de suite, tu risques de te faire voir... il y a trop de poussière dans l'air.

— Je dois savoir s'il est encore en vie... nous pourrons le sauver...

Iago hésita.

— C'est un Weeno... dit-elle.

Il acquiesça.

— Je sais.... Sois prudente. Ne fais aucun geste brusque.

Il regarda les hommes. L'un d'eux scrutait la pièce.

— Ils se doutent que nous sommes ici... si on se déplace doucement, ils ne verront pas les changements de vibrations.

Elle comprit. Elle se faufila tranquillement entre les décombres et évita les hommes qui discutaient, attendant les ordres. L'un d'eux se retourna vers elle alors qu'un déplacement de poussière se fit sentir.

— Qu'y a-t-il ? demanda l'officier supérieur.

Iago prit une bouteille sur une étagère, prêt à la lancer pour faire diversion.

— Rien, répondit l'homme. J'ai eu l'impression de voir quelqu'un...

L'officier avança et battit l'air de ses bras.

— Tu cherches un fantôme ? lui demanda l'un des hommes. Les autres partirent à rire.

— Allez, partons, dit-il en jetant un dernier coup d'œil dans la chambre. On a la marchandise à livrer.

Ils sortirent. Niao les regarda monter à bord de l'avion. Le jet décolla et disparut dans le ciel. Iago la rejoignit.

— Ils utilisent l'Itzel d'une façon assez efficace, annonça-t-elle.

— Voilà pourquoi ils nous cherchaient. Ils savent son effet. Appelle-Ilyes et Aedan. Il faut nous réunir, les Terriens sont plus puissants que nous le pensions. La peur les guide et ils sont prêts à tout pour leur survie. Il faut changer de plan.

***

Gabriel regardait les vidéos des caméras de surveillance du laboratoire. Il dut se rendre à l'évidence. Tchial avait subitement disparu de son lit juste au moment où l'automobile défonça la porte à grand fracas.

— Comment a-t-elle fait ? Elle était endormie... Un peu plus et la voiture la réduisait en miettes... les imbéciles.

Lucus se tenait derrière lui, observant et scrutant les vidéos.

— Il y a surement une explication logique... Je peux revoir encore la vidéo prise du plafond.

— Ça ne va pas nous fournir une explication rationnelle... maugréa Gabriel.

— C'est comme les tours des magiciens, ils détournent l'attention alors qu'en fait il faut regarder là où il ne faut pas.

Gabriel lui jeta un coup d'œil, doutant que Lucus soit un de ces magiciens hors du commun. Lucus resta impassible, attendant de revoir la vidéo. Lucus se pencha vers le moniteur et porta son regard à l'extérieur du centre d'attention. Tchial était allongée sur le lit et le médecin lui administra le sédatif. Cela ne prit que quelques minutes avant qu'elle perde conscience. Les médecins sortirent de la pièce et refermèrent la porte derrière eux. Par la suite, les branchements furent retirés des bras et du corps de Tchial, jetés de part et d'autres et elle disparut. Une fraction de seconde plus tard, la porte fut défoncée et un nuage de poussière emplit la pièce. Lucus reprit sa position, un sourire sur le visage.

— Quoi ? demanda Gabriel impatiemment, voyant bien que Lucus avait trouvé la solution.

— Ils utilisent du dubnium... pas de doute là-dessus... murmura Lucus, conservant son regard vers le moniteur.

Gabriel se tourna vers lui.

— Qui ça "ils" ?

Lucus prit la commande de l'ordinateur et refit jouer la vidéo. Il l'arrêta sur l'image quelques secondes avant que Tchial disparaisse.

— Là ! dit Lucus en pointant du doigt de chaque côté du lit.

— Quoi "là" ? demanda Gabriel, perplexe.

— Les déplacements d'air... il y a au moins deux personnes à ses côtés. Ils retirent les branchements. Si on regarde en imaginant 2 personnes se déplaçant dans la pièce, on réussit à percevoir des ondulations, comme lorsqu'on se déplace dans l'eau.

Gabriel plissa les yeux. Lucus refit jouer la vidéo. Soudain, il perçut le déplacement d'air.

— C'est encore plus évident lorsque la porte est défoncée. Le nuage de poussière aide à mieux les percevoir. L'un d'eux tient la fille dans ses bras.

— Merde... lâcha Gabriel, voyant soudainement ce que Lucus lui décrivait. Comment peuvent-ils utiliser du Dubnium ? Où l'ont-ils pris ? dit-il en se tournant vers Lucus, le visage grave.

— Il n'y aurait qu'une seule réponse possible.

— Ils nous en ont volé ?

Lucus fit une grimace.

— Mais non, ils viennent de ce monde parallèle.

Gabriel resta pantois.

***

Ilyes était au volant alors que la voiture filait à toute vitesse sur l'autoroute.

— Nous ne savions pas qu'ils utilisaient déjà l'Itzel. Cela change la situation, répondit Aedan.

Il regarda sur la banquette arrière. Tchial avait la tête reposant sur les cuisses de Niao. Iago était à ses côtés.

— Je crois que leur obstination à absolument vouloir pénétrer sur Inaya en serait la cause.

— Et pourtant...

Ilyes se mit à réfléchir.

— La cause première de la fracture serait donc ça... l'Itzel...

— Il faut repenser à notre plan sur la façon de désarmer leur accélérateur, lança Aedan.

Il se tourna vers Iago, sachant très bien que les Dakinis étaient les meilleurs pour comprendre la haute technologie terrestre.

— Comment faire ?

— Une attaque en bonne et due forme mais il faut les tromper pour réussir. Chem pourra nous aider en ce sens, répondit Iago.

Ilyes et Aedan se regardèrent.

— Qu'y-a-t-il ? demanda Niao qui n'avait pas perdu le fil de la conversation.

— Chem a été enlevé... répondit Ilyes.

— Quoi ? Quand ?

— Juste avant qu'ils se soient rendu au laboratoire.

— Il était la marchandise qu'ils parlaient, pensa tout haut Iago.

***

Après quelques heures de vol en haute altitude, le jet entreprit une descente vers les Alpes. Il se rendit rapidement au-dessus du centre de l'accélérateur, puis il descendit et se posa sur la piste. La porte s'ouvrit. L'un des hommes armés sortit, suivi de Chem et des deux autres hommes armés.

220

— Monsieur Casal, comme je suis heureux de vous rencontrer enfin ! lança Gabriel en l'accueillant, main tendue. Je m'appelle Gabriel Faustner.

Chem le regarda sans répondre à la main tendue.

— Si vous aviez tant tenu à me rencontrer, il suffisait de m'inviter et non de m'enlever !

Gabriel afficha un sourire moqueur.

— Bien à dire vrai, je ne vous connaissais pas il y a peu, alors ç'aurait été difficile de vous lancer cette invitation. Je dois aussi ajouter que vous auriez pris un certain temps avant de l'accepter. Alors disons que j'ai un peu précipité les événements.

— Événements précipités avec un bain de sang ?

— J'avoue que mon équipe ne possède pas un vocabulaire trop élaboré concernant la courtoisie... et les ordres donnés... Ils oublient parfois de convier tous les invités de la liste.

Sur ce, il jeta un coup d'œil aux gardes armés.

Qui d'autre... Tchial ? se demanda Chem.

— Mais trêve de bavardages inutiles, venez dans mon bureau, je voudrais vous montrer quelque chose d'intéressant !

Chem fut poussé par un des hommes armés, le forçant à suivre Gabriel. Ils entrèrent dans les entrailles du centre.

— Ne me dites pas que vous m'avez fait faire tout ce voyage forcé en Suisse que pour me montrer quelque chose d'intéressant ? De plus, dans ce centre d'expérience en accélération de particules subatomiques... 9

Gabriel arrêta sa marche.

— Je vois que vous êtes bien renseigné, Monsieur Casal. C'est à se demander pourquoi !

— Pour la simple raison qu'il y a plusieurs années, vous avez acheté des capteurs fabriqués par mon entreprise. Je me dois d'être au courant de qui achète nos produits et de ce qu'ils en font.

— Bien... se contenta de répliquer Gabriel.

— En espérant bien sûr que vous en êtes satisfait. Je me verrais choqué de voir que vous m'ayez enlevé que pour insatisfaction de nos produits et services.

Gabriel voyait bien que Chem se foutait de sa gueule. Il ouvrit les bras, l'invitant à poursuivre la marche.

— Vos capteurs ont fait un travail au-delà de toutes nos espérances, Monsieur Casal et justement, je voudrais vous en montrer quelques échantillons. Votre présence tant appréciée saura surement venir à bout de certaines questions délicates que nous nous posons depuis de nombreuses années.

Gabriel croisa Lucus dans le corridor.

— Ah! Monsieur Lucus, laissez-moi vous présenter monsieur Casal, des entreprises Aksel. Ils sont à l'origine des capteurs sur l'accélérateur.

— Ah oui ! Je suis enchanté de faire votre connaissance. Les résultats obtenus sont surprenants et justement nous voulions vous demander...

Gabriel lui coupa subitement la parole avant que Lucus ne révèle la vraie raison de la présence de Chem.

— Monsieur Lucus, pourquoi n'allez-vous pas accueillir nos deux experts en génétique. Ils sont sur le point d'atterrir d'une minute à l'autre.

—Euh... Oui, bien sûr...

Gabriel repris la marche suivi de Chem et des hommes armés. Lucus se rendit sur la piste d'atterrissage. Un hélicoptère survola la montagne, puis se rendit sur la mire du centre d'expérimentation. Une fois posé, Lucus s'approcha des portes qui s'ouvrirent rapidement.

— Je suis venu rencontrer Adil Rashmi et Nada Girija, dit-il en criant sous le tumulte des hélices. Un homme le regarda, médusé.

— De qui parlez-vous au juste ?

— Rashmi et Girija, deux spécialistes en génétique avancée ! répéta-t-il.

L'homme descendit et fit signe à ses hommes de sortir. Ils tirèrent deux sacs noirs qu'ils déposèrent sur le sol.

— Vous parlez de ces deux-là ? demanda l'homme en ouvrant une longue fermeture à glissière, laissant voir le visage blanchâtre de Nada.

Lucus recula de stupeur. Il comprit aussitôt le narcissisme sarcastique de la réponse de Gabriel à l'égard de Nada et Adil.

***

— Bienvenue dans mon bureau, Monsieur Chem, lança Gabriel en prenant siège derrière une table vitrée.

Il jeta un coup d'œil aux gardes qui s'éclipsèrent aussitôt, laissant les deux hommes seuls. Chem balaya du regard la grande pièce. Il s'approcha de la fenêtre. Le spectacle des montagnes était fascinant, mais il avait déjà vu un paysage encore plus spectaculaire. Il se tourna vers Gabriel. Son regard se porta sur les photos affichées sur le mur. Des photos d'Inaya. Il souleva à peine le regard.

— Alors ? demanda-t-il, voulant connaître la raison de sa présence.

Gabriel ouvrit une enveloppe et en prit le contenu.

— Allons droit au but. Voici les photos que vos capteurs ont su prendre lors d'une de nos dernières expériences. Nous avions cru bon d'avoir des appareils de haute qualité pour prendre des clichés exclusifs. Les vôtres nous ont donné des résultats au-delà de nos espérances comme je vous avais dit...

Chem s'approcha. Gabriel étala les photos judicieusement, tout en positionnant chaque photo comme un immense casse-tête représentant le paysage du monde parallèle et quelques habitants. Chem ne fut pas ébranlé. Il avait attendu ce moment depuis tant d'années. Il savait très bien que le centre était responsable de la faille qui se trouvait encore dans le ciel d'Inaya. Tant que les deux mondes seraient dans l'étroite connexion, le danger subsistait.

Il reconnut sans peine Tchial, Faël et Aedan. Il regarda Gabriel.

— Qui est-ce ? demanda-t-il innocemment en pointant le groupe de personnes, debout à flanc de montagne, étonnés de voir la fracture s'étaler dans leur ciel.

— J'imagine qu'ils font partie du peuple de cet étrange monde...

Gabriel fit quelques pas dans son bureau.

— En fait, ce que je vois sur ces photos est un autre monde, un astre à des proportions gigantesques juché dans un ciel aux couleurs dorées parsemées d'étoiles, même en plein jour. Une autre

223

lune, plus petite qui est en rotation cyclique autour de ce monde. Une planète ? Un univers différent du nôtre ? Sommes-nous sur le même monde mais à des niveaux plus subtils ou vivons-nous à un rythme vibratoire différent tout en nous interpénétrant sans conséquences physiques ?

Chem le regarda, silencieux. Il sentait que Gabriel était assez perspicace. Un danger encore plus menaçant pour Inaya.

— NOus avons tiré une substance étrange de ce monde, tout à fait par hasard, je vous le dis avec toute transparence. Mais cette substance est des plus extraordinaires. Le Dubnium ! Vous connaissez ?

— Non... je n'ai aucune idée de ce que vous parlez.

— Dommage... et à propos de ce monde ? Rien non plus ? dit-il en s'écartant légèrement afin que Chem puisse porter son regard sur les photos affichées sur le mur derrière lui.

Chem y posa les yeux, puis revint vers Gabriel.

— Est-ce que j'ai l'air d'un extra-terrestre ? répondit Chem d'un ton extrêmement banal.

— Je croyais que vous auriez pu m'en dire plus... souligna lentement Gabriel.

— Comment pourrais-je ?

— Bien...

Gabriel s'approcha de Chem.

— Voyez-vous, j'aimerais vous croire. J'aimerais croire que vous n'y êtes pour rien, que vos capteurs soient parfaits par acquis de conscience pour offrir une qualité à vos clients, faire de votre entreprise une des plus prolifiques, vous donner un rythme de croisière que peu d'autres peuvent concurrencer, créer des outils indispensables pour un monde imparfait, avoir cette pensée sociale et ce mode de vie respectant la planète et surtout l'être humain. J'ai poussé cette quête jusqu'à me demander "Mais qui est Chem Casal au juste ?" Depuis quelques heures, toutes ces données sont en pleine jonglerie et tout ça à cause d'une peinture étalée sur votre mur extérieur qui en ces mêmes quelques heures a fait le tour de la planète sur Internet, est devenue virale, est parvenue dans mes courriels. Quel est le lien ? La perfection et la justesse des images... Elles ne sont pas identiques, mais elle représente exactement le même lieu et aussi étrange que cela puisse paraître, vos capteurs ont enregistrés ces images qui viennent d'un monde d'où nous avons tiré le Dubnium.

Chem conserva son silence.

— Alors lorsque mes hommes sont venus vous porter "l'invitation" en main propre ce matin, ils ont remarqué une peinture similaire sur vos murs, à l'intérieur de vos bureaux. Il ne me reste plus qu'à savoir laquelle a précédé l'autre ? Et j'inclus mes petites photos dans la partie !

Chem ne dit mot. Il voulait savoir où Gabriel voulait en venir, jusqu'où était-il pour pousser sa quête de curiosité maladive.

— Cela fait beaucoup de coïncidences !

Gabriel prit une profonde respiration. Il ferma les yeux. Il semblait agité et tentait de se calmer. Chem en était tout étonné. Cela ressemblait à un grand jeu théâtral. Gabriel se tourna vers lui d'un coup sec.

— En fait, pour être franc et parfaitement honnête, j'aurais aimé que vous me révéliez quelques petits secrets afin que je puisse accéder à ce monde, peut-être même y ouvrir une porte ! ajouta-t-il.

Chem le regarda étrangement. *Voilà la vraie raison.*

— Et pourquoi ?

Gabriel sut à ce moment qu'il avait vu juste. Il s'approcha et glissa à l'oreille de Chem quelques mots.

— C'est un secret ! Et je sais que vous savez comment y parvenir

— Puis-je vous révéler un autre secret ? répliqua-t-il.

Gabriel se mit à jubiler. Il avait gagné ! Il s'approcha de Chem.

— Je vous suis toute ouïe !

— Mes capteurs sont branchés en permanence sur un réseau de communication internationale, via le réseau que vous utilisez par satellite.

— Quoi ?

— Attendez, ce n'est pas fini. Alors toutes images enregistrées par les capteurs sont transférées et cryptées à nos bureaux australiens qui les décodent, classent et les font parvenir à nos bureaux situés en Argentine. Selon la pertinence des messages ou enregistrements, ils nous sont envoyés à New York. Nous recevons différents ordres de priorités selon la pertinence du contenu. Je vous avoue que nous avons utilisé vos images pour reproduire la peinture murale de nos bureaux en y apportant quelques modifications comme le retrait des personnages. Récemment, j'ai rencontré un groupe de jeunes artistes qui voulaient utiliser notre mur de stationnement pour y faire une œuvre d'art. Je leur ai donc permis en leur spécifiant que cette illustration devait en faire partie. Il ne fut pas difficile de les convaincre, ils l'adoraient.

Chem prit la photo principale illustrant Mayu flottant au-dessus de l'arbre.

— J'avoue que j'adore vraiment cette image, elle est tout à la fois magique et inspirante ! Donc pour en revenir à notre histoire, le reste a fait boule de neige. Honnêtement, je suis touché que votre image devienne si populaire. Nous sommes toujours heureux du succès de nos clients et humblement, nous avons su apporter une petite contribution pour l'avancement de notre espèce et des entreprises de votre...

— Mais c'est du vol de propriété ! l'interrompit Gabriel.

— Non car à la signature du contrat des capteurs, il est clairement spécifié que tout contenu demeure l'entière propriété du client, vous, mais que le WSTC, World Service Telecommunication Centre, se réserve le droit d'utilisation d'images pour des buts purement privés. Nous ne vendons pas ces images, nous ne les utilisons pas pour mousser nos produits et nous ne les utilisons même pas pour prouver la qualité de nos produits et fournir des échantillons à des clients éventuels. Vous êtes entièrement couverts et WSTC se fait un devoir de respecter les affaires professionnelles de ses clients. La décoration étant purement une fantaisie de notre part ne divulgue en aucune façon vos propriétés intellectuelles et scientifiques. Le mur extérieur est une interprétation d'un groupe d'artistes et personne n'y a vu des images reflétant les recherches de votre centre mais plutôt un immense graffiti comme tout immeuble en porte.

Gabriel se laissa tomber sur son fauteuil. Il ne pouvait croire qu'il était à l'origine de ces images et que tout cela était devenu une immense supercherie.

— Nous pouvons en rester là et je n'entamerai pas de poursuite judiciaire contre vous, le centre et toutes ses filiales si vous me ramenez chez moi, maintenant, conclut Chem.

Il lui avait subtilement donné un ordre. Gabriel se mit à réfléchir mais le casse-tête dans lequel il avait si bien imbriqué ses théories avait soudainement prit une ampleur démesurée et il se retrouvait avec des milliers de pièces non référencées. Ça en faisait trop pour analyser et jauger le tout en quelques minutes. En fait, Chem l'avait étourdi.

— Monsieur Chem, vous êtes un homme brillant. Très brillant même, dit-il en se levant. Vous pensez à tout. Je ne vois aucune faille dans votre histoire mais je sais que vous ne me dites pas toute la vérité. Je me demande alors comment clarifier tout ceci... peut-être un jour la vérité éclatera.

— Si vous recherchez une version faussée ou erronée, ou vous adorez les contes de fées, peut-être un jour comme vous dites, la trouverez, répondit Chem, trop heureux de vouloir partir.

Gabriel soutint le regard de Chem. Un air de défi semblait s'installer entre les deux hommes. Gabriel ouvrit la porte du bureau en prenant une autre grande respiration. Puis il sourit.

— Avant votre départ, Monsieur Chem, j'aimerais vous faire visiter nos installations.

Chem prit quelques secondes avant d'acquiescer, de mauvais gré, et emboita le pas derrière Gabriel. Ils longèrent le corridor les menant à la salle de contrôle de l'accélérateur.

— Cet accélérateur de particules est le fer de lance de l'entreprise. Il nous sert à expérimenter la physique moderne, celle qui nous permet de comprendre la vie sous toutes ses formes.

— Il ne suffit pas que de la comprendre, il faut aussi la préserver, relança Chem.

— Je vous aime bien Monsieur Chem ! dit faussement Gabriel. J'aime cette façon globale de voir la vie. Venez, je veux vous faite visiter un autre de nos laboratoires.

Ils débouchèrent sur une seconde aile des bâtiments adjacents à l'accélérateur.

— Ici vous vous trouvez dans l'unité de recherche en génétique appliquée. C'est grâce à ces recherches à la fine pointe de la technologie que nous avons ouvert le programme de "dons d'organes".

Gabriel invita Chem a entrer dans le département des fournitures. Un mélange d'odeur de chloroforme et d'aseptisation envahit les narines de Chem.

— Mais qu'est-ce que vous faites ici ? demanda Chem, choqué, en apercevant les centaines de cocons alignés, où des masses informes branchées à des tubes y flottaient.

— C'est la salle des dons d'organes. Un jour, vous aussi voudrez remplacer certains organes devenus défectueux. Nous comblons ce besoin pour la population désireuse d'améliorer leur vie, de la prolonger dans les meilleures conditions possibles. Nous avons plusieurs centres répartis à travers le monde, mais ce n'est qu'ici que nous faisons de la recherche dans ce sens. Mais voici ce que je voulais vous montrer.

Gabriel précéda le pas et ils entrèrent dans une autre pièce, plus exigüe. Plusieurs ordinateurs étaient branchés sur une masse informe flottant dans son cocon. Chem, malgré le spectacle précédent, n'en demeura pas moins surpris. *Jusqu'où peut aller un être aussi démentiel...* Avec un sourire, Gabriel se tourna vers Chem.

— Cette fourniture d'organes a été désactivée pour plusieurs jours. Elle est donc décédée si on peut employer ce terme. Puis nous luis avons redonné vie. Nous avons téléchargé les données contenues dans ses mémoires ADN pour mieux comprendre ce qu'est la mort.

Sans laisser paraître son dégoût des expériences en cours dans les laboratoires du centre, Chem tenta de s'y intéresser.

— Et quels résultats avez-vous obtenus ?

Gabriel se délecta de l'intérêt porté par son visiteur.

— Nous sommes déjà en mesure d'analyser et les recoupements faits sont extraordinaires. Je crois que nous sommes prêts à aller même plus loin et expérimenter avec un sujet réel, vivant et particulier! Notre prochain projet sera celui de télécharger les connaissances à même les banques d'informations contenues dans les neurones d'un individu. Cela va sans dire que nous dépassons la construction et la naissance des acides aminés. Nous attaquons ce qui est l'essence même chez l'être humain, avoir un accès direct à sa mémoire spirituelle, celle qui remonte au-delà de sa naissance, de sa vie fœtale et même de sa conception.

— N'est-ce pas déjouer les plans de la vie

— Qu'est-ce que la vie Monsieur Chem ? Qui en détient les clés ? Ne seriez-vous pas tenté de savoir, de tout savoir ? Comment ou qui décide quel gène doit entrer en fonction pour favoriser le développement de tel talent afin de satisfaire les besoins et la grandiloquence de l'âme ?

— La connaissance...

— Exact !

— ... est un fruit défendu.

Gabriel s'approcha de Chem.

— Combien d'années seront nécessaires pour reconstruire cet instant alors que nous sommes aux portes de la connaissance ? murmura-t-il.

Il s'éloigna, laissant Chem pensif.

— Il ne reste plus qu'à croquer la pomme, Monsieur Chem.

Gabriel reporta son regard derrière Chem et d'un geste de la tête, ordonna aux garde de s'en emparer aussitôt.

Chapitre 12

Tchial était allongée sur un lit. Des rayons dorés pénétrèrent par la fenêtre, éclairant son visage d'albâtre. Une odeur chaude la réveilla. Elle s'étira puis tourna son regard vers la lumière. Dans le ciel, une immense lune couvrait une partie des nuages. Un peu plus loin, vers l'ouest, elle put apercevoir les étoiles, des étoiles étincelantes. Elle sourit. Elle détourna son regard vers la pièce. *Je suis chez Faël...* se dit-elle. Des voix se firent entendre dans une pièce voisine. Elle se leva et s'en approcha. Lorsqu'elle entra dans la pièce, tous les visages se tournèrent vers elle. Elle reçut un choc. Elle retourna son regard vers la fenêtre et le reporta à nouveau vers les gens présents.

— Non... dit-elle, dans un souffle à peine prononcé.

Faël, Aedan, Iago, Ilyes, Niao et plusieurs autres la regardaient.

— Non... ce n' est pas possible... je pensais que tout ça était fini...

Faël se leva, lui tendit la main.

— Viens t'assoir, nous avons à parler.

Elle prit place, résignée et accota ses deux coudes sur la table. Elle se prit la tête à deux mains.

— Que s'est-il passé ? demanda-t-elle après plusieurs secondes de silence profond.

Mais à peine la question fut posée que des images lui revinrent en mémoire en une fraction de seconde. Elle releva la tête.

— Je...

Elle referma les yeux. D'autres images la bombardaient. *Le jet descendit, des hommes armés s'emparèrent de Chem... elle sentit les effets du sédatif couler dans ses veines... elle le voyait s'infiltrer dans son corps, dans ses cellules... Chaque cellule avait été formée selon un code précis. .. Les hommes armés mitraillèrent la foule... Le visage de Gabriel apparut. Monsieur Chem... vous ne me dites pas toute la vérité... Ils viennent de ce monde parallèle...* Elle se tourna vers la fenêtre. D'autres images se superposèrent. *Gabriel étala des photos sur le bureau... Il faut regarder là où il ne faut pas... Les sacs noirs s'ouvrirent... c'est eux ? Une voiture défonça la porte de la chambre ... L'Itzel est le Dubnium... monsieur B tira sur la foule... Inaya... Inaya... Tchial... Tchial... elle tourna son regard vers Akamai, en train de mourir... La mer d'Ischira... dit-il... là se trouve les mégalithes d'Itzel... nous sommes des Weenos, affirma Aedan... la voiture frappa Tchial de plein fouet... Il faut croquer la pomme monsieur Chem !* Elle ouvrit les yeux.

— Ils ont Chem, dit-elle lentement. Ils vont le mettre à mort si nous n'intervenons pas

Tous le savaient déjà.

— Nous sommes à établir un plan pour le sortir de là, dit Aedan. Nous pensons engager une équipe de spécialistes pour s'infiltrer dans le centre.

— Impossible... le centre est rempli de soldats. Ils ne pourront jamais atteindre Chem et ce serait mettre sa vie en jeu. .

Aussitôt dit, elle se mit à voir les images du centre, des soldats au pas de course, des gardes armés et Chem trainé vers un laboratoire.

— Je vois... hésita-t-elle...

— Que vois-tu ? demanda Aedan.

— Je vois ce qui se passe... ou ce qui va se passer...

Elle enfouit son visage entre les mains.

— Je ne sais plus.

Elle se concentra. Des yeux s'approchèrent de son visage, un visage prit forme. *Il me fera plaisir de t'accueillir personnellement lors de ton arrivée au centre.*

— Mais comment sortit Chem de là ? demanda Iago.

— Un homme, Gabriel, a le contrôle, récita Tchial. C'est lui qu'il faut déséquilibrer.

À cette décision, plusieurs morceaux de casse-tête prirent naissance dans l'esprit de Tchial. Tous les éléments de sa vie remontèrent en un seul instant à sa mémoire. *La course de ses parents... l'élaboration de son code... la planification méticuleuse de tout leur travail et leur fuite... comment déjouer le contrôle... comment survivre...* Cette dernière pensée fut une révélation.

— Le directeur du centre... Et comment le déséquilibrer ? ajouta Ilyes.

— Il n'y a qu'une façon pour tout faire en un seul moment, annonça fermement Tchial.

— Et qui est ? demanda Niao.

— Changeons les règles du jeu !

Plusieurs restèrent surpris.

— Que proposes-tu ? demanda Aedan, après quelques secondes.

— On leur donne ce qu'ils veulent.

Faël. Ilyes et Aedan n'étaient pas sûr de comprendre.

— Ils croient que nous sommes des extra-terrestres, desWeenos, les habitants d'Inaya... le monde parallèle qu'ils ont "découverts". Prouvons-leur qu'ils ont raison.

— Je ne sais pas, déclara Faël. C'est se mettre à jour et alors, qui sait ce qu'ils feront, ce qu'ils nous feront. Pense à Chem...

— Justement, j'y pense. Ils sont forts surtout sur le plan de la violence, la puissance physique et les armes qu'ils possèdent sont au-delà de ce que nous pouvons combattre. C'est notre point faible. Nous n'avons pas cet aspect destructif. Il faut combattre le feu par le feu selon la pensée terrienne. Mais nous Weenos, nous ne connaissons pas cet aspect défensif ou même offensif. Alors... laissons le feu se répandre.

— Comment ?

Il faut penser autrement, ajouta-t-elle.

— Si nous étions des Terriens, on ferait tout sauter incluant leur accélérateur, commenta Niao. Comme ça, il n'y aurait plus de problème.

Faël sourit.

— Ça ce sont des Dakinis ! Ça nous en prendrait plus !

Iago jeta un coup d'œil à son père.

— Tu veux que nous fassions le sale boulot ? répondit-il sur un ton moqueur.

Puis il se tourna vers Niao tout en reprenant un air sérieux.

— Au risque de tuer Chem ?

— Si on le laisse là, ne t'imagine pas qu'ils vont le laisser vivre, rétorqua-t-elle.

— Ils vont plutôt le vider avant, ajouta Tchial. Ce qu'ils ont commencé à faire.

Tous arrêtèrent de parler. Ils savaient ce qu'impliquait être entre les mains des scientifiques du centre.

— Il n'est pas question d'abandonner Chem, annonça Aedan.

— On ne laisse personne derrière nous, affirma Ilyes. Et encore moins nos traces, ajouta-t-il.

— Mais pourquoi ne pas laisser de traces ? demanda Iago. Je suis d'accord avec Tchial. Changeons les règles du jeu. Sur la Terre, il y a plus de Weenos de cœur qui nous supportent, qui LA supportent, qu'il y de gens sur Inaya !

Il regarda Tchial.

— Tout le monde connait maintenant le nom de Tchial, celle qui a peint la murale, l'image d'un monde nouveau, pur, sain. En quelques jours, elle est devenue un cri de ralliement, une représentante de la nouvelle génération, insoumise, talentueuse, fonceuse et déterminée.

Tous l'écoutèrent. Iago regarda Tchial de nouveau.

— Continue.

Tchial les regarda tous.

— Pourquoi ne pas en profiter justement pour annoncer ce que nous sommes venus faire, laisser une trace qui sera gravée dans la mémoire des Terriens ! Qui sont-ils ? Des artisans d'univers venus nous visiter. Mais pourquoi ? Ils sont venus nous apporter un message. Quel est-il ? Vois ! Regarde ! Il est étalé devant toi ! La beauté de notre monde va peut-être leur donner envie de rendre le leur aussi magnifique.

— Ces gardiens des portes nous montrent la voie, ajouta Faël. Pourquoi ne pas leur rendre visite pour quelques siècles et montrons-leur comment on pourrit une planète.

Iago esquissa à peine un sourire face au sarcasme de son père. Tchial fit quelques pas en sa direction.

— Contre qui nous battons-nous Faël ? demanda-t-elle. Des déracinés.

Faël ferma les yeux.

— Tu as raison Tchial. Des déracinés. Et je me sens ainsi depuis que je suis arrivé.

— Alors montrons-leur ce que le mot racine veut dire. Montrons-leur nos racines, notre monde, notre arbre, l'ancêtre de notre civilisation !

Elle se tourna vers tous les autres.

— Nous avons à affronter une institution et non un emplacement. Cette forteresse de petits secrets pieusement scientifique s'éteindra lorsque nous allumerons les torches d'Inaya. Il n'en faudra pas plus.

— Tu crois que les Terriens seront scandalisés en apprenant que ces scientifiques les ont trompés ?

— La science est le dogme qui a remplacé leur religion. Pouvons-nous dire que c'est meilleur ? Que les Terriens se portent mieux ? Comment ont-ils pu repousser un dogme qui avait plusieurs milliers d'années d'existence ? En établissant un nouveau, plus fort, plus puissant basé sur des connaissances et des faits. Ils y ont cru. Et ce dogme est aussi exploité que le précédent. Les Terriens ne vivent que par dogmes, c'est un besoin inné. Détruire un dogme est détruire une institution. Ils en construiront un autre. Conduisons-les vers Inaya, ils suivront car ils le verront et ils y croiront. Inaya n'est pas un dogme, mais un besoin pour équilibrer les mondes.

Niao était ravie. Aedan et Ilyes évaluaient les pours et les contres tandis qu'Iago souriait. Faël, de son côté, hocha légèrement la tête, n'étant pas tout à fait convaincu.

Tchial s'approcha du grand Faël.

— Souviens-toi de la vallée lorsque tu jouais à faire l'arbre. Tu savourais la tranquillité et la connaissance que tu tirais de la terre.

— Ce sont nos racines Tchial.

— Il faudra faire un effort Faël. Ce ne sera pas facile mais essentiel.

— Au risque de perdre Inaya ?

— Nous ne perdrons jamais Inaya.

— C'est une promesse ?

— Non, c'est une vérité.

Elle se tint droite et sourit.

— Nous réussirons !

— Alors comment procède-t-on ? demanda Iago.

— Et c'est toi qui me le demande ? dit-elle en lui faisant un clin d'œil.

— Oh ! s'exclama Faël. Je crois que nous allons avoir droit à un mélange explosif si les Dakinis se mettent de la partie avec Tchial.

Ils partirent à rire. Tchial conserva son regard vers Iago.

— Merci...murmura-t-elle.

***

Les nombreuses données apparaissaient sur l'écran puis disparaissant aussitôt pour en laisser d'autres s'inscrire. Chem sentaient ses forces s'épuiser. Depuis combien de temps n'avait-il pas mangé ? Depuis combien d'heures n'avait-il pas bu ? Il porta son regard sur les minces tuyaux intubés : un soluté pour l'hydrater suffisamment et une nourriture artificielle pour le maintenir raisonnablement en vie. Il tourna son regard vers le moniteur. Les analyses de son état physique n'étaient résumées qu'à une longue ligne sinusoïdale rythmée, sur les battements de son cœur. Plus haut, d'autres chiffres s'additionnaient en gigabits. Tout près, un décompte était en action : 23:52:45:237. Il avait perdu conscience, le temps s'était échappé. Il en avait perdu la notion. Tout ce qu'il savait était que son crâne lui faisait horriblement mal.

Il essaya de se lever mais son corps ne répondait pas. Sa volonté ordonnait mais les muscles correspondant ne fonctionnaient plus. Il essaya de lever le bras, mais même constat. Il semblait paralysé. *Comment est-ce possible ?* Il tourna la tête de l'autre côté. Près des nombreux tubes, il aperçut une liasse de connecteurs. Ceux-ci étaient branchés à l'ordinateur. À ce moment, une porte s'ouvrit. Gabriel entra, suivi de Lucus et quelques autres scientifiques.

— Je vois que vous avez repris conscience, annonça Gabriel.

— Que s'est-il passé, balbutia avec peine Chem.

— Oh rien de bien important, répondit Gabriel avec sarcasme.

Chem l'observa. Péniblement, il jeta un coup d'œil aux autres visiteurs....

— Alors... pouvez-vous m'aider à me relever ? demanda-t-il avec difficultés.

— Je crois que ce ne sera malheureusement pas possible. Vous êtes dans un tel état...

Gabriel laissa planer les derniers mots. Chem essaya de comprendre. Il ferma les yeux afin de mieux se concentrer. Il grimaça sous la douleur. Il les rouvrit pour apercevoir un Gabriel qui le regardait impassiblement. Les autres scientifiques semblaient l'observer avec la même impassibilité, voire même une certaine curiosité, s'attendant à des réactions insolites ou particulières à la situation présente.

— Enfin, je veux dire dans l'état où vous êtes ne permet pas de vous déplacer. Vous devez vous reposer afin de mieux "récupérer" si je peux m'exprimer ainsi.

Quelques scientifiques esquissèrent un sourire plutôt froid, n'exprimant aucune compassion. Leur regard était davantage attiré par une curiosité réservée, de glace, sans remord face à l'état d'incapacité de l'homme. Il ne pouvait s'attendre à aucune aide de leur part.

— Je vous avais parlé de cette petite expérience ? N'est-ce pas ? ajouta Gabriel sur un ton tout à fait enfantin.

Une expérience... Chem rassembla ses souvenirs avec peine.

— Alors, voilà ! Grâce à votre aide, nous sommes en train d'expérimenter le summum de la création ! Bientôt on va connaître vos moindres petits secrets et même plus ! L'origine même de votre essence, de votre vie...

Gabriel sourit avec satisfaction. Son regard brillait.

— Et d'où vous venez réellement ! ajouta-t-il en soulevant les sourcils.

De vagues souvenirs remontèrent à la surface. Chem se rappela la visite du labo, un ordinateur branché sur un corps... *une fourniture*, pensa-t-il. *Connaître la mort, quelle est cette étape, que se passe-t-il avec la vie qui l'animait... une âme ? D'où vient-elle ? Quelle est cette science qui l'anime et décide de son parcours ? Est-ce que les fournitures en ont une ?* Toute une série de questions que Gabriel avait lancées les unes à la suite des autres avant qu'il perde conscience.

Il porta son regard vers Gabriel. Il avait saisi. Il faisait maintenant partie de cette horrible expérience. Son mal de crâne n'était que le résultat d'une opération. Des connecteurs ayant été branchés directement dans le cerveau. Cela expliquait la paralysie du corps.

— Comment avez-vous pu...

Gabriel s'approcha et se pencha légèrement vers Chem.

— J'ai pris le droit, affirma-t-il d'un ton autoritaire.

Il se redressa.

— Mais j'avoue que la méthode n'est pas encore tout à fait au point. Nous avons abîmé quelque peu certains nerfs... Si vous saviez quel fouillis se trouve dans cette tête. Ouf ! Heureusement, je sais qu'au nom de la science, vous nous excuserez ces petites erreurs techniques qui expliquent cette paralysie dont vous souffrez actuellement. Mais bon...

Gabriel s'approcha du moniteur et tapota sur le compteur.

— Ce n'est qu'une question d'heures avant que tout soit terminé. Vous serez "libre" ensuite !

Chem se tourna vers le moniteur. Les minutes décroissaient.

— Qu'est-ce que vous voulez au juste ? demanda-t-il.

— Ce que je vous ai expliqué lors de votre visite. Nous voulons savoir. Tous ici veulent savoir comment se rendre dans ce monde d'où vous venez.

— Je vous ai expliqué comment les images...

Gabriel l'ignora complètement. Il se tourna vers un des scientifiques.

— Pourquoi nous n'avons pas encore accès à ces informations ?

Kirian entra de nouvelles données dans l'ordinateur. Un graphique s'afficha.

— Nous avons exploré les lobes frontaux et latéraux. L'information liée à la vie utérine se trouve en partie dans le cervelet et le code génétique. Il faudra encore plusieurs heures pour le décoder selon le principe qu'Adil et Nada...

Gabriel se renfrogna.

— Je me fous de ça... Le monde parallèle, comment y accéder ?

— L'information qui remonte à avant la naissance est située dans la glande pinéale. C'est... c'est la plus difficile à accéder et décoder. Elle est entourée de milliards de neurones et nous...

— Ne me dites pas que nous perdons notre temps ?

Kirian se sentit mal à l'aise.

— Non... non, nous avons décodé les algorithmes développés par Adil et Nada. Ils fonctionnent parfaitement mais comme je disais la glande pinéale est...

— Je sais ce que vous avez dit, pas besoin de le répéter comme un vulgaire perroquet !

Il se tourna vers Lucus.

— J'aimerais que vous vous teniez prêt à relancer l'accélérateur. Il ne faut pas perdre une minute lorsque nous aurons l'information.

— Mais cela va prendre plusieurs jours. Nous devons...

— Maintenant ! ordonna Gabriel.

Un assistant entra dans le laboratoire à ce moment.

— Monsieur ?

— Qu'y a-t-il ? dit Gabriel en se tournant vivement.

— Euh... vous devriez venir voir... Il y a du nouveau concernant... concernant cette affaire.

***

Tchial se trouvait devant la peinture murale du WSTC. On reconnaissait aisément l'ange. Une photo n'aurait pas pu être plus exacte. L'ange était Tchial, avec sa chevelure dorée, son regard bleu, son expression déterminée et la pâleur de sa peau satinée. Elle fit quelques pas, laissant l'image prendre davantage d'espace dans le cadre de la caméra.

— Je m'appelle Tchial, Tchial d'Inaya. Je suis une Weena, ceux qui vivent sur Inaya. C'est moi qui ai fait cette peinture. C'est la représentation de mon monde. Un monde de paix, un monde d'harmonie, un monde qui vit en dehors de votre réalité. Un monde qui vit en parallèle avec le vôtre. Nous sommes voisins, sans pour autant nous être côtoyés par le passé. Mais en tant que voisin, je vous invite à y faire un tour. Vous découvrirez un autre univers.

Une planète qui nous est chère, qui nous est précieuse. C'est notre chez-nous, comme vous dites. Et vous allez comprendre pourquoi dans quelques instants. Êtes-vous prêts ? Allons-y !

***

Gabriel ainsi que tous les scientifiques étaient arrivés juste à temps pour le début de cette diffusion mondiale.

— Elle ne va pas réellement se transporter sur Inaya ? s'exclama Lucus. C'est impossible... c'est... c'est à des années-lumière de la Terre !

Gabriel ne disait plus un mot. La frustration le gagnait à chaque parole prononcée par la jeune fille. Tchial le provoquait directement, publiquement, sans se cacher. Il jeta un coup d'œil sur la cote d'écoute. Des milliers de connexions s'accumulaient rapidement à chaque dizaine de secondes.

***

De l'autre côté d'Inaya, plusieurs vaisseaux volèrent vers la mer d'Ischira. Des vents soufflant à des centaines de kilomètres à l'heure rendaient impossible tout amerrissage.

— C'est encore loin ? cria Aedan, debout sur la coque avant du vaisseau de tête, se tenant fermement aux amarres, prêtes à être relâchées.

— Plus à l'est, c'est là que se trouve la plus grande réserve, lui répondit Ilyes, debout à côté du pilote.

La flotte d'une douzaine de vaisseaux se dirigea lentement vers l'endroit indiqué, perturbés par les vents. Les vagues devenaient de plus en plus violentes et elles atteignaient plus de trente mètres de hauteur.

— C'est ici ! cria soudainement Ilyes.

Il sortit à l'extérieur. Un vent très froid le pinça. Il se guida à l'aide des amarres et rejoignit Aedan à l'avant de la coque. La noirceur était étendue sur toute la surface de la mer.

— Comment faire pour aller chercher les mégalithes ? hurla Aedan. On n'y voit rien !

— Je sais... Mayu cache les rayons d'Inavinha. Il ne fait jamais jour ici.

— Alors ? demanda Aedan en levant les mains.

— Nous devons envoyer des plongeurs ! répondit Ilyes.

— Quoi ? Mais c'est les envoyer se noyer ! Tu as vu cette mer déchaînée ? Et elle doit être glaciale !

— Les gens d'Ischira habitent sous l'eau. Ils sont les gardiens des réserves d'Itzel. L'Itzel d'Ischira est encore plus puissant que celui que nous avons dans la vallée.

— Mais comment... pourquoi... ?

Aedan était désemparé.

— Je ne savais pas... dit-il.

— Bien peu de gens le savent, les Weenos ne viennent jamais ici.

Aedan resta perplexe malgré les fortes bourrasques de vent balayant son visage. Il se tenait tant bien que mal aux câbles du vaisseau.

— Et Tchial ? Comment savait-elle qu'il fallait venir ici ?

— Ça je ne sais pas... On dirait qu'elle subit un troisième réveil.

— Oui... j'ai cette impression aussi... et je crois savoir pourquoi.

***

Tchial, habillée d'une grande robe comme celle représentée sur la peinture murale, semblait flotter. Une musique débuta. Des clairons suivis de violons lancèrent les premières images. Elle entama un chant. Une voix mélodieuse rappelant les grandes dames de l'opéra démarra la présentation. Des images fantastiques de la Voie Lactée, la galaxie dont la Terre fait partie, la représentaient dans l'univers. Des milliards d'étoiles toutes plus brillantes les unes que les autres... des millions de mondes tous plus fantastiques les uns que les autres... des milliers de planètes contenant des vies toutes plus prodigieuses que fabuleuses. Le miracle de la Vie. Un système solaire parmi tant d'autres ressemblait étrangement à celui de la Terre, sauf que les douze planètes qui la constituaient étaient méconnaissables. Une de ces planètes, la troisième, reflétait les rayons dorés de son soleil. Deux lunes tournaient autour de cette planète. La plus petite se trouvait à l'opposé d'une autre dont la masse dépassait de plusieurs fois celle de la planète elle-même. Les rayons dorés éclairant en permanence ses continents préservaient la magie du ciel. L'atmosphère d'Inaya était perméable. Elle permettait de distinguer le ciel et les masses gazeuses teintées de rouge, de vert et de rose, laissant entrevoir leurs millions d'étoiles. Seule la découpe de Mayu, la plus grosse lune, masquait une partie du chef-d'œuvre artistique que l'univers offrait aux yeux des Weenos. Tchial poursuivait son chant. Elle tourna son regard dans une autre direction. On le suivit et un panorama à couper le souffle s'offrit à la vue des internautes, représentant une partie de la peinture qui avait été exécutée sur le mur extérieur du WSTC. Tchial descendit une la montagne et marcha en direction de l'arbre, le seul qui se trouvait au centre de la vallée, celui qui était maintenant connu de tous, autant des Terriens par la peinture murale, que des Weenos, par son histoire. Elle termina son chant en ayant les yeux portés vers Mayu, la magnifique lune d'Inaya qui laissait paraître en silhouette, l'arbre unique. Tchial y apposa une main en signe de salutation. Un silence seulement habillé par une brise, un souffle de la vallée, se fit entendre. La jeune fille se tourna vers la caméra.

— Je suis présentement sur notre planète, Inaya. Cet arbre est le seul dans cette vallée et pour cause, car c'est ici qu'a pris naissance notre civilisation. Tous les Weenos connaissent son histoire. Cette terre est celle de nos ancêtres, les premiers bâtisseurs de notre monde, de notre civilisation. Cet arbre a été créé par le Semeur, il est l'auteur de notre monde, il est la fondation même de notre existence. Nous ne l'adorons pas comme vous adorez votre Dieu, en le suppliant, en lui demandant pardon. Non, il est notre frère, notre sœur, notre guide. Nous lui demandons conseil lorsque nous en avons besoin. Nous venons nous réfugier ici pour retrouver le calme et la paix afin de mieux apprendre, afin de mieux connaître, afin de mieux savoir. Nous reconnecter sur le chemin que nous avons à suivre. J'adore cette vallée. Parfois je m'élance de cette montagne et je m'envole vers la magnificence de notre ciel. Puis je reviens ici, me poser sur une branche de cet arbre.

***

Gabriel était figé devant les images d'Inaya diffusées sur Internet. La cote d'écoute avait largement dépassée les millions depuis qu'il avait posé les yeux sur le reportage. Derrière lui, les photos qui avaient fait la une des plus grands magazines scientifiques ressemblaient maintenant à de pâles photos floues d'amateurs. Tchial poursuivait la visite guidée de son monde.

— Et il nous disait qu'il avait pris nos photos pour ses reproductions murales, marmonna Gabriel, les dents serrées.

Il fulminait. Il rageait. Ses confrères, tous réunis dans son bureau restèrent bouche bée. Aucun commentaire ne pouvait se dire et faire vérité sauf celui d'avoir été dépassé.

— "Il" nous est inutile à présent... ajouta Lucus.

— Je pense plutôt le contraire, répondit Gabriel.

***

Tchial fit une pause. Elle ne put s'empêcher de penser à Chem ? *Les prochaines minutes seront les plus difficiles de sa vie. Pourvu qu'il tienne bon !* Elle reprit son discours.

— C'est ici aussi que nous pouvons apercevoir Mayu dans toute sa splendeur. Mayu signifie celle qui est parfaite, la beauté du royaume. Elle l'est car elle baigne sous les rayons bienfaisants de notre astre qui se nomme Inavinha. C'est le nom que nous lui avons donné. Il signifie l'apprenti. Celui qui apprend. C'est notre soleil. Nous apprenons comme il apprend tout autant. Nous sommes tous Inavinha. Au loin, nous apercevons Kyio, notre deuxième lune. Nous l'avons nommée ainsi à cause de son humilité, de son incandescence et également de sa présence qui nous est indispensable. Kyio maintient le juste équilibre de notre univers. Perdre Kyio c'est perdre la stabilité physique de notre planète. Nous mourrons. Mais nous voulons vivre. Nous voulons progresser tout comme vous. Nous voulons nous maintenir dans notre univers car nous avons encore tant à apprendre. Nous sommes... tout comme vous. Nous sommes similaires. Nous n'avons emprunté qu'un chemin différent du vôtre. Nous avons besoin de vous sans pour autant nous immiscer dans votre monde. Vous avez besoin de nous pour maintenir ce fragile écosystème cosmique.

***

Lucus regarda Gabriel, interloqué.

— Si cette fille est sur cette planète ça veut dire que nous pouvons nous y rendre, répondit Gabriel. Ça veut aussi dire que c'est possible de pouvoir y créer une porte et d'aller et venir. Ça veut dire également que nous étions près de réussir. Ça veut dire encore plus que ce Chem connaît exactement la façon de s'y rendre !... Et merde !

Il prit une profonde respiration. Kirian s'approcha en se raclant légèrement la gorge.

— Une autre bonne nouvelle ? lança Gabriel en le voyant venir.

— Euh... pas vraiment. C'est la fille...

— Et ? demanda-t-il tout en espérant une réponse logique.

Kirian devint blême. Il regarda de nouveau le moniteur. Tchial était là, bien présente sur l'écran.

— C'est elle... LA fille ? D'Adil et Nada ? L'expérience ? demanda Gabriel tout en se doutant de la réponse.

Kirian acquiesça.

— Alors je le savais déjà. Mais on dirait que les pièces du casse-tête se rassemblent, dit-il, encore plus frustré.

Gabriel regroupa ses pensées. *Trop de liens se recoupaient pour ne pas trouver une logique à toute épreuve.*

— Alors par où commencer ? Et de un, il faut savoir comment se rendre dans cet univers parallèle. Deux, il faut que ce Chem puisse nous aider, peu importe le moyen et qu'il nous révèle comment elle a réussi à s'y rendre. Trois, il faut s'emparer de cette fille, elle a plusieurs secrets à nous dévoiler. Je suis sûr qu'Adil et Nada seraient "enchantés" de la revoir, et quatre, on relance l'accélérateur, Je veux des tests à tous les jours.

Tous les scientifiques restèrent stupéfiés à l'écoute des nouvelles tâches.

— Allez ! Magnez-vous ! leur ordonna-t-il en les balayant du revers de la main.

***

Iago était resté en arrière de l'équipe qui était chargée de filmer le reportage de Tchial. Les caméras avaient été ajustées par Iago et ses amis afin de pouvoir transmettre directement sur Terre sans affecter la qualité de l'image. Ils avaient emprunté le passage du sixième étage du WSTC. Tous avaient été émerveillés de la douceur et de la splendeur de la vallée. Mais beaucoup plus que les autres, Tchial avait ressenti un grand appel, celui d'y rester et de ne plus revenir sur la Terre. Elle était de retour sur son monde et elle savait qu'elle aurait voulu tout abandonner.

— C'est fini ! clama Iago, à la fin du tournage.

— Bravo ! dit Niao. Beau travail Tchial.

Tchial sourit mais elle ressentait plus que jamais cet appel. Niao s'approcha d'elle.

— Ça va aller Tchial ? demanda-t-elle.

Tchial ferma les yeux et prit une profonde respiration, l'air de sa planète.

— Ça fait si longtemps que j'attends ce moment... même dans mes rêves les plus profonds je n'avais espéré voir de mes yeux et poser les pieds sur Inaya. Je me pensais folle... je pensais avoir imaginé ce monde... c'est lourd de porter un tel secret, ne jamais en parler car personne n'aurait pu comprendre...

Niao posa la main sur celle de Tchial.

— Je comprends.

Tchial esquissa un sourire.

— Comme je suis égoïste... ton monde doit aussi surement te manquer... vous manquer... ajouta-t-elle en regardant Iago.

Niao le regarda, puis reporta son regard vers Tchial.

— Oui... Dakini nous manque, répondit-elle simplement. Mais nous avons une mission à accomplir. Nous sommes tous ici pour ça. Il faut se mettre au travail.

Iago s'approcha.

— Nous sommes prêts pour la phase deux de l'opération.

Tchial regarda Niao et acquiesça.

— Allons-y !

***

Tous les scientifiques assignés en vue de faire un autre test avec l'accélérateur se préparèrent. Le lancement était prévu dans le début de l'après-midi. Gabriel prit place sur l'estrade et s'assura du bon déroulement des opérations. Lucus le rejoignit.

— Aussitôt le contact établi, il faut être prêt à maintenir une connexion permanente. On relance l'accélérateur mais en utilisant des atomes complet.

— Des atomes ? Mais... mais ça ne peut pas fonctionner ! Ils ne peuvent s'accélérer comme des neutrons. On risque de tout faire sauter ! L'accélérateur ne tiendra jamais le coup !

— Il va suivre car la porte sera créée. Le champ sera ouvert. Il nous faudra garder le passage ouvert et nous permettre un premier transfert des nôtres... des humains.

Lucus n'aimait pas l'idée.

— Nous n'avons jamais testé de transferts de quoi que ce soit.

— Bien, ça prend un début à tout ! répondit-il aussitôt

Qui sait ce qui nous attend de l'autre côté... surtout s'ils y sont déjà ! Qui nous dit qu'ils ne nous attaqueront pas ?

— Rien ne se passera car nous avons nos soldats... et ils ne sont pas belliqueux. Regarde Chem. Ce fut si facile de s'en emparer. Aucune résistance une fois sous notre emprise, il est aussi doux qu'un agneau !

Lucus ne semblait pas convaincu pour autant.

— Cette fille ne semble pas aussi douce qu'un agneau...

— Pour te prouver qu'il n'y a rien à craindre, je veux être le premier à m'y rendre, affirma fermement Gabriel. Préparez les capteurs. Il nous faut rapporter autant d'images sinon plus que cette fille a fait.

Il se retourna vers l'ordinateur et changea le programme. Tchial était toujours sur Inaya. *Comment font-ils pour transmettre en direct ?*

— Dans combien de temps ? demanda-t-il.

— Nous sommes pratiquement prêts... dans deux heures nous pourrons effectuer le premier lancement.

— Prévenez-moi. Je tiens à y être.

Il quitta précipitamment.

Sur Inaya, Iago et ses amis aidés de centaines de Weenos installaient les mégalithes dans la vallée, les répartissant selon un ordre précis. Au-dessus d'eux, dans leur vaisseau Ilyes et Aedan dirigeaient les opérations. Le dernier mégalithe fut descendu.

— Elle a changé de visage...dit Ilyes en jetant un coup d'œil vers la vallée.

Six rangées de milliers de paires des rochers aux propriétés magnétiques formaient un immense entonnoir circulaire vers l'arbre de la vallée. Sur la surface plate de chaque rocher se trouvait un capteur. Au bout de chaque rangée, un concentrateur était installé.

— Espérons que cela va changer le visage de la destinée d'Inaya aussi, ajouta Aedan.

Ilyes le regarda.

— L'avenir d'Inaya réside entre les mains de Tchial. Espérons que son plan fonctionne.

n Aedan acquiesça. Il mit la main sur l'épaule d'Ilyes.

Nous devons rejoindre Faël, dit Aedan

Plus bas, Tchial s'approcha de Niao et Iago qui armèrent les concentrateurs.

— Tout est au point, il ne reste plus qu'à les attendre, dit Niao en regardant les vaisseaux s'éloigner.

— Ce n'est qu'une question de minutes, comme diraient les Terriens, répondit Tchial.

Iago soutint son regard, esquissa un sourire, acquiesça.

— Sois prudente s'il te plait.

Tchial lui rendit le sourire.

— Je le serai.

Niao sortit son transmetteur.

— Nous sommes prêts, annonça-t-elle doucement. Elle avait remarqué qu'une magie semblait s'opérer entre son frère et la jeune fille. Elle ne voulait pas brusquer ou interrompre le jeune couple, mais il fallait poursuivre la mission.

***

Sur la Terre, Aedan et Ilyes rejoignirent les centaines de Weenos qui étaient réunis sur la montagne du verger, à quelques mètres de l'arbre. Faël voulait rester seul près de celui-ci, une main appuyée sur le tronc. L'arbre avait perdu presque tout pouvoir sur les Weenos. Les branches étaient entièrement dénudées de toutes feuilles, perdues à jamais sous la force des ondes terriennes pour forcer un passage vers le monde parallèle. Le temps était arrivé. Il ne voulait le croire, il ne voulait ce moment arriver. Il savait qu'il pouvait encore servir de rempart, protégeant Inaya. Il se tut. Il conserva les yeux fermés. Respirer. Expirer. Sentir la chaleur de l'écorce millénaire sous sa peau. Lui redonner vie... ou en retirer la force d'accomplir ce qu'il y avait à accomplir.

Ilyes reçut un message. Lorsque la voix de Niao se fit entendre, tous portèrent leur regard vers Faël. Aedan s'approcha.

— C'est le moment, dit-il solennellement. Ils sont prêts.

— Je sais, répondit Faël.

Avec difficulté, l'homme tapota l'écorce en un adieu, souleva l'autre bras tenant une tronçonneuse. Il la démarra d'un coup sec. Le rugissement de la chaîne se fit infernal, sourd, froid et dévastateur. Il entama la coupe à ras le sol. Les particules de bois tranchées, poupées, grugées et hachées à même la chair de l'écorce s'éparpillèrent sur le sol. Faël tenta de rester insensible, endurci mais persistant dans son mouvement de destruction malgré les yeux noyés dans une humidité se faisant de plus en plus grandissante. Tous les Weenos présents posèrent un genou sur le sol, vénérant celui qui avait su, silencieusement et avec humilité, porter un message d'espoir vers les mondes en devenir. Ils baissèrent la tête lorsqu'un son plaintif se fit ressentir alors que la tronçonneuse entama le cœur de l'arbre.

***

Sur Inaya, Tchial s'adossa à l'arbre de la vallée, au centre des milliers de mégalithes. Malgré la distance intemporelle la séparant de son ami, Faël le grand, le magnifique, elle sentait la douleur qui l'envahissait, lui qui avait un amour inconditionnel envers ces êtres grandioses qui semaient la vie. Un semeur était en train de disparaître à jamais de son espace vital sur un autre monde. Elle laissa échapper les larmes qu'il ne pouvait se permettre en ces moments si difficiles. Elle releva le regard vers les branches. Elles se refermaient sur elles-mêmes. Quelque part, dans l'univers, un frère de sang était en train de mourir. Un semeur disparaissait au nom d'Inaya. Tous les Weenos le savaient. Tous les Terriens le sauront aussi.

***

— Lancement prévu dans 30 secondes, annonça Lucus.

Aucun visiteur ou personnalités n'avaient été invités, sauf une centaines de gardes armés jusqu'aux dents. Pour Gabriel, il ne s'agissait plus de démonstration mais d'urgence. Tous les regards étaient impatiemment portés vers l'ultime chiffre zéro. *L'aboutissement...* pensa Gabriel.

***

Les dernières particules de bois furent projetées avec la même véhémence que les premières, au pied de l'arbre. Le ronflement de la tronçonneuse s'éteignit dans un silence de mort. Faël porta un dernier regard vers ce monument de la vie, l'ancêtre de la civilisation. Le semeur vacilla et comme un géant blessé à mort, s'écrasa majestueusement sur le sol, à l'opposé du précipice qu'il avait surplombé depuis des siècles. Le silence se fit sacré. Tous respectèrent cette perte, tous savaient le prix à payer, tous savaient ce qui s'ensuivrait.

***

Au centre d'accélération de particules, les atomes furent éjectés les uns vers les autres en une effroyable vitesse. Les faisceaux lumineux laissés derrière eux avaient augmentés la température de plusieurs centaines de degrés à l'intérieur du long tube concentrique. À près de la vitesse de la lumière, ils firent 100 fois le parcours de la circonférence en une fraction de seconde avant de se fracasser, provoquant une explosion lumineuse. Tous les détecteurs enregistrèrent plus de 1 milliard de collisions simultanées.

***

Une énorme explosion bouscula le fragile équilibre d'Inaya. La fracture temporelle toujours présente dans le ciel d'Inaya s'ouvrit davantage. Une trainée lumineuse s'en écoula, tachant la dorure des rayons d'Inavinha. Tous les Weenos furent touchés, s'accroupissant de douleur, se prenant la tête à deux mains.

— Iago ! cria Tchial, roulant sur le sol.

Les souvenirs de sa disparition et la naissance sur la Terre lui revinrent en mémoire. *Non... pas maintenant... pas encore !*

— Iago ! cria-t-elle de nouveau, désespérée.

Iago vint pour l'aider mais Niao le retint.

— Non, les concentrateurs d'abord, maintenant !

— Lancement immédiat ! cria Iago.

Tous actionnèrent les concentrateurs. Aussitôt des milliards d'étincelles apparurent au-dessus des milliers de mégalithes positionnés dans la vallée, entrant en interaction avec la trainée lumineuse. Les capteurs se mirent immédiatement en marche. Malgré la douleur, Tchial releva la tête, soulagée de voir encore son monde, le même ciel au lieu du trou noir d'avant sa naissance.

— Ça fonctionne...

La douleur avait disparue. La force de l'explosion avait été absorbée. Elle se releva. Iago la regarda, acquiesçant.

— Nous prenons le contrôle à partir de maintenant.

***

Les capteurs se mirent à télécharger des millions de données synchrones. Sur l'écran central, les informations reçues furent assemblées en quelques secondes et des images prirent rapidement formes, des images d'un autre monde, des images jusque-là jamais perçues. Tous les bras de l'assistance scientifique se levèrent en un seul moment, signe de victoire. Lucus porta les yeux vers Gabriel. Il savourait cette première victoire sans pour autant ralentir son obsession. D'un mouvement de tête, il signifia son intention de passer à la deuxième étape. Lucus fut surpris. Il se faufila parmi les scientifiques euphoriques jusqu'à lui tout en hochant la tête.

— Nous devons attendre que le tube refroidisse. Un autre lancement risque d'augmenter la température au-delà de la capacité des refroidisseurs. Un éclatement de la structure provoquerait la dispersion des atomes en pleine lancée... et nous retomber dessus sans même que nous ayons le temps de cligner des yeux.

— Un plus gros risque serait celui que nous ne puissions recommencer avec le même succès. Il faut battre le fer tandis qu'il est chaud. Prenons du technétium.

Lucus serra les lèvres.

— Du technétium ? Mais c'est le matériau le plus léger ! Nous ne l'avons jamais testé... Son accélération serait décuplée... Ce peut être dangereux, très dangereux.

— Justement, décuplée est le bon mot ! Cela permettra une assise pour faciliter le passage, renchérit Gabriel.

Lucus ne voulait pas s'opposer à l'homme. Il ne voulait pas finir comme Adil, Nada ou même Chem. D'un mouvement rapide, il acquiesça. Il retourna sur l'estrade centrale.

— Préparation de la seconde phase, dit-il dans le microphone.

Les acclamations, murmures et commentaires de toutes sortes cessèrent aussitôt.

— Armement de l'accélérateur. Prototype technétium. Quantité, 1000. Lancement prévu dans... 30 minutes.

Le décompte débuta à ce moment sur l'écran central. Un silence s'installa parmi tous les scientifiques qui figèrent sous la demande. Chacun d'eux était au courant de ce matériau artificiel et les risques hautement encourus étaient d'autant plus inconnus.

***

Sur Inaya, les mégalithes se mirent à irradier. La fracture céleste laissa transparaître des images de l'autre monde, des images différentes, distordues, mais tout autant vaporeuses que lorsque le phénomène apparut la première fois.

— Ce sont les capteurs qui nous transmettent ces images, spécifia Iago. Nous nous infiltrons dans leur monde, dans leurs laboratoires, dans leur centre. Nous saurons bientôt tout ce que nous aurons besoin de savoir.

Un frisson parcourut Tchial lorsque le visage de Chem apparut. D'autres corps flottants suivirent.

— On peut revoir ces dernières images ?

Iago ajusta la vibration. Les images précédemment vues au travers de la fracture repassèrent. Les corps flottants apparurent à nouveau. Tchial figea. Iago s'écarta du concentrateur, s'approcha de Tchial. Elle fit quelques pas... Elle tendit la main vers ces images, vers ces visages qui semblaient morts... elle voulait les voir revivre, sourire, s'émerveiller... les toucher.

— Où est le passage ? demanda-t-elle subitement.

Chapitre 13

Sur la plateforme de lancement, c'était un silence général qui régnait. Lucus répéta la demande.

— Armement de l'accélérateur. Prototype technétium. Quantité, 1000. Lancement prévu dans 29 minutes trente-trois secondes.

Un branle-bas de combat débuta à ce moment. Tous les techniciens en charge des capteurs refirent les vérifications de routine sans exception. Plusieurs physiciens et ingénieurs, par équipe de quatre, refirent le tour du long périmètre du tube afin de repérer toute fissure ou joint ayant cédé sous la pression de la dernière expérience. Dans le laboratoire adjacent au périmètre de lancement, un conteneur fut retiré de son caisson et posé sur un chariot à roulette. Il fut poussé à travers le corridor jusqu'à la sortie. D'autres techniciens prirent le relais et poussèrent le chariot vers le long tube, vers l'ère de lancement. Une des minuscules portes de l'accélérateur fut ouverte. Minutieusement, deux cylindres de verre contenant le technétium furent insérés, l'un opposé à l'autre.

***

Tchial sentait que le temps pressait. La chronologie terrienne était incontrôlable.

— Il nous reste peu de temps avant que la fenêtre se referme, annonça Tchial.

— Nous devons augmenter la charge pour établir le tunnel, répliqua Iago.

— Combien de temps ? demanda Niao.

— Plutôt attendre leur prochain lancement de particules. La charge sera encore plus forte et là nous pourrons créer ce passage. S'ils ne font rien, la fenêtre de transition se fermera et il sera impossible de communiquer entre les deux mondes.

— Mais nous n'avons qu'à attendre que ce temps passe, non ?

— Et Chem ? Et les autres ? demanda Tchial. Sans passage, ils ne pourront revenir ici.

— Et celui que nous avons utilisé ?

— Il se refermera car il n'était prévu que pour le couloir de transition. Il a été installé il y a 50 ans, le temps que la transition temporelle entre nos deux mondes soit refermée.

— Il faut que les Terriens puissent lancer une autre force pour établir ce passage, conclut Iago. Il nous faut attendre.

Tchial se morfondit. *Toute cette perte de temps est de ma faute... Ils ont trop tardé avant de mettre en action le plan... pour me chercher.* Elle s'accroupit au pied de l'arbre et ferma les yeux. Un peu à l'écart, Iago la regardait, hésitant à l'approcher. Il aurait voulu la consoler. Niao le rejoignit.

— Oui vas-y ! lui murmura Niao, ayant deviné les intentions de son frère.

Iago jeta un coup d'œil vers Tchial.

— Ce n'est pas le bon moment pour lui parler de ça, se ravisa Iago.

— Et pourquoi pas ? Regarde-la. Elle est seule.

— Parce qu'elle pense aux prochaines heures. Elle croit aussi qu'elle est responsable de tout ce qui arrive.

— Et tu crois ça ?

— Non, je ne pense pas qu'elle soit responsable. Les événements suivent un déroulement précis dont nous ignorons la direction, la destinée.

— Alors va lui dire, ce sera un début pour entamer la conversation. La suite, je sais que tu te débrouilleras assez bien pour improviser.

Iago s'approcha de Tchial. Elle le regarda. Elle comprit aussitôt qu'il ne venait pas pour lui parler du projet concernant Inaya, ou la Terre. Elle pouvait aisément lire ses intentions, mais contrairement à tous les garçons qu'elle avait fréquentés dans le passé, il n'avait pas ce regard envieux et de possession. Il s'approcha et voulut la prendre dans ses bras. Mais le regard de Tchial changea brusquement, de douceur à la peur, de tendresse à terreur, d'amour à un sentiment frôlant la haine. Iago recula.

— Excuse-moi... je ne voulais pas... dit-il.

Il ne termina pas sa phrase.

— Non, dit-elle aussitôt. C'est moi...

Elle ferma les yeux. *Tchial... calme-toi...* se dit-elle. *Ce garçon ne te veut que du bien...*

— Iago.. Reviens...

Elle lui prit les mains et les posa sur ses épaules.

— Je dois apprendre.

Il la prit dans ses bras et la serra contre lui, hésitant. Elle sentit sa chaleur l'entourer. Elle ferma les yeux. Il la pressa davantage. Un sentiment étrange s'immisça entre eux. Elle se laissa bercer par la puissance que le jeune homme dégageait. Des souvenirs remontèrent à la surface. *Nada ouvrit les yeux vers Adil. Leur regard fit davantage que seulement se croiser. Chacun plongeait littéralement dans celui de l'autre. Cela allait au-delà de leur connivence, de leur ardeur commune, de leur envie de se dépasser en tant que scientifiques. Elle aurait voulu demander, savoir, connaître, quémander le côté caché de son compagnon, mais en même temps, elle ne voulait briser cette magie qui s'opérait dans un moment si intime et passionnel. Elle posa ses lèvres contre celles de son compagnon, l'embrassa avec passion et volupté. Un long baiser comme jamais elle n'avait donné, comme jamais elle n'aurait un jour penser donner. Des mots, des idées, de vives émotions lui traversèrent l'esprit. Plus rien ne sera comme avant...*

— Plus rien ne sera comme avant, murmura-t-elle.

— Tchial...

— Oui ?

Iago ne sut ce qu'il devait dire.

Je sais que tu veux me dire quelque chose de particulier...

— Est-ce si évident ?

Tchial partit à rire. Iago sourit.

— D'accord, je ne suis pas très bon dans ces situations.

— Allez, je t'écoute avec attention.

— Ce n'est peut-être pas le bon moment pour parler de ça...

— Ça va... je me sens épuisée comme si pendant toute ma vie je n'avais que combattu que pour des moments comme celui-ci, alors parler d'autres choses m'aidera à ne plus y penser. Raconte-moi ce qui te tracasse.

— Je sais que tu ne me connais pas, mais je veux que tu saches que je comprends ce que tu vis. Nous tous sommes des étrangers sur la Terre. Papa, Faël, nous a décrit si souvent comment est la vie sur Inaya, son monde et ses beautés. Je vois bien qu'il n'exagérait pas du tout. Il nous a également parlé de toi.

— Oh ! J'espère qu'il n'a pas trop exagéré ses propos !

Iago sourit.

— Non... il n'a rien exagéré du tout. Tu es tout à fait telle qu'il nous t'a décrite.

— J'aime tellement Faël, dit-elle en appuyant sa tête sur ses genoux.

— Tu l'aimes ? demanda-t-il avec un léger air de contradiction.

— Je l'aime oui. Il est si original et sait voir la vie d'un autre angle. Avec lui, on ne s'ennuie jamais. C'est le meilleur ami que l'on puisse avoir.

— Ah ! Un ami... dit-il avec un regain d'espoir.

Tchial partit à rire de nouveau.

— Iago... je me joue un peu de toi, mais ce n'est pas méchant. Faël et moi sommes du même âge malgré les apparences terriennes où il pourrait presqu'être mon grand-père.

Elle l'invita à s'assoir près d'elle.

— Je sais ce que tu veux me dire. Tu n'es pas le premier à m'approcher de la sorte.

— Je ne veux pas que tu penses que...

— Laisse-moi terminer.

Il acquiesça, esquissant un sourire.

— Tu n'es pas le premier qui me désire. J'ai si souvent vu le regard des hommes, brillant d'excitation juste à me regarder marcher sur la rue. Pourtant je ne fais rien pour attiser l'attention.

— Tu crois ?

— Bien... je ne fais rien avec cette intention, dit-elle en riant.

Elle le regarda à nouveau.

— Tu ne fais rien pour provoquer, répondit-il, mais tu ne passes pas inaperçue. Depuis le premier instant où je t'ai vue, je savais que tu étais spéciale. Non pas parce que mon père m'a si souvent parlé de toi, mais lorsque je te regarde, tu...

Il ne trouva plus les mots pour achever sa pensée.

— Je te ? Bouleverse ? ajouta-t-elle.

— Oui, voilà. Tu es charmante, extrêmement talentueuse et intelligente.

— Tu n'es pas en reste Iago. Tu es la personne la plus intelligente que j'aie rencontrée. Tu as apporté tant d'innovations dans ce monde et tu sembles tout savoir, tout comprendre.

— Je viens d'un autre monde Tchial. Faël l'a compris rapidement lorsque nous étions enfants, ma sœur et moi. Il a su nous donner le temps et la chance de nous permettre de renaître. Nous avons su développer notre potentiel plus tôt que prévu. Mais toi... tu as eu une vie chamboulée, triste parfois, difficile et pourtant tu es là... là devant moi... et...

Il ne savait plus les mots pour poursuivre son discours. Il l'aimait sans pour autant vouloir lui avouer.

— Tu inspires la confiance chez les gens, tu crées une vie autour de toi. En plus, tu es très jolie.

Tchial leva les sourcils, un grand sourire illumina son regard.

— Iago, tu es le premier garçon qui sait choisir d'autres mots que seulement me dire que je suis sexy. Je devrais féliciter Faël !

Ils partirent à rire. Il mit la main sur la sienne.

— Une fois cette histoire terminée, j'aimerais que nous nous revoyions.

— Ici ? Sur Inaya ?

— L'endroit m'importe peu en autant que je sois avec toi.

Tchial demeura songeuse. Iago devint inquiet, se demandant s'il avait tout gâché. Il pencha la tête pour capter son regard. Elle releva la tête.

— C'est la chose la plus gentille qu'on m'ait dite.

— Alors tu voudrais me faire confiance ?

— Bien sûr Iago, bien sûr... mais donne-moi un peu de temps, surtout ce temps devenu précieux en ce moment.

— Sachant que le temps n'existe pas sur Inaya, tout le temps que tu voudras.

Un autre sourire s'afficha sur les lèvres de Tchial. Elle savait qu'elle pouvait croire en ce jeune homme plein de ressources. Étant le fils de Faël, son grand ami, il faisait également partie de la grande famille des Weenos.

— Autant j'apprécie ce que tu me dis, autant je tiens à ceux de mon peuple. J'ai le cœur brisé juste à penser qu'un Weeno est retenu prisonnier sur la Terre... un Weeno ou toute autre personne. Alors je profite de ce moment pour te remercier de tout ce que tu as fait pour Inaya. Je n'ai pas de mots pour t'exprimer cette grande gratitude. Je te dois tout.

— Tchial, ne me remercie pas. Je le fais au nom des Weenos...et des Terriens.

— De l'univers ! compléta Tchial.

La main d'Iago étant toujours sur la sienne, Tchial la souleva et y posa un baiser. Le regard du jeune homme se mit à briller. Malgré les moments de tension et d'incertitude, c'était le plus beau jour de sa vie. Plus loin, Niao esquissa un sourire.

***

Les neutrons de technétium avait été précautionneusement chargés. Les techniciens étaient aux aguets. Toute fausse manœuvre ferait éclater le tube. Chaque équipe revint faire le point et donner leur compte rendu des inspections. Sur l'immense tableau du centre, les voyants verts s'allumèrent pour chaque point de vérification, juste à temps. Il ne restait plus que trente-trois secondes.

Gabriel vint prendre place dans les quelques bancs réservés à l'assistance. Un garde armé vint s'assoir près de lui.

— Vingt-cinq secondes, annonça Lucus.

— Si qui que ce soit est présent dans ce centre et n'en fait pas partie, vous l'arrêtez sur le champ. Vous m'en informez immédiatement sans attente... et ce peu importe la situation !

Le garde acquiesça. Ce fut une simple formalité et des plus banales pour un mercenaire habitué aux rudes combats.

— Dix secondes...

Tous les regards étaient en attente du dernier chiffre.

— Deux... un... zéro. Lancement !

Les neutrons de technétium furent éjectés les uns vers les autres à la vitesse de la lumière. *Gabriel avait raison,* pensa Lucus. *Je ne sais pas si le tube résistera...* De longs et persistants faisceaux lumineux illuminaient tout l'intérieur du tube. La température avait augmenté significativement comparé à la dernière expérimentation. La température à l'intérieur du long tube concentrique était rendue à 800 degrés Celsius. À la vitesse de la lumière, ils firent 1000 fois le parcours de la circonférence avant de se briser violemment et se fusionner littéralement, déclenchant une explosion luminescente en chaîne survoltant plusieurs kilomètres du tube. Les capteurs transférèrent rapidement les millions de données alors que les autres appareils détectèrent des un nombre incalculable de collisions simultanées à plusieurs endroits du tube.

***

Une explosion bouleversa le ciel d'Inaya. Tchial se leva brusquement mais retomba aussi rapidement qu'elle s'était levée. Iago vint pour l'aider mais s'élança vers les concentrateurs. Tchial sentit la douleur la toucher à la poitrine. Elle haleta, cherchant l'air afin de remplir ses poumons. Elle s'écroula sur le sol, le regard perdu vers Mayu. Un roulement de poussières pourpres s'échappa de la fracture et rempli la voûte céleste sous un grondement de tonnerre, effaçant la lune du paysage de la vallée. L'écho perdura plusieurs minutes. Les milliards de particules tombèrent en une neige violacée. Iago n'avait attendu que ce moment. Cette poussière pourpre était en fait des milliards de minuscules décharges électriques.

— Voilà ce que nous avions besoin ! s'écria-t-il.

Les mégalithes utilisés comme piles énergétiques entrèrent en fonction et se mirent à irradier sous l'épaisse couche de poussière, retournant l'énergie vers les concentrateurs. Après s'être assuré que tout fonctionnait comme prévu, Iago couru vers Tchial.

— Tchial... Tchial, ça va ?

Avec peine elle se releva avec l'aide d'Iago. Tous les Weenos se remirent sur pied également.

— Nous ne pourrons survivre continuellement... à chaque fois c'est de plus en plus douloureux... ils vont finir par détruire Inaya.

— Inaya va tenir le coup, répondit Iago.

— Oui, mais pas nous.

— C'est parce qu'ils pénètrent de plus en plus dans l'atmosphère d'Inaya. Mais, nous avons réussi. Regarde...

***

— Monsieur ! Vous devez venir voir ! lança un technicien à Lucus aussitôt sorti du couloir de l'accélérateur.

Gabriel, Lucus, suivis par de nombreux autres scientifiques, hâtèrent le pas. Une fois à l'intérieur de la chambre de l'accélérateur, ils suivirent le technicien jusqu'à l'endroit où eut lieu l'une des plus grandes collisions. Tous arrêtèrent leur course. Gabriel resta ébahi. Il se fraya un chemin parmi les scientifiques et s'approcha vers un cercle sombre, noir entouré d'une couronne de couleur violacée. Le cercle semblait mener vers le tube mais on ne voyait aucunement l'intérieur de l'accélérateur.

— Est-ce la porte en question ? demanda Lucus.

Gabriel prit l'arme d'un des gardes. Il visa le centre du cercle.

— Mais que faites-vous ? cria Lucus.

Sans attendre, Gabriel appuya sur la gâchette. Le coup partit. La balle se perdit dans le trou noir. Aucun impact ne se fit entendre.

— Ceci répond à toutes les questions, murmura Gabriel.

— Alors pourquoi n'apercevons-nous pas... ce monde ? Ça paraît davantage lugubre que ce que les capteurs ont enregistré comme images.

— Peut-être qu'il faudrait forcer la dose pour que nous puissions réellement le voir ? Qui sait ?

Il remit l'arme au garde.

— Il faudra vérifier... Nous avons désormais suffisamment d'information de la part de notre ami pour le confirmer. Analyse de comparaison des signaux, établissez les liens avec ce que notre ami Chem a bien voulu partager avec nous.

Lucus fut embarrassé. La tournure des événements devenaient de moins en moins scientifique mais plutôt dictatoriale. Il avait l'impression de devenir un pantin dirigé par un cynique arriviste que devenait Gabriel. Les événements se transformaient davantage en un jeu de pouvoir et de contrôle que d'expériences scientifiques et exploratoires.

— Bien... Messieurs, mettons-nous à l'œuvre, ordonna Lucus, après plusieurs secondes d'hésitation. Nous devons avoir une confirmation d'ici les prochaines cinq minutes.

Tous quittèrent rapidement ce qui semblait être la porte vers Inaya. Gabriel y jeta un dernier coup d'œil. Il s'approcha du chef des gardes.

— Si c'est réellement le passage, il faudra surveiller que ces "Weenos" n'en profitent pas pour nous envahir.

D'un signe de tête, le chef ordonna à plusieurs gardes de le surveiller.

— Espérons que ce n'est pas une illusion des collisions, ajouta-t-il pour lui-même.

Il se tourna vers le garde.

— Ne prenons pas de chance... Abattez tous ceux qui sortiront de là. Vous me préviendrez ensuite.

Il ressortit de la chambre et rejoignit Lucus.

— Alors ?

— Les analyses se poursuivent, ce n'est qu'une question de secondes maintenant.

Les données tombèrent les unes après les autres. Un schéma se dessina, pivotant sur les 3 axes.

— Voici la formule complète ! annonça Gabriel. Le travail sur Chem s'est avéré profitable.

Lucus resta ébahi. Il compara leur propre ressource informatique.

— Même longueur d'onde... Seule la densité est différente.

— Oui... nous sommes trop "légers". Il faut relancer...

— Mais on n'a pas encore toute l'information... si cette... porte ou ce passage, enfin ce trou est là, les particules risquent de s'échapper ! On court à la destruction totale du centre !

— Non... pas ici, de l'autre côté peut-être, répondit-il en souriant. On ne va tout de même pas se préoccuper de si peu.

— On reproduit cette formulation alors sans attendre d'en savoir plus ?

— Exactement... Je ne pense pas qu'il puisse avoir de plus amples informations à tirer de ce "Weeno". En relançant l'accélérateur, le passage sera définitivement ouvert. Un aller-retour vers un autre monde. Préparation du lancement ! On répète avec le technétium mais au niveau atomique.

— Lancement atomique... un atome complet de technétium ? Mais... non ! Cette fois c'est trop risqué. C'est mettre en danger la vie de tous !

— Une autre lancée est nécessaire pour défoncer ce muret qui se dresse entre les deux mondes. On ne va pas s'arrêter alors qu'on est si près du but ! À moins que vous vous préoccupiez de la vie de ces Weenos ?

Gabriel leva le regard vers Lucus.

— Ne me dites pas que vous avez des remords de conscience ?

Lucus évita le regard de Gabriel.

— L'accélérateur ne tiendra pas le coup cette fois-ci. Le technétium est beaucoup trop léger, il dépasse la vitesse de la lumière. Les neutrons ont créé des surchauffes moléculaires sur tout le réseau. Un atome va tout simplement le faire fondre littéralement, sans parler de cette faille dans le tube.

— Cette faille va définitivement s'ouvrir sur l'autre monde... un monde entier à notre disposition. Pense à tout le potentiel qui est là, presqu'à portée de main. Il suffit juste d'appuyer sur ce clavier, entrer les données, recopier le schème de la formulation et démarrer le compte à rebours. Rien de plus. Notre ami Chem aura au moins servi à ouvrir la dernière porte de son monde.

Lucus prit une profonde respiration. Il se retrouvait soudainement entre deux chaises. Celle d'avoir accès à un nouveau monde ou celle de tout simplement disparaître de la surface de la Terre.

— Mesdames et messieurs, armement de l'accélérateur. Prototype technétium. Quantité, 100 unités atomiques. Je répète, 100 unités atomiques. Lancement prévu dans 60 minutes.

Ce fut un abasourdissement général. Personne ne bougea. Gabriel les regarda puis jeta un coup d'œil au chef des gardes. Celui-ci acquiesça vers les gardes. Ils se déployèrent tout autour de l'enceinte de la salle de contrôle, embrayant leur mitraillette. Le message était clair. Les équipes se mirent à s'activer. Les techniciens en charge des capteurs refirent les vérifications d'usage. Les équipes de quatre se formèrent et entreprirent leur routine de vérifications. Plusieurs équipes disparurent dans la chambre du tube, allant parcourir les 26 659 kilomètres de circonférence du tube avant un lancement qui risquait de mettre un terme à un joyau scientifique reconnu mondialement. Dans le laboratoire adjacent au périmètre de lancement, un conteneur fut retiré d'un compartiment réfrigéré par dioxyde de carbone. Les gaz s'échappèrent, donnant une image surréaliste au conteneur. Le caisson extrêmement froid fut posé sur un chariot à roulette. Celui-ci fut entraîné vers le corridor, puis jusqu'à l'entrée de la chambre du tube. Des techniciens étaient à préparer une autre ère de lancement, au-dessus du cercle lumineux qui devait servir de passage vers l'autre monde. Des portes spéciales furent installées afin de permettre l'accès aux cylindres. Ceux-ci furent sortis du conteneur réfrigéré. Au contact de l'air ambiant, les gaz laissèrent échapper une épaisse fumée blanche. Six cylindres de verre furent délicatement retirés du conteneur car le moindre contact brusque risquerait de les fracturer. Les cylindres contenant les atomes de technétium furent tout autant minutieusement insérés dans les compartiments.

***

Tous les Weenos étaient réunis sur Inaya, dans la vallée des mégalithiques. À quelques mètres de l'arbre, un passage temporel avait été ouvert. Une lumière intense s'en dégageait. Au-delà, tous savaient que c'était la porte vers les Terriens, dits scientifiques, et la force qu'ils possédaient pour créer des liens avec des mondes parallèles. Ce passage était cependant suffisant pour que les Weenos le traversent.

— Nous devons refermer cette porte derrière nous lorsque tous les Weenos seront revenus sur Inaya, annonça Ilyes. C'est la seule condition.

Un seul son se fut répercuté dans la vallée. Tous les Weenos acquiescèrent.

— Nous avons une mission importante. Nous allons laisser le passage ouvert. Ceci est un très grand risque que les Terriens puissent s'infiltrer vers notre monde. Mais en même temps, l'air d'Inaya se répandra sur la Terre, permettant au temps de s'étirer. Qu'Inavinha soit.

— Qu'Inavinha soit, répétèrent tous les Weenos.

Sous Mayu, baignés des rayons dorés d'Inavinha, un murmure synchrone monta de tous les Weenos rassemblés entre les rangées des mégalithes. Les milliards d'étincelles répandues dans le ciel continuaient d'alimenter le passage. Les milliers de capteurs enregistraient tous les événements circulant sur Inaya, transmettant ces informations vers le centre de l'accélérateur. Sur cette seule tonalité grave, Tchial entrepris un chant, le plus populaire qui ait été d'entendre sur Inaya, le chant du Semeur. Sa voix aigüe trancha nettement sur ces basses vibrations. C'était le chant lors du départ du Semeur vers d'autres mondes. Un chant d'adieu. Un chant de découverte. Un chant d'action.

Iago et sa sœur Niao, n'étant pas Weenos, respectaient tout de même ce moment solennel.

Lorsque les dernières notes s'éteignirent, tous les Weenos lâchèrent un seul cri.

— Inaya !

— Alors on peut y aller maintenant ? lança Faël.

Tchial le prit par le cou.

— Oui, allons-y !

***

Gabriel se rendit aux laboratoires de génétique appliquée. Plusieurs corps de la fourniture étaient allongés sur des tables. Ils n'étaient plus branchés et semblaient avoir été vidés de leurs principaux organes. Cependant, la plupart étaient branchés à des ordinateurs. Gabriel s'approcha du seul spécialiste présent, Kirian, concentré sur un moniteur. Gabriel y jeta un coup d'œil. Une série de gènes entraient en interaction les uns aux autres, se multipliant tout en recopiant un code ADN. Sentant une présence près de lui, Kirian sut de qui il s'agissait.

— Nous pouvons modifier l'ADN de tout individu. Adil et Nada avaient trouvé la bonne formule.

— Avez-vous réussi à ouvrir leur programme ?

Kirian entra les données sur le clavier. L'image sur le moniteur changea. Une série de gènes défectueux s'affichèrent.

— Pas encore... Ce n'est qu'une question d'heures maintenant. Nous avons récupéré les premières données et c'est étonnant.

Il revint à la première image sur le moniteur et montra les paramètres entrés. Il regarda Gabriel.

— La combinaison des gènes pairs s'imbriquent dans la combinaison ADN. Personne n'y croyait mais ça marche ! Je dois avouer qu'ils ont fait une percée incroyable...

— J'ai compris, inutile de les louanger davantage, ils ne sont plus de ce monde. Donc le bébé est doté de tous les gènes positifs, sans aucune lacune ?

— Exact. Suite aux dernières informations téléchargées, nous avons revérifié la banque de donnée génétique. Ils ont effectivement emprunté les codes, les ont retranscris et amalgamé par paires. Nous ne savons pas encore comment ils ont fait pour les incorporer de cette façon. Surement qu'ils ont planifié l'éclosion par séries événementielles pour que l'adaptation cervicale se fasse graduellement.

— Et si ce n'est pas le cas, que pourrait-il se passer ?

— Le corps ne pourrait pas suivre et l'esprit se croirait invincible. Il est impossible qu'un être vivant puisse posséder une ADN impeccable. On parle de détourner la nature et créer un être parfait.

— Il semblerait que ces deux petits génies ne se soient pas posé la question et n'aient pas non plus hésité à faire ce saut existentiel.

— C'est bien vrai. Il est dommage qu'ils aient subi cet accident, je suis sûr qu'ils auraient aimé partager leurs connaissances...

Gabriel ne démenti pas la rumeur qu'il avait fait circuler concernant Nada et Adil. Très peu étaient au courant de la vérité.

— C'est comme vous dites, les accidents sont des imprévus de la vie courante.

Gabriel roula la manche de sa chemise.

— Vous êtes sûr de vouloir ce traitement ? L'assimilation et l'intégration des gènes n'est pas toujours compatibles selon le protocole établi par Adil...

— On n'attend pas ! ordonna Gabriel. Le plus tôt sera le mieux.

Kirian soutint le regard de Gabriel, puis s'empressa d'aller chercher une boite hermétique. Il l'ouvrit et y prit la seringue qui s'y trouvait.

— Nous avons accéléré le processus selon votre recommandation, dit-il tout en donnant l'injection.

— Combien de temps ?

— L'intégration se fait en un minimum de 2 heures, peut-être moins. Nous n'avons pas eu le temps de poursuivre nos recherches... aucune information sur les effets secondaires, dit Kirian en retirant l'aiguille.

Gabriel déroula la manche de sa chemise, remit son veston.

— Ne faites aucune recherche, il n'est pas question de tester d'autres corps, ajouta-t-il en plongeant la main à l'intérieur de son veston. Il prit l'arme qui s'y trouvait.

— Mais ce serait important pour la recherche et sauver...

Kirian n'eut pas le temps de terminer sa phrase que Gabriel appuya sur la gâchette.

— J'avais dit non pourtant. Pourquoi faut-il toujours que vous vous obstiniez à faire le contraire ?

***

Tchial fut la première à émerger du passage. Un silence inquiétant régnait dans le centre de l'accélérateur.

— Tout semble si calme ici... ce n'est pas normal, commenta Iago qui la suivait derrière.

— Ça l'est pour nous, répliqua Tchial. C'est l'interaction entre Inaya et la Terre. Le temps s'est étiré aussitôt la porte ouverte.

— Et combien de temps avons-nous ?

Faël, Ilyes, Aedan, Niao ainsi que tous les autres Weenos se répandirent dans le centre.

— Nous n'avons qu'une heure terrestre pour tout achever, répondit Ilyes. Regroupons-nous ici lorsque nous aurons terminé nos tâches. Iago, ton groupe vient avec moi, nous nous occupons de l'accélérateur. Tchial, tu vas délivrer Chem avec ton groupe. Faël...

— Je vais avec Tchial, dit-il.

— D'accord. Aedan va vous suivre. Niao ?

— Nous nous occupons des bases de données de l'accélérateur.

Les Weenos se séparèrent, empruntant les différents corridors.

***

Gabriel pénétra dans la chambre de l'accélérateur. Lucus y était déjà, observant le cercle sombre entouré d'une lumière violette étincelante. *Pourquoi tenir tant à aller là-bas ?* se demandait-t-il. *Tout semble si calme, je ne peux croire qu'une menace viendrait de ce monde...*

— Où en sommes-nous, demanda Gabriel.

Lucus se retourna subitement, un frisson lui parcourut l'échine.

— Oh ! Je... tout va. Je me demandais juste si...

Il bafouilla. Il avait été surpris. Il ne sut que dire pour expliquer sa présence hors du centre de contrôle.

— Je me demandais juste si... comment était ce monde.

Gabriel le regarda étrangement.

— Mais vous avez vu les photos comme tout le monde et même assisté au reportage de cette petite garce...

Soudain, il arrêta de parler. Il releva la tête, ayant une vague impression d'ombres furtives se déplaçant autour de lui. Il jeta un coup d'œil sur les lieux, puis vers les gardes. D'un signe de tête, il leur ordonna de patrouiller et d'ouvrir l'œil.

— Un problème ? demanda Lucus voyant les gardes armés se déployer.

— L'impression que nous ne sommes pas seuls.

Lucus regarda la multitude d'experts et techniciens allant et venant.

— Nous ne sommes effectivement pas seuls, conclut-il.

Gabriel ne porta aucune attention à la remarque inutile. Il reporta son regard vers la porte. Il plissa le regard, tentant de percevoir quelque chose malgré le cercle lumineux qui empêchait la pupille de s'ouvrir et s'habituer à voir au-delà de la noirceur.

— Ingénieux, je dois dire... murmura-t-il.

— De quoi ? demanda Lucus.

— Ce cercle lumineux... répondit-il sur le même ton. L'effet contre-jour. On ne peut donc pas voir ce que la noirceur peut révéler.

Lucus ne sut que répondre. Il semblait que Gabriel entretenait un discours intérieur.

— Tu ceois que ce passage est dangereux ? ajouta Lucus, détournant l'attention de sa présence.

Gabriel s'avança. Il repensa aux centaines d'images vues précédemment.

— Je pense surtout que tout paraît trop facile tout d'un coup. On aurait voulu que ça se passe de cette façon que je n'en serais pas surpris.

— Mais c'est le résultat de nos recherches, ça fait des années qu'on travaille sur un projet comme celui-ci...

— Il y a autre chose en cours...

Il posa la main sur sa veste. Il sentit l'arme. Il la sortit, vérifia le chargeur. Lucus resta surpris.

— Pourquoi... ?

— Une police d'assurance personnelle, murmura encore Gabriel.

***

Tchial, Faël, Aedan et une quinzaine d'autres Weenos arrivèrent à la fourniture.

— Mais qu'est-ce que c'est que ça ? s'exclama Faël.

Devant eux, un musée d'horreurs humaines, baignant dans des cocons, branchés de toutes parts, les corps informes donnaient l'impression d'humains pris dans des carcans de chair. Tchial ferma les yeux. Faël s'approcha, suivi d'Aedan.

— Ils ne servent qu'à la reproduction d'organes pour les humains, expliqua Aedan. Ils ont peur des changements qui surviennent sur cette terre. Leur corps change trop vite et ils doivent remplacer les parties défectueuses... Une des conséquences de leur dimension temporellement limitée.

— Mais ce sont des humains ? demanda Faël.

Tchial s'approcha à son tour.

— Oui... des âmes emprisonnées. Une vie d'enfer.

Elle repensa au prêtre prêchant le salut des âmes, la bonne parole et la justice divine.

— Et c'est leur Dieu qui permet cela.

Faël tourna son regard vers la jeune fille.

— Ces Terriens ont été créés à son image et à sa ressemblance... Ils ont remaniés la création à leur façon ?

— Oui... Ils ont changés les règles du jeu... comme à chaque fois que ça leur convient.

— Cela ne nous concerne pas, lança Aedan. Continuons, Chem ne doit pas être loin.

Tchial jeta un dernier regard vers les cocons. Faël la prit par les épaules et la força à poursuivre.

— Chem nous attend, dit-il doucement.

Elle acquiesça. Alors qu'ils arrivèrent dans la pièce suivante, une surprise les attendait. Ils restèrent figés de stupeur. Tchial porta la main à sa bouche, horrifiée du spectacle. Faël baissa la tête. Aedan fut le seul à soutenir la vue de son ami. Chem était assis, la tête soutenue par un carcan métallique d'où une multitude de fils pendouillaient, tombant sur le sol pour rejoindre d'autres connecteurs branchés à un ordinateur. Des tubes servaient vraisemblablement à le nourrir ou remplacer la circulation quotidienne de son organisme. Mais Chem était inerte, ne donnant aucun signe de vie. Aedan s'approcha de l'ordinateur. Des centaines de données défilaient sur le moniteur.

— Un travail pour Niao...

Faël releva la tête. Il avait mal de voir un des plus grands Weenos réduit à un état quasi végétatif.

— Est-il... mort ? laissa-t-il échapper en un seul souffle.

***

Sur le moniteur central, au fur et à mesure que les différents paliers d'ingénieurs, physiciens et techniciens avaient terminé les vérifications, le feu vert était donné. Il ne restait plus que trois départements à donner leur accord, dont celui de la vérification du tube.

Gabriel sortit de la chambre de l'accélérateur à ce moment, jeta un coup d'œil au décompte.

— 45 minutes, annonça une voix.

Il se dirigea vers la porte des laboratoires et l'ouvrit impatiemment.

***

— Non... répondit Aedan. Mais il faudra le sortir d'ici rapidement avant qu'il ne le soit.

Tchial prit une profonde respiration. Des milliers d'images surgissaient en sa mémoire... des bribes de conversations... des pensées

— Adil ! Regarde !

Il s'approcha du moniteur. Le fœtus prenait forme rapidement. Il mit sa main sur le ventre rond de Nada.

— Elle bouge, dit-il en souriant.

— Oui, elle est en vie et tout semble se dérouler parfaitement. Je ne peux pas y croire !

Adil baissa la voix.

— Oui... mais... oui.

Nada savait bien que trop d'effusions risquait de paraître étrange pour un couple ayant été d'un sérieux constant.

— Adil...

Il releva le regard vers elle.

— Partons avant qu'il ne soit trop tard.

— C'est impossible... tu voulais accoucher ici et passer tous les tests au bébé avant de quitter.

— Je ne me sens plus en sécurité. Les gens me regardent toujours avec un drôle d'air. Je crois qu'ils se doutent de quelque chose.

— Je ne sais pas si c'est une bonne idée...

— Regarde tous les tests... le code est parfait et les prises de sang le confirment. J'ai fait les comparaisons avec l'ADN que nous avons créé. Tout suit le plan initial. Elle se développe parfaitement... et sera tout aussi parfaite dans sa vie.

— Et le cerveau ?

Nada ouvrit un autre programme. Les couleurs orangées, rouges, verdâtres et bleuâtres dansaient sur le moniteur.

— Le cerveau est en évolution et les connexions s'établissent. Le scan va jusque-là... jusqu'à analyser sa mémoire. La glande pinéale est ajustée et déjà elle établit les liens... entre cette vie, et...

— Je sais ce que c'est, annonça Tchial.

— Tu sais ? demanda Aedan, surpris.

— Oui... Ils sont en train de vider sa mémoire, ils sont en train de la télécharger dans l'ordinateur et accéder à toute sa connaissance... Dans le cas présent, comment bâtir le passage pour accéder à Inaya.

Elle avança vers l'ordinateur.

— Accéder aux souvenirs de sa vie... et de celle d'avant. Ceux de sa vie sur Inaya.

Elle entra quelques données et le graphique de l'ordinateur afficha l'image d'un cerveau, celui de Chem. Toute la périphérie était colorée en rouge. Au centre, la glande pinéale, étaient de couleur neutre, blanchâtre. Les autres couleurs disparaissaient, étant rendues fades.

— La glande pinéale est le centre de cette connaissance, là où le code AGN se trouve. Une fois percée, le cerveau s'éteint. C'est la mort physique. C'est la seule glande qui permet une transmission métaphysique entre le corps et l'esprit... Le troisième œil.

— Comment sais-tu cela ? demanda Faël.

Elle le regarda. Elle revit ce regard d'enfant lorsqu'ils étaient sur Inaya, avant d'avoir été aspirée et projetée dans une cellule qui se reproduisait à une vitesse faramineuse, recopiant un code qui se voulait parfait.

— C'est ici que j'ai été conçue, révéla-t-elle après quelques secondes d'hésitation... Je me souviens de la connaissance de mes paremts...

Ce fut comme si la terre venait d'arrêter de tourner. Aucune des personnes présentes ne sut quoi dire. Personne ne s'attendait à une révélation d'une envergure inimaginable. Pour Aedan, tout prenait un sens.

— Et qui sont tes parents ? demanda Faël.

— Je sais qui ils sont, répondit Aedan. Nous n'avons rien à craindre d'eux. Ils ont fui le centre, il y a longtemps de cela.

— Et ils ne sont plus de ce monde, ajouta Tchial.

Aedan se tourna vers elle. Il vit que Tchial était furieuse. D'un geste brusque, elle arracha les fils de l'ordinateur. Les données sur le moniteur disparurent. Chem ouvrit péniblement les yeux. Faël s'agenouilla vers lui.

— Chem ! Chem tu es vivant !

Il se tourna vers elle.

— Comment lui enlever ça ?

— Il a dû subir une chirurgie pour le branchement des électrodes.

— Aedan ? demanda Faël.

— Enlevons ce carcan pour commencer.

Plusieurs Weenos présents aidèrent Aedan. Tchial coupa les nombreux tubes.

— Il va falloir une opération pour lui retirer toutes ces merdes, jura-t-elle.

Faël n'avait jamais vu Tchial dans un tel état de colère. Elle le regarda.

— Tu ne me connais pas en tant que Terrienne. J'ai appris comment ce monde vit. J'ai beaucoup appris pour survivre... juste pour survivre.

— Tchial d'Inaya... je te connais en tant que Weena. Cela me suffit.

Chem fut libéré.

— Crois-tu être capable de marcher ? demanda Aedan.

— Je ne... ne sais pas... répondit Chem. Je ne pense pas... capable... de me rendre... au passage...

— Ne t'en fais pas, on en a créé un à quelques minutes d'ici.

Malgré sa faiblesse, Chem haussa légèrement les sourcils.

— Et les... Terriens? Ils vont... envahir Inaya... C'est... c'est leur plan...

— Nous savons, répondit Aedan, et nous l'avons planifié ainsi. Allez, viens avec nous. Une fois chez nous, nous nous occuperons de toi.

Faël et deux autres Weenos aidèrent Chem à marcher, suivi d'Aedan et d'autres Weenos. Tchial resta en arrière, le regard vide vers l'ordinateur et la chaise. Aedan se retourna.

— Tchial ?

Elle tourna la tête vers lui.

— Tu viens ?

— J'arrive... Je... vous retrouve dans deux minutes.

Aedan soutint son regard, puis acquiesça avant de rejoindre les autres. Tchial se retourna vers l'ordinateur.

— À nous deux maintenant.

Chapitre 14

Sur le moniteur central, le palier des vérifications des capteurs tourna au vert. Tous les capteurs avaient été rechargés et étaient maintenant en fonction. Celui de la vérification du tube étant la plus longue et la plus délicate, il restait néanmoins celle des refroidisseurs. La dernière expérience avait fait surchauffer le tube, augmentant les risques d'explosions.

— 25 minutes, annonça une voix.

***

Tchial pénétra dans l'ordinateur et ouvrit le dossier contenant toutes les mémoires de Chem.

— On supprime le tout. Personne ne doit y avoir accès, marmonna-t-elle.

Elle entra la commande et n'hésita pas un instant à la lancer. En quelques secondes, toutes les données téléchargées du cerveau de Chem furent détruites.

— Deuxième étape... qu'ont-ils fait...

Elle ouvrit tous les dossiers du centre et entra dans celui de la génétique appliquée... *GMH Unity,* Projet *GMH... projet de modification génétique humaine.* Des milliers de dossiers s'affichèrent. Elle y chercha un nom, une référence. Elle entra différents mots-clés... projet bébé... ADN modifiée... perfection génétique... genèse... perfection... Projet Nada... Projet Adil... Adil et Nada... Aucun dossier ne s'ouvrit. Elle tambourina les doigts sur le rebord du clavier tout en faisant dérouler la longue liste des dossiers. *Réfléchis Tchial...* se dit-elle. Tous ses efforts semblaient vains. Elle relit plus attentivement les noms des dossiers lorsque son attention fut attirée.

— Déficience génétique ?

Pourquoi un dossier sur la déficience génétique ? se demanda-t-elle. Elle l'ouvrit. Une colonne hélicoïdale apparut. Plusieurs paramètres étaient déficients et l'analyse de l'ordinateur démontrait de grandes faiblesses dans l'information génétique. Mécaniquement, elle cliqua sur un des gènes identifiés comme déficients par l'ordinateur. Aussitôt, un mot de passe fut demandé. Elle sourit. *Nous y voilà...* Elle réfléchit.

— Tchial... non... Chejal.

Le mot fut rejeté. *Que veut dire Chejal...* Elle ferma les yeux. Quel est ce mot de passe... Elle ouvrit les yeux.

— Chijal... non, Chitjal !

Le mot fut rejeté.

— Allez Nada... parle-moi... Pourquoi me voulait-elle... quelle était la chanson qu'elle me chantait... un surnom...

Tchial ferma les yeux pour mieux se rappeler, refaisant remonter à sa mémoire quantités de souvenirs. Soudain elle sentit une présence. Elle se retourna vivement. Gabriel était là, à quelques centimètres d'elle. Elle avait l'impression qu'il la regardait, droit dans les yeux. Terrorisée, elle fit un pas vers l'arrière. Le regard de Gabriel ne la suivait pas mais avait l'impression de chercher.

— Qui est là ? demanda-t-il lentement, dans un murmure qui se voulait agressif, menaçant.

Il tourna la tête légèrement. Il sentait une présence. Il fit un pas vers l'avant et interpénétra Tchial. Elle ferma les yeux. Sentir le corps du Terrien interpénétrant le sien l'effraya au plus haut point. Gabriel prit son cellulaire.

— Salle de réanimation cellulaire, monsieur Chem a disparu. Qui peut me dire où il se trouve ? Puis il se mit à hurler de rage.

— Où est-il ?

Tchial sentit la terreur parcourir chaque membre de son corps en répercussion aux puissantes ondes émises par l'homme. Avec efforts, elle se déplaça tranquillement et fit quelques pas. Gabriel se retourna brusquement. Il avait senti la différence.

— Je sais que tu es ici, dit-il en serrant les dents. Je vais te trouver sale petite garce... à moins que ce ne soit tes amis ? Pourquoi pas... je vais détruire ton passage, je vais te détruire, tous vous détruire !

Puis il recula et sortit de la salle. Tchial relâcha un soupir. Elle ferma les yeux. *Respire Tchial, respire... calme-toi... respire, débarasse-toi de ces ondes...* Elle se concentra de nouveau, tentant de se rappeler, refaisant remonter à sa mémoire quantités de souvenirs.

Une douleur se fit sentir. Le cocon dans lequel elle baignait perdit de son précieux liquide. Que se passe-t-il ? se demanda-t-elle. L'inquiétude la gagna. Inaya ! Faël ! Il faut que je retourne sur Inaya... Est-ce que je reviens ? Une lueur d'espoir la rendit temporairement heureuse. Elle revint sur ses pas... elle retourna vers son cocon, son nid qu'elle avait construit depuis tant de temps... depuis son départ d'Inaya. Ce fut de courte durée. Elle fut entraînée de nouveau dans un tourbillon malgré elle. Elle bascula et tomba tête première. On la poussait. On la tirait. Elle se mit à paniquer. Non ! Non ! Pas encore ! Je veux retourner... je veux revenir chez moi... Inaya... Soudain, une lumière étincelante l'aveugla. Une lumière blanche. Une lumière inconnue. Elle ouvrit la bouche pour crier mais aucun son ne sortit. Elle tenta de respirer mais elle semblait se noyer. Elle expira, cracha, vomit, mais seulement de l'eau sortait de sa gorge, de ses poumons. En une extrême et effroyable poussée, elle fut arrachée et éjectée de son cocon. Elle ouvrit la bouche pour pleurer sa douleur... un souffle d'air lui brûla les poumons. Inaya... essaya-t-elle de se rappeler pour oublier l'intense douleur qu'elle devait supporter. Encore combien de temps ? Combien de temps... Elle se mit à hurler. Un long hurlement. Une plainte au monde entier. Pourquoi supporter cette horreur... c'est la deuxième fois que je suis déracinée de mon monde... le temps... le temps semble compter maintenant. Son monde fut extirpé de sa mémoire... effacé... oublié dès le moment où la bouffée d'air emplit ses poumons. Sa venue au monde débuta dans une noirceur totale, la noirceur de ses existences. Où-suis-je ?

— Chijal...

Elle tourna la tête vers le son, vers une voix. Nada ? Maman... non... ce n'est pas Chijal... c'est...

Elle avait déjà oublié la vraie sonorité de son nom, comme un air, une mélodie.

Tchial ouvrit les yeux. *Comment ai-je pu oublier pendant tant d'années mon monde, le mien, celui à qui j'appartiens, celui où je fus vraiment née.* Elle reporta son regard vers l'ordinateur.

Elle repensa aux derniers instants avec sa mère, avant d'aller demeurer chez sa tante.

— *Allez ma grande, dit Nada. On va se séparer un petit bout de temps, le temps que les choses se calment et nous irons faire la fête. Ça te dirait ?*

— *Je sais que nous ne nous reverrons pas, répondit la fillette.*

— *Mais si ! On va se revoir et plus vite que tu penses. Tu me fais une bise ?*

La fillette serra sa mère contre elle.

— *Encore repartir, encore une séparation, encore recommencer... je suis fatiguée... je voudrais mourir... dit-elle.*

Nada ne pouvait supporter d'entendre sa propre fille tenir un langage aussi déprimé. La douleur de ce départ, de cet abandon soit disant temporaire la meurtrissait au plus haut point.

— *Jamais je n'ai voulu cela... crois-moi.*

Elle regarda sa fille dans les yeux.

— *Ma petite fille d'amour... tu vas me manquer. Mais écoute ceci, écoute bien, lui chuchota-t-elle à l'oreille, tu es ma chiti, n'oublie jamais cela !*

Tchial ouvrit les yeux. Elle entra les lettres C-H-I-T-I. Aussitôt se dessina l'apparence d'un fœtus pivotant sur ses axes. Sur la droite du moniteur, les différents groupes génétiques s'affichèrent. Elle eut l'impression de refaire des gestes ayant déjà été faits. Elle rêva éveillée. *Son père se pencha vers Nada.*

— *Chiti ?*

— *Ne me dis pas que tu as perdu ton dialecte ?*

— *Chiti est "Amour" en hindi.. mais encore ?*

— *Cette enfant est un amour... elle me redonne un espoir.*

Tchial sourit. *Espoir.* Elle se tourna vers la pièce où baignaient les corps informes servant de fournitures aux humains. *Quel est cet espoir, pour eux, pour nous, pour la survie de l'espèce ?*

Elle lança la programmation. Sous ses yeux se déroula la progression d'un fœtus en une fillette. Elle fut surprise de se voir grandir, prendre forme, devenir fillette, puis adolescente... avec exactement le même visage, les mêmes traits, la même candeur, la même couleur et vivacité dans le regard que ce qu'elle avait toujours vu dans le miroir chaque jour de son existence. Elle fit un pas vers l'arrière, presqu'effrayée de voir que tout avait été calculé non seulement à la minute près, mais à l'apparence exacte. Sur le moniteur, le compteur accumulait les mois qui défilèrent en années. D'un geste brusque, elle arrêta la progression dans le temps. L'image figea à l'âge de 18 ans. La jeune femme, à l'âge adulte, n'avait pas changée d'apparence. Seulement une maturité marquait le visage, le regard se faisant plus perçant.

— Je ne veux pas me voir vieille... pas encore... je ne peux pas vieillir et devenir comme...

Elle repensa aux nombreuses rides ayant décimé la jeunesse de son meilleur ami. *Jamais sur Inaya cela ne serait arrivé.* Elle ouvrit les paramètres de la programmation génétique. *Qu'ont-ils prévu d'autres?* Nombre de gènes avaient été activés, mais plusieurs autres étaient encore au stade dormant. Malgré sa curiosité à en connaître le contenu, elle hésita à ouvrir les dossiers. Sa main retomba, délaissant le clavier. *Il vaut mieux ne pas en savoir davantage,* se dit-elle. Elle quitta le programme quand soudain son regard fut attiré par un icône clignotant. Elle cliqua dessus.

— Programme réactivé ! lut-elle.

Rapidement, elle fit une recherche. Au bout de quelques secondes, elle eut une réponse qui la laissa pétrifiée. *Le programme n'a pas été utilisé depuis 15 ans... jusqu'à hier.*

— Nada ? demanda-t-elle à haute voix.

***

Les physiciens accompagnés de techniciens, étaient descendus de la voiturette servant à la vérification du tube. Ils l'examinèrent.

— Il y a eu surchauffe ici, remarqua le technicien.

— Le tube est en état ? demanda le physicien.

Il fut interrompu par le compte à rebours.

— 15 minutes avant le lancement, annonça la voix.

— C'est bon, répliqua le technicien. Il va tenir le coup.

Le physicien le prit en note et cocha son rapport.

— Encore 3 kilomètres à faire. Allons-y, nous n'avons plus beaucoup de temps.

***

Les doigts se mirent à entrer une série de commande. *Nada est ici...* Il ne fallut que quelques autres secondes pour la localiser. *Elle se trouve tout près... AGEL... la salle de génétique appliquée.* Elle traversa rapidement la salle des fournitures sans porter attention aux corps informes, puis se mit à courir. *Nada...* Sa pensée n'était plus qu'obnubilée par sa hâte de revoir sa mère, celle qui l'avait enfantée même si elle avait triché. Lorsqu'elle ouvrit la porte, elle paralysa, clouée sur place tant la scène était horripilante. Plusieurs cocons étaient alignés. Aucun son ne se faisait entendre si ce n'était qu'un ronronnement de pompes. Elle approcha du premier cocon. Un corps y flottait, branché et intubé, inconscient et d'une pâleur extrême. Elle baissa les yeux et les reporta sur le deuxième cocon. La surprise la fit reculer d'un pas. *Le père Sym !* Elle déglutit. Elle alla vers le suivant. *Dominik !* Rapidement elle alla aux suivants. L'un à côté des autres, ses quatre amis occupaient chacun un cocon. *Mais qu'est-ce qui se passe ici ? Que font-ils ?* Elle arrêta sa pensée au cocon suivant. Un grand homme s'y trouvait. Elle resta figée face à celui qui la pourchassait et ne se plaisait qu'à éliminer les gens. Elle ne sentit aucune compassion cette fois-ci. *Pourquoi lui ?* Elle reporta son regard vers ses amis. *Pourquoi eux ?*

Sa pensée revint vers sa mère et son père. *Nada... Adil...* Elle les chercha dans les cocons mais aucun d'eux ne contenait les corps de ses parents. *Où sont-ils ?* Elle se retourna et reporta rapidement son regard vers la rangée de cocons. *Ils sont ici... je sais qu'ils sont ici.* Plusieurs portes se trouvaient le long d'un des murs de la salle des cocons. L'une d'elle portait l'inscription "La couveuse". D'autres cocons s'y trouvaient mais contenant le corps de bébés. Un numéro était inscrit sur chacun. Elle alla rapidement dans une autre salle pour y faire le même constat. Elle se mit à courir, lisant les inscriptions des salles jusqu'à celle portant les mots R&D.

Recherche et développements. Elle ouvrit la porte. Deux cocons s'y trouvaient. Elle s'approcha et vit ses deux parents, placés côte-à-côte, baignant dans le liquide. La gorge serrée, elle déglutit. La peur, cette étrange sensation de ses premiers jours, cette émotion qu'elle détestait tant, refit surface. Elle respira difficilement. Chaque bouffée d'air sentait ce mélange d'odeur d'hôpital et de morgue. Une profonde rage surgit en elle. Elle ne savait plus si elle devait fuir ou tout détruire. Sa mâchoire se durcit. Elle serra les poings. Non seulement ses parents avaient l'air sans vie, mais ils étaient utilisés pour les vider de leurs mémoires. Elle approcha de l'ordinateur branché sur eux. Instinctivement, elle vérifia plusieurs données. Le cœur battait pour animer une carcasse longtemps vide de toute forme de vie. Elle jeta un coup d'œil dans les bassins. Elle put y voir les nombreux trous laissés par les balles. Elle reporta son regard vers le moniteur. Les données s'accumulaient les unes à la suite des autres. Elle ouvrit une autre fenêtre. Chaque donnée était classée par dossiers. Le fameux logo AGEL Centre prônait fièrement au-dessus du programme. Sous le logo, elle put lire : Programme de modification génétique, GMH Unity Project CT. Son programme. *Chiti Tejal,* se dit-elle. *Ils téléchargent leurs informations directement dans le programme... Ainsi toutes les données seront complètes, une mise à jour sans se préoccuper d'eux... Que veulent-ils en faire ? Quel est leur plan ?* Elle alla vers la liste des répertoires. *Tous des projets en développement ! "Exploration de mondes parallèles"... "développement de la super intelligence"... "modification génétique de races inférieures"... "exportation des DHP, Dangerous Human Products, vers d'autres mondes"..."nationalisation des ressources extra-terrestre"... "déportation des populations à risques"..."programme de protection élitaire"... "programme de ressources alimentaires"...* La liste s'allongeait. Elle venait de trouver plusieurs réponses auxquelles s'ajouteraient d'autres questions. Elle ouvrit le dernier dossier. Elle sursauta à la lecture rapide de son contenu. Elle n'eut pas le temps de réfléchir davantage que des coups de mitraillette se firent entendre. Elle sursauta. Plusieurs pas se firent entendre dans le corridor, des pas de course. Elle n'eut pas le temps de rejoindre la sortie que plusieurs gardes armés pénétrèrent dans la pièce. Elle figea.

***

L'équipe en charge des refroidisseurs était à terminer le remplacement du trentième appareil.

— Encore deux autres à changer ! annonça le chef d'équipe.

— 10 minutes avant le lancement, annonça la voix du compte à rebours.

— Allez ! Allez ! Allez ! On se dépêche ! répliqua-t-il aussitôt.

Un peu plus loin, les physiciens et techniciens au tube levèrent la tête.

— Le tube est endommagé ici. Il faut retarder le lancement.

Le physicien descendit de la voiturette. La fissure était la plus profonde de toutes celles remarquées lors de l'examen. Il en mesura la profondeur.

— Seulement le tiers de l'épaisseur est endommagé.

Il jeta un coup d'œil aux autres vérifications à faire.

— Il reste encore 2 kilomètres à vérifier. On continue, lança-t-il.

***

— Fouillez toutes les pièces, rugit un garde aux nombreux autres qui se mirent immédiatement à vérifier chaque recoins du laboratoire.

Tchial n'était pas vue. L'air d'Inaya faisait encore effet.

— Monsieur ! On a trafiqué l'ordinateur. Plusieurs programmes ont été ouverts sans autorisation !

Le garde en chef jeta un coup d'œil de tous les côtés. Tchial évita de le regarder directement. Il se dirigea vers l'ordinateur. Il prit aussitôt son talkie.

— Nous avons besoin d'un contrôleur, Projet GHM, téléchargement de données, salle 305. Modifications opérationnelles non autorisées.

— Copy, répondit un interlocuteur. Ce n'est pas le premier... On vous envoie quelqu'un.

Le chef de garde se tourna soudainement vers Tchial, sans pourtant la voir. Il avança rapidement dans sa direction. Avant qu'il n'ait eu le temps de la percuter, un bras tira Tchial vers l'arrière. Elle se retourna brusquement.

— Reste calme, lui dit Iago. Il ne faut pas bouger rapidement sinon ils risquent de nous voir et d'apercevoir nos fluides, nos déplacements dans l'air.

Elle se sentit soulagée et même heureuse de le voir. Elle sourit et tranquillement, l'enserra dans ses bras. Il lui donna un baiser sur la joue.

— Nous devons partir, quelques problèmes sont survenus, chuchota-t-il. L'accélérateur va sauter.

— Ce qui fermera définitivement le passage ! conclut-elle dans un murmure.

Il acquiesça.

— On n'attend plus que toi pour quitter. Tous les autres attendent dans le passage.

Tchial hésita. Tout ce qu'elle venait de découvrir, ses parents, les plans des Terriens, son avenir, lui laissa un doute. *Et si ce n'était pas terminé ?*

— Ça cause un problème ? demanda Iago, la voyant hésiter.

— Oui... répliqua-t-elle.

Elle se tourna vers les deux cocons.

— Ce sont mes parents. Surement abattus par eux. Ils étaient recherchés depuis plus de 15 ans par ce centre à cause de moi. Dans ces ordinateurs se trouve mon code génétique.

— Alors s'ils ont accès au programme, ils pourront te retracer... peu importe où tu te trouves sur la Terre.

Elle le regarda.

— Tous les documents, passeports, cartes que tu auras vont contenir l'une ou l'autre information se trouvant dans cet ordinateur, ajouta-t-il.

Ce constat donnait une réponse. Elle devait quitter, retourner sur Inaya.

— Probablement... probablement... dit-elle, sans être entièrement convaincue.

Iago acquiesça, comprenant l'importance que Tchial accordait à tout ce qui se trouvait en ces lieux. Ses racines terriennes. Il regarda le couple dans les cocons.

— On ne pourra rien faire de plus pour eux maintenant.

— Je sais mais je ne peux pas non plus les laisser ici. Ils sont en train de leur faire la même chose qu'ils voulaient faire à Chem.

— Tu veux dire qu'ils téléchargent leur mémoire ?

— Oui et dans le seul but de compléter les informations sur le programme de génétique qu'ils ont mis au point pour me créer. J'ai réussi à ouvrir ce programme et à part mes parents, personne d'autre n'a pu y accéder... jusqu'à maintenant. Ce programme contient tous les codes pour créer des générations d'humains en plusieurs exemplaires similaires. Et si je suis comme je suis, ce qui veut dire également que ces clones posséderont des connaissances pour conquérir les mondes parallèles, incluant Inaya et le tien.

Iago en saisit toute la portée et les conséquences qui suivraient.

— Est-ce que Niao pourrait se charger de détruire toutes les mémoires des ordinateurs ? demanda Tchial.

— Ce n'était pas dans les projets. Nous devions seulement modifier l'accélérateur de façon à ce qu'ils ne puissent plus accéder à Inaya.

— Et maintenant ?

— Ils ont prévu de l'utiliser une autre fois pour établir un lien permanent avec Inaya. Je crois qu'ils se préparent à envahir ta planète... je suis désolé.

— Je le savais. Ça fait partie de leur plan. Tout est là-dedans, dit-elle en pointant l'ordinateur.

— Tchial...

***

— 5 minutes avant le lancement.

— Vérifications et remplacement effectués, feu vert.

Sur le panneau central, un cercle vert apparut.

Plus que la vérification du tube, pensa Lucus. *Ça ne devrait plus tarder. Pourvu que tout soit au point.* Il reçut un appel sur l'intercom.

— Oui ?

— Problème avec le tube. Plusieurs fissures ont été remarquées.

— Profondeur acceptable ?

— Acceptable. Sauf tenant compte de la nature du prochain lancement. Les risques sont plus élevés.

— Pronostic ?

— Risque élevé d'explosion, perte de contrôle des atomes en cours. Le tube ne pourra résister si on dépasse L2.

— Le dernier lancement avait atteint L1.

— Une masse supérieure aura de plus grandes répercussions.

Gabriel arriva sur les entrefaites.

— On poursuit l'expérience, ordonna-t-il d'emblée.

Un silence s'installa.

— Bien Monsieur, répondit le physicien après quelques secondes d'hésitation.

Sur le panneau central, le dernier palier tourna au vert.

***

— Tchial, répéta Iago.

Il lui prit la main.

— Il n'est pas question que je te laisse ici et encore moins seule. C'est trop dangereux. Nous devons partir, personne ne voudra te laisser derrière... Tous les Weenos t'attendent. Alors quittons, il n'y a plus un instant à perdre. Lorsqu'ils lanceront l'accélérateur, tous les circuits modifiés par nous tomberont en panne. Mais les particules lancées à grande vitesse, sans pouvoir atteindre des mondes parallèles et en revenir par une porte, créeront un vide d'antimatière. L'accélérateur ne pourra pas résister à cette énorme pression. Il explosera.

— Et mes parents ?

Iago leur jeta un coup d'œil. Plusieurs gardes poursuivaient leurs recherches et les corps des parents de Tchial, de même que l'ordinateur, étaient sous constante attention.

— Si on ne fait rien, ils finiront comme nourriture pour les terriens, ajouta Tchial.

— Que dis-tu ?

— Tous les corps que nous avons vus servent à vendre leurs organes à prix fort pour les terriens malades, nécessitant un autre cœur, poumon, foie, rein ou tout autre organe défectueux. Une fois ces organes prélevés, la fourniture n'est plus utile. Elle meurt. Ils la transforment alors en nourriture, riche en protéines. Ils appellent ça des nutriments de laboratoire, remplaçant la nourriture synthétique.

Iago ferma les yeux. Il se sentit désemparé devant l'ampleur de la mainmise du centre sur l'humanité. Et les dirigeants voulaient étendre leur mainmise sur d'autres mondes.

***

— Toutes les équipes au centre de contrôle. Évacuation des chambres du tube. 30 secondes avant lancement.

Tous les techniciens et physiciens sortirent de la chambre du tube et se rendirent dans la salle de contrôle de l'accélérateur.

— 5.... 4...3... 2... 1. Lancement.

Les atomes partirent en flèche dans les deux directions opposées. En une fraction de secondes, ils franchirent la vitesse de la lumière. Tout le tube fut illuminé par les centaines de passage. Dès la deuxième seconde, la pression décupla. La température rejoignit les 1000 degrés Celsius. À la troisième seconde, les fissures s'élargirent. Soudain, un puissant champ électromagnétique fut créé. Tous les objets situés dans la chambre du tube furent aspirés avec violence vers celui-ci, fortement aimantés, puis soudés par la pression exercée. Les atomes parcouraient leur folle course à l'intérieur du gigantesque tube à des milliers de kilomètres à la seconde.

— Ils... on approche L2 ! s'écria Lucus.

Soudainement, deux atomes entrèrent en collision. Ils explosèrent aussitôt, créant un champ faisant dévier les autres atomes lancés. Tous les atomes suivants entrèrent en collision. Des centaines d'explosions suivirent. Les fissures craquèrent sous l'énorme pression dégagée puis s'ouvrirent en trous béants, laissant échapper un flux lumineux, répandant une chaleur infernale. L'alarme fut sonnée automatiquement. La panique s'empara de tous. Ils coururent vers les sorties, les menant vers des bunkers de sécurité prévus en cas d'explosion nucléaire. Plus bas, au niveau du tube, tout sur le passage de la tornade lumineuse fondit. Ce vent violent fonçait avec rage, parcourant les milliers de kilomètres du tube en quelques secondes, entraînant dans son sillage des métaux fondus, des roches en état de fusion, des particules électromagnétiques, perçant les nombreuses portes de sécurité installées à chaque kilomètre. Gabriel, au lieu de fuir vers les sorties de secours, revint vers le tube et s'enfonça dans le passage sombre juste au moment où la tornade arriva. Contre toute attente, il ne sentit aucune chaleur ou tornade le terrasser malgré la fureur qui rageait à l'entrée du passage. Les vents violents emportaient tout sur leur passage. Il se sentit soulagé d'avoir échappé au désastre. Soudain, il entendit une autre respiration que la sienne. Il se retourna.

— Qui est là ? demanda-t-il, inquiet.

Des pas se firent entendre. Une forme humaine apparut.

— Je suis Tchial, Tchial d'Inaya.

Gabriel se mit à ricaner.

— Tiens tiens... Alors voilà ce charmant monstre qui a outrepassé les règles de base de la génétique élémentaire ! dit-il en souriant.

— Vous avez assassiné mes parents !

Gabriel parut offensé.

— Oh non ! Jamais je n'aurais osé faire ça ! Vos parents sont arrivés au centre... déjà morts depuis plusieurs jours.

Il mit la main à l'intérieur de son veston.

— Peut-être aimeriez-vous les rejoindre ? dit-il en souriant.

Il arrêta son geste lorsqu'une autre personne apparut, se joignant au côté de Tchial.

— Je suis Faël d'Inaya.

Plusieurs autres Weenos les rejoignirent.

— Je suis Aedan d'Inaya...

— Et moi Periagno d'Inaya...

— Je suis Ilyes d'Inaya...

Gabriel les dévisageait tous. Il avait été battu à son propre jeu. Derrière tous ces Weenos, un dernier avança. Tous s'écartèrent pour le laisser passer. Supporté par Iago et Niao, il arrêta suffisamment près pour que Gabriel puisse bien le voir.

— Je suis Chem d'Inaya.

— Une réunion de famille ? demanda sarcastiquement Gabriel.

Personne ne ria. Ils le regardèrent, impassibles, avec une indifférence qui fit reculer Gabriel.

— Comme votre centre est détruit, ne vous imaginez pas que nous vous garderons ici. On va vous reconduire dans votre monde, annonça Ilyes.

— Retourner là ? dit-il en pointant la chambre du tube.

Il regarda la puissance atomique sévir encore plus violemment. Le tube était en train de fondre.

— Ne me dites pas que vous me condamneriez à mourir ? Ce n'est pas votre genre...

— Et pourquoi pas ? Je crois qu'avec tous les torts que vous avez causés, vous le mériteriez, ajouta Tchial.

— Et je me sens avoir pris des habitudes humaines, dit Faël.

Gabriel eut un frisson. Il n'était plus aussi sûr de lui. Il regarda de l'autre côté du passage encore une fois. Y retourner était une mort rapide, mais horrible.

— Cela s'appelle la peur, dit Tchial. Ce que mes parents, mes amis, ma famille et toutes vos nombreuses autres victimes ont ressentie.

— Vous êtes des Weenos... répliqua Gabriel, vous ne pouvez pas...

— Nous avons un autre passage, mentionna Aedan. La dernière porte sur votre monde. Nous quittons votre sphère dimensionnelle d'ici peu. Une fois hors de notre monde, vous n'aurez plus aucun souvenir de notre monde et de comment y parvenir.

Ils se retournèrent tous et suivirent le passage. Derrière eux, la porte se scella sous la force de l'explosion du centre. Gabriel se sentit soulagé mais n'eut d'autres choix que de suivre les Weenos. Après quelques minutes, il posa les deux pieds dans le monde d'Inaya. Devant lui, l'arbre tel qu'il était représenté sur la muraille, tel qu'il lui fut montré dans le reportage, tel qu'il avait été enregistré par les capteurs, tranchait sur l'immense lune violacée, Mayu. Au-dessus de lui, la fracture céleste persistait mais avait déjà perdu de son intensité.

— Qu'est-ce ? demanda-t-il. Je n'ai jamais vu ceci dans les images enregistrées par les capteurs.

Tout en poursuivant la marche, Aedan fut le seul à vouloir lui répondre.

— Ceci est une partie des dommages que vous avez causés sur notre monde en voulant le pénétrer. Ces lancements de neutrons ont attaqué notre monde, ont détruit une partie de notre atmosphère, ont affaibli la santé de plusieurs. Le dernier aurait été mortel pour nous. Notre monde aurait été détruit.

— Et pourquoi... pourtant ce lancement a eût lieu.

— Nous sommes intervenus pour en changer la direction. Au lieu d'une réaction en chaîne dans notre monde avec des conséquences encore plus désastreuses que celles qui sont arrivées dans le vôtre, nous avons tout simplement modifié les paramètres du programme. Les accélérations sont retournées à leur source.

— Le centre !

— Oui.

— Je n'avais donc pas rêvé... vous étiez dans le centre. Vous êtes donc responsables de ces désastres !

— Mon cher Gabriel... décidemment, vous n'avez rien compris. Vous croyez qu'on vous aurait laissé continuer jusqu'à ne plus exister pour votre bon plaisir ? Et qu'en plus, on aurait abandonné celui qui est notre guide, notre référence scientifique et notre ami sur votre planète ?

Gabriel se mordit la lèvre. Il avait en sa possession un scientifique, un des plus importants sur le monde parallèle.

— Un Weeno n'abandonne personne derrière lui, que ce soit la plus importante personne ou la dernière à avoir vu le jour sur Inaya.

Sur ce, il reporta son regard vers Tchial.

— Nous sommes arrivés, ajouta Aedan.

Un passage s'ouvrit devant lui.

— Tchial va vous accompagner. Ne tentez rien, cela serait tout à fait inutile. Votre arme ne fonctionne pas sur Inaya.

Tchial l'attendit dans le couloir intemporel. Gabriel jeta un dernier coup d'œil, tentant d'immortaliser Inaya dans sa mémoire. Faël s'interposa. Gabriel le regarda, puis se retourna vers le passage. Tchial le suivit du regard lorsqu'il passa devant elle. Gabriel déboucha sur le sixième étage du WSTC, l'entreprise de laquelle les capteurs venaient.

— Et dire que j'ai été votre premier client. New York ? demanda-t-il.

— New York, confirma-t-elle sèchement.

Elle lui tourna le dos et repartit vers le passage.

— Ce n'est qu'un au revoir, dit Gabriel en sortant son arme. Il se mit à ricaner et appuya sur la gâchette. La balle partit. Tchial se retourna sans avoir été affectée ou même touchée.

— Nous ne vivons pas dans le même monde, Monsieur Gabriel. Le mien s'appelle Inaya et non Innawa. Nous ne vivons pas non plus dans la même dimension... et ne partageons pas la même philosophie. Jamais nous ne serons des mondes compatibles.

Le passage se referma sur son regard qui se faisait dur, ferme et triste. Ce fut la dernière image de Tchial que Gabriel eut. Il s'effondra sur le sofa.

Épilogue

Un chant d'une immense beauté s'entendait depuis la vallée des mégalithes, appelée ainsi depuis l'installation des milliers de mégalithes pour instaurer le passage vers le centre de l'accélérateur. Inaya portait un hommage à deux corps, inertes, entourés de linceuls. Tchial avait entonné ce chant. Un chant d'au revoir, un chant de remerciement, un chant de réconciliation, un chant d'unification. Tous avaient la main portée sur leur cœur. Lorsque le chant termina, les deux corps furent mis en terre. Iago serrait la main de Tchial. Niao était aux côtés de son amie. Faël derrière eux, entouré de Chem, Aedan et Ilyes, et tous les Weenos du village.

— Ilyes ?

— Je t'écoute Tchial.

— Adil et Nada ont été des parents formidables. J'aurais aimé que tu les rencontres.

— Je n'en ai pas de doute Tchial. Pour avoir une fille comme toi, ils ont dû être exceptionnels.

— Je les ai rencontrés, ajouta Aedan. Ils ont tout fait pour sauver leur fille, jusqu'à s'oublier totalement, au prix de leur vie.

— J'ai... J'ai lu leurs données, avoua Tchial.

— Quand ?

— Lorsque je suis restée après que vous êtes partis avec Chem. Je voulais effacer les données de Chem, effacer son passage dans ce centre. Puis je voulais en savoir davantage sur moi... qui suis-je au juste ? Suis-je un monstre comme monsieur Gabriel l'a dit ?

Iago lui serra la main. Niao lui mis le bras autour du cou. Faël posa la main sur son épaule. Tchial se sentit réconfortée.

— Il y a plus, n'est-ce pas ? demanda Ilyes.

— Oui, il y a plus. J'ai su pour moi, mais mes parents étaient branchés. Ils ont téléchargés leurs données, et ils avaient commencé avant Chem. Ces données sont allées au-delà de la mémoire. Elles ont atteint les données de l'âme. Je n'ai pas eu le temps d'en savoir davantage. Tout s'est passé si vite sur la Terre, dans ce centre. Il fallait partir rapidement. Le temps était compté... J'aurais voulu tout emporter sur Inaya, j'aurais voulu réellement connaître mon père et ma mère.

Tous la laissèrent parler. Elle en avait besoin. Elle était habitée par une grande tristesse et personne ne pouvait la soulager de ce poids.

— Ce sont les dernières données sur mes parents. Je n'ai pas su d'où ils venaient mais le nom de ma mère avant qu'elle vienne sur la Terre était Louna. Mon père s'appelait Noan.

— Noan d'Inaya ? s'exclama Ilyes.

— Je ne sais pas... tu connais ce nom ?

Aedan prit la parole.

— Noan est un très ancien nom. Personne ne connaît ce nom vraiment, il s'est perdu dans la nuit des temps, au temps du début, du commencement de la terre.

Tchial écouta. Tout ce qui pouvait la rapprocher de son père terrien prit une grande importance. Aedan poursuivit.

— Il y a plusieurs significations à ce nom mais une seule est restée comme étant la plus acceptée et la plus vraisemblable. C'est de l'ancien Weeno, et le nom de Noan signifie le Semeur.

Tchial, ainsi que plusieurs autres restèrent muets, figés, stupéfiés.

— Mon père aurait été un... Weeno alors ?

Faël se mit à sourire

— Et pas n'importe quel Weeno ! dit-il en regardant l'arbre.

Tchial laissa écouler une larme tant elle était émue. Elle ne pouvait croire qu'elle était une descendante d'Inaya, une vraie Weena même sous sa forme terrienne.

— Je m'appelle Tchial, Tchial d'Inaya.

Ilyes s'approcha d'elle. Il posa ses mains sur ses épaules et la regarda.

— Noan ne peut désirer autre chose que la perfection.

Elle baissa la tête, reconnaissante. Après quelques secondes, elle la releva.

— Et Louna ?

— Je voudrais te permettre de le découvrir, et je t'aiderai, si tu veux bien, proposa Iago.

Tchial prit une profonde inspiration et l'entoura de ses bras.

Fin

Références:

https://fr.wikipedia.org/wiki/Grand_collisionneur_%C3%A9le
ctron-positron
Les physiciens des pays membres du CERN ont développé l'idée du LEP vers la fin des années 1970. Le projet a été officiellement approuvé en 1981, et les premiers travaux furent inaugurés le 13 septembre 1983. L'excavation du tunnel fut complétée le 8 février 1988. Les éléments de l'accélérateur furent rapidement installés, et le premier faisceau circula dans l'anneau le 14 juillet 1989...

https://fr.wikipedia.org/wiki/Organisation_europ%C3%A9enn
e_pour_la_recherche_nucl%C3%A9aire
En 1981, il est décidé de construire le *Large Electron Positron collider* (LEP ou *Grand Collisionneur Électrons-Positrons* en français), dans un tunnel d'une circonférence de 27 kilomètres. Il est alors le plus grand accélérateur de particules du monde et le plus puissant collisionneur de leptons. Il est inauguré le 13 novembre 1989...

https://fr.wikipedia.org/wiki/Organisation_europ%C3%A9enn
e_pour_la_recherche_nucl%C3%A9aire
Le 3 juin 2015, après un premier cycle opérationnel (2009-2013) et 2 ans de réparation, les machines du LHC sont relancées pour une durée de 3 ans sans interruption (24h/24)[4]...

https://fr.wikipedia.org/wiki/Grand_collisionneur_de_hadrons
Le **Grand collisionneur de hadrons**[1], *Large Hadron Collider* (**LHC**) en anglais, est un accélérateur de particules mis en fonction en 2008 et situé dans la région frontalière entre la France et la Suisse entre la périphérie nord-ouest de Genève et le pays de Gex (France). C'est le plus puissant accélérateur de particules construit à ce jour...

https://fr.wikipedia.org/wiki/Techn%C3%A9tium
Le **technétium** est l'élément chimique de numéro atomique 43, de symbole Tc.
Le technétium est l'élément le plus léger...

https://fr.wikipedia.org/wiki/Voie_lact%C3%A9e

La **Voie lactée** est une galaxie spirale barrée dont le diamètre est le plus souvent estimé entre 100 000 et 120 000 années-lumière. Comprenant de 200 à 400 milliards d'étoiles, le nombre de planètes s'y élèverait à 100 milliards au minimum...

https://fr.wikipedia.org/wiki/Dubnium

Le **dubnium** est l'élément chimique de numéro atomique 105, de symbole Db. C'est un élément transactinidesynthétique, dont tous les isotopes connus sont hautement radioactifs...

https://fr.wikipedia.org/wiki/Hyperespace_(transport)

L'**hyperespace** (ou hyper-espace) est une méthode de transport à des vitesses supraluminiques fictive utilisée en science-fiction. Elle est couramment utilisée pour justifier les voyages interstellaires ou inter-galactiques à des échelles de temps *humaines*.

Sa description et son utilisation varient en fonction des œuvres mais font généralement intervenir des termes ou des concepts issus de la relativité générale, tels que les trous de ver, afin de donner l'illusion d'une explication plausible.

https://fr.wikipedia.org/wiki/Dimension

Dans le domaine de la science-fiction, la quatrième dimension désigne, soit une quatrième dimension spatiale (en ajout avec la longueur, la largeur et la hauteur) qui serait responsable de faits insolites (cf: Théorie d'Everett); soit une autre dimension, celle-ci, temporelle et non spatiale : c'est-à-dire l'espace-temps ...

https://www.springer.com/gp/about-springer/media/research-news/all-english-research-news/travelling-wave-drives-magnetic-particles-/10189408

...have developed a new method for selectively controlling, via a change in magnetic field, the aggregation or disaggregation of magnetically interacting particles of two distinct sizes in suspension in a liquid. ...

https://fr.wikipedia.org/wiki/Silicium

Le **silicium** est l'élément chimique de numéro atomique 14, de symbole Si. C'est un membre du groupe des cristallogènes.

https://fr.wikipedia.org/wiki/G%C3%A8ne
Un **gène**, en génétique, est une unité de base d'hérédité qui en principe prédétermine un trait précis de la forme d'un organisme vivant, tel que défini en 1909 par Wilhelm Johannsen. Au niveau physique, un gène est un fragment ou locus déterminé
d'une séquence d'ADN...

http://www.helys.fr/catalog/adnwhat.php
ADN veut dire Acide Desoxyribo Nucléïque...

https://fr.wikipedia.org/wiki/Acide_d%C3%A9soxyribonucl%C3%A9ique

https://fr.wikipedia.org/wiki/Acide_d%C3%A9soxyribonucl%C3%A9ique
L'**acide désoxyribonucléique**, ou **ADN**, est
une macromolécule biologique présente dans toutes
les cellules ainsi que chez de nombreux virus. L'ADN contient toute l'information génétique, appelée génome, permettant le développement, le fonctionnement et la reproduction des êtres vivants...

http://www.doctissimo.fr/html/sante/encyclopedie/sa_2221_fecondation_naturelle.htm
Comprendre les différents stades du développement embryonnaire et en particulier ceux qui précèdent et suivent la fécondation permet d'appréhender la complexité de cette étape de la reproduction humaine...

https://www.youtube.com/watch?v=9bcNSr6TVgg
ADN

https://fr.wikipedia.org/wiki/Glande_pin%C3%A9ale
L'anatomie et l'embryologie comparées de la glande pinéale montrent que certains de ses neurones partagent une
origine évolutionnaire commune avec les photorécepteurs ...

La collection Aouma Sutra Tome I comprend 3 parties et 1 lexique. La série est divisée par « livre ». Ainsi, chaque livre est composé de plusieurs chapitres pour totaliser 8 livres et 80 chapitres formant le premier tome de cette trilogie.

1 ÈRE PARTIE : L'ONDE DE CHOC.

LIVRE I. LA PROPHÉTIE DES PROPHÉTIES

Prologue. Malek Ochoa et sa bande pénètrent de force dans un laboratoire au Costa-Rica et s'emparent d'un stabilisateur et générateur. Parallèlement, Manuel, fils adoptif d'Alex, et Luan se retrouvent au Venezuela, escaladant la montagne du Diable. Ils en rapporteront une relique plus que millénaire, à l'origine d'une étrange légende. À New York, aux États-Unis, Marie Polindovak, secrétaire aux Nations-Unies, apprend l'existence des stabilisateurs, qui sembleraient la solution au problème alimentaire mondial. En Allemagne, lors d'un congrès scientifiques, Daniel Burri donne une conférence sur l'avancée technologique de la régénérescence du corps humain à l'aide de nano robotique. En Russie, le directeur d'une entreprise de diamants est assassiné. Au Karst du Maros, en Indonésie, Keala est initiée à la lecture de l'Octateuque de Manakai, et découvre l'origine d'une science plus que millénaire, celle de l'énergie primale qui serait à l'origine de la vie sur Terre, en provenance du peuple mère.

LIVRE II. L'ONDE DE CHOC

Nous sommes entourés d'onde, pourtant, l'une d'elle bien identifiée est détournée de sa route causant une panne sur une ferme située dans la campagne de Puys-des-Abysses, petite localité du sud de la France. Allexan (Alex) Fonwell et Nora Leoita se rendent sur le terrain pour corriger la course de l'onde. Parallèlement, Daniel Burri, de l'entreprise Biosync en Californie du Nord, reçoit les appareils volés au Costa-Rica. Marie Polindovak, secrétaire aux Nations-Unies, prend connaissance du pouvoir des stabilisateurs, initiée par le cardinal Patamon qui semble beaucoup plus puissant et redoutable qu'il en a l'air. Neil Richard, Miles Elleis, Aran El-Aboulah et Thomas Daquilis, tous multimilliardaires, habitent Eutopia, une île flottante dans les eaux internationales de l'Atlantique. Ils planifient une guerre afin de relancer une économie précaire et égalitaire. Zoé Orenda, femme de tête ayant sorti l'Afrique de sa misère, est parmi eux et décide de ne pas donner suite à leurs projets guerriers. Dans la soirée, et suite à un concours de circonstances, une énergie d'une puissance phénoménale et illimitée est créée dans le laboratoire d'Alex, situé dans la banlieue campagnarde de Puys-des-Abysses. Manuel, son fils adoptif, tombe dans le coma. Une panne mondiale suit.

2E PARTIE : L'EXPÉRIENCE MYSTIQUE.

LIVRE III. L'INTROÏT

Suite à la panne, les scientifiques feront tout pour remettre leur laboratoire sur pied de même que le COM, centre d'observation mondial. Cette panne mondiale déclenche une sonnette d'alarme dans la communauté internationale. Wakitsa, puissant producteur contrôlant les marchés de toute l'Asie, désire faire alliance avec d'autres producteurs contre Alex. C'est aussi le début de convoitises, plans et complots de la part des riches d'Eutopia pour mettre à terre le COM et retourner à l'utilisation pure et simple des ressources non-renouvelables pour le seul profit du contrôle des marchés. Alex fait la rencontre d'un moine tibétain qui lui offrira une aide pour solutionner le problème qu'apporte cette nouvelle énergie. Le prix à payer pour cette connaissance est plus élevé que la mort elle-même. Il disparait sans laisser de trace.

LIVRE IV. AEKL'ANTIS

La terre du milieu qui fut le centre du monde, la légendaire terre d'Atlantide qui fut submergée entraînant des répercussions jusqu'à aujourd'hui. Le début des hostilités commence. Des attentats sont perpétrés afin d'éliminer des acteurs gênants ou ne voulant s'impliquer dans les plans de guerre. D'autres alliances sont formées pour prendre le contrôle des marchés. Le COM attire l'attention des médias de même que celle de l'ONU. Lucas, le superviseur du COM, croit que la cause de la panne vient du labo d'Alex. Cependant, il est toujours absent. Marie Polindovak surprend Nora et Luan avec ses déductions des appareils sur les ondes de forme. Au Vatican, le cardinal Patamon, se trouve un allié afin de devenir éventuellement le seul possesseur des appareils de production énergétique. Sur l'Atlantide, une autre histoire se déroule pour une surproduction énergétique où les conséquences seront désastreuses pour le continent.

LIVRE V. LE TEMPLE DE LA GUÉRISON

La mort guette tous et chacun. Mohammed ne démord pas de l'idée de construire des armes de destruction massive tout en sachant qu'il doit avoir le support de Malek. Celui-ci ne semble pas enchanté de faire partie du projet. Le centre ACNE d'Afrique tout comme la BCSOF de Norvège sont dans la pointe de mire des richissimes empires d'Eutopia. Daniel Burri de Biosync a tout autant besoin du COM pour que son projet sur la thérapie génique devienne réalité. Mais pour se faire, il lui faut davantage l'appui de Miles Elleis, l'un des puissants d'Eutopia. Au Vatican, le cardinal Patamon n'en demeure pas moins inactif et planifie soigneusement son plan pour arriver à ses fins. Au Japon, Sayumie poursuit ses explorations sur la puissance des stabilisateurs et générateurs. Elle découvre le passé étrange et dramatique de Nora. Marie Polindovak doit se rendre de toute urgence à Zurich pour sauver le congrès sur le WREP, le World Renewable Energy Pact.

LIVRE VI. M'IÜ

M'Iü, la terre du commencement, la terre du peuple mère, la race adamite composée des Aaloks et des Abisais. En Afrique, Thamas reposait toujours dans un état critique. Keala devait trouver une solution pour le sortir de là. Une idée lui vint suite au reportage de Laurenz sur Biosync. En Europe, à Puys-des-Abysses, Diego veut attaquer le labo d'Alex. Il doit compter sur Malek qui refuse, sachant que la vie de Nora serait en danger. Il y est forcé et les choses prennent une tournure dramatique. Le COM est sur les dents. Plusieurs membres envisagent la perte de contrôle du centre entre des mains ennemies. Au Vatican, le Père Arès semble avoir des remords de ses actes contrairement à Patamon qui veut voir le labo d'Alex tomber. À Zurich, l'enquête sur la mort de Vincenzo Kauvarol avance à pas de tortue. L'inspecteur se rend compte de la puissance de l'organisation derrière le meurtre. Nikolai se laisse convaincre par Johnson d'utiliser le déphaseur contre la communauté qui est derrière l'attaque du labo et qui sont responsable de l'enlèvement de Nora.

LIVRE VII. LA CORNE DU DIABLE

Sur Eutopia, Neil, Miles et Aran décident d'employer les grands moyens pour démarrer une guerre en bonne et due forme. Ils mettent en marche le plan du Nouvel Ordre Mondial en lançant 5 missiles nucléaires. Le COM est désigné comme le centre du conflit. Parallèlement, Alex et son équipe décident de lancer la nouvelle énergie au niveau planétaire. Il ne leur reste que quelques heures avant que celle-ci disparaisse, mais cela ne se fera pas aussi facilement qu'il le pensait. Lors de sa conférence sur les nano robots au MIT, monsieur N dévoile la vraie nature de la nouvelle programmation. Au Vatican, une tuerie est exécutée dans la Casina Pia, mettant un terme à une réunion sur le Nouvel Ordre Mondial. À Lausanne, la Fanderkrupp Corporation exécute les demandes en provenance d'un de leurs plus riches clients, Eutopia, mais les conséquences seront désastreuses. Cristian rencontre Alex. Celui-ci prend alors conscience de tous les liens impliquant tous et chacun.

LIVRE VIII. LE SOUFFLE DE MANAKAI

Le COM rallie tous les membres fournisseur ou entrepreneur des énergies afin de tenir en haut lieu un meeting de première importance. La décision d'aller de l'avant est lancée. Une conférence de presse est tenue où tous prendront conscience des pourquois et comments du plan. Johnson, ayant été évincé du conseil d'administration par Cristian, décide de se venger contre celui-ci et de s'emparer de la corne du Diable. À l'ONU, à Genève, Marie Polindovak est confronté au membre quant à la conférence de presse donnée par le COM. Au Vatican, le Saint-Père rend grâce au COM de prendre la relève, ce qui n'est pas bien vu par le clergé et surtout Patamon. Alex, resté dans le centre de commande du COM, se rend compte que l'énergie lancée ne prend pas la direction souhaitée. Les risques encourus sont beaucoup plus graves qu'escomptés. Serait-ce que le genre humain dépérira sous peu ?

AS POUR LES ÉRUDITS

C'est un peu la « bible » ayant servi à l'écriture du tome I. C'est un lexique complet de tous les termes et définitions utilisés dans le récit. On y retrouve les définitions des concepts et entités, autant physiques que spirituelles ; les abréviations utilisées au cours du récit ; une courte description des personnages (75) par ordre alphabétique et par catégories, l'origine et la signification des noms ou prénoms ainsi que la valeur numérique pour les principaux personnages ; et finalement, une référence thématique de la plupart des sujets traités dans le roman avec les liens Internet.

Vous n'êtes pas obligé de lire « AS pour les érudits » avant d'entreprendre la lecture du roman. Par contre, si vous vous sentez perdus dans les « qui fait quoi », ou « qui est avec qui », le lexique sur les personnages seront d'un grand secours de même que celui sur les corporations et entités spirituelles. Si également vous désirez en savoir davantage sur un sujet donné, les liens de la référence thématique seront très utiles.